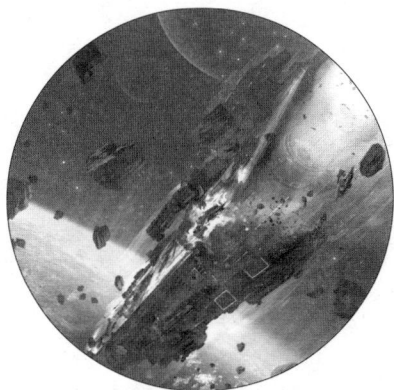

古星图之谜

程嘉梓——著

山东教育出版社

图书在版编目（CIP）数据

古星图之谜 / 程嘉梓著 . — 济南：山东教育出版
社 , 2021.7（2021.8 重印）

（科幻文学群星榜）

ISBN 978-7-5701-0461-1

Ⅰ . ①古… Ⅱ . ①程… Ⅲ . ①幻想小说－中国－当代

Ⅳ . ① I247.5

中国版本图书馆 CIP 数据核字（2021）第 086347 号

GU XINGTU ZHI MI

古星图之谜

程嘉梓 　著

主管单位：山东出版传媒股份有限公司

出版发行：山东教育出版社

地址：济南市市中区二环南路 2066 号 4 区 1 号　邮编：250003

电话：（0531）82092600　　　网址：www.sjs.com.cn

印　　刷：三河市冠宏印刷装订有限公司

版　　次：2021 年 7 月第 1 版

印　　次：2021 年 8 月第 2 次印刷

开　　本：880 mm×1300 mm　1/32

印　　张：11

印　　数：10001－13000

字　　数：231 千

定　　价：42.80 元

（如印装质量有问题，请与印刷厂联系调换）

印厂电话：0316-3655888

《科幻文学群星榜》编委会

总策划：**李继勇**　北京书香文雅图书文化有限公司总经理
主　编：中国科普作家协会科幻专业委员会
总统筹：**韩　松　静　芳**

编委会：

王晋康／中国作家协会会员，中国科普作家协会科幻创作研究基地主任，中国科幻银河奖终身成就奖及全球华语科幻星云奖终身成就奖获得者。

王　瑶／笔名夏笳，西安交通大学副教授，中文系系主任，科幻作家和科幻研究学者。

任冬梅／中国社会科学院副研究员，科幻研究学者。

江　波／科幻作家，全球华语科幻星云奖、中国科幻银河奖、京东文学奖获得者。

杨　枫／成都八光分文化CEO，冷湖科幻文学奖发起人之一。

李　俊／笔名宝树，科幻作家，全球华语科幻星云奖、中国科幻银河奖获得者。

肖　汉／科幻评论者，北京师范大学文学院讲师。

吴　岩／中国科普作协副理事长，南方科技大学教授、博士生导师，科学与人类想象力研究中心主任。

陈楸帆／世界华人科幻协会会长，传茂文化创始人。

陈　玲／中国科普作家协会秘书长。

张　凡／钓鱼城科幻中心创始人，科幻研究学者。

张　峰／笔名三丰，科学与幻想成长基金首席研究员，科幻研究学者。

罗洪斌／中国科普作家协会会员，科幻活动家。

姜振宇／四川大学文学与新闻学院中国科幻研究院院务秘书长。

姚海军／科幻世界杂志社副总编，全球华语科幻星云奖联合创始人。

贾立元／笔名飞氘，科幻作家，清华大学文学博士，清华大学中文系副教授。

姬少亭／未来事务管理局局长。

韩　松／中国作家协会会员，中国科普作家协会科幻专业委员会主任委员。

戴锦华／北京大学中文系比较文学研究所教授，博士生导师，北京大学电影与文化研究中心主任。

李继勇／北京书香文雅图书文化有限公司总经理。

静　芳／北京书香文雅图书文化有限公司总编辑。

总序

想象新时代

《科幻文学群星榜》是由中国科普作家协会科幻专业委员会联合其他科幻组织，共同推出的一套科幻书系。这是一个规模庞大的工程，目前来看也是独一无二的工程，基本囊括了中华人民共和国成立以来老中青几代具有代表性的科幻作家的佳作。这些作家以年龄看，最早的是20世纪20年代出生的，最晚的是"90后"。

这套书系的出版，恰逢中华民族实现第一个百年目标——全面建成小康社会。因此，它呈现了百年未有之变局中，中国人对一个崭新时代的想象。随后陆续推出的作品，还将伴随中国迈进基本实现现代化的伟大进程。

科幻文学作为一种年轻的文学品类，本身就是现代化的产物。1818年，世界上第一部科幻小说《弗兰肯斯坦》诞生在第一个实现产业革命的国家——英国。此后科幻文学在法国、美国、日本等工业化国家繁荣起来，进入蓬勃发展的黄金时代。科幻作品反映着科技时代人类社会的变迁和走向，反思当代人类面临的多重困境，力图打破所谓世界末日的预言，最终描绘出一个五彩斑斓、生机勃勃的新未来。

如今，地球上正在发生的最具"科幻色彩"的事件之一，便是中国的崛起。这个进程不仅改变了这个文明古国的命运，也影响着全人类的走向。中国奇迹般地成了拉动世界经济增长的有力引擎。人类历史上首次十亿以上人口的国家将要集体迈入现代化的门槛。中国科幻文学正是中华民族伟大复兴进程的见证者、参与者与推动者。

早在20世纪初，中国的一些有识之士便把科幻作品译介进来，掀起了第一次科幻热潮。它承载起"导中国人群以行进""改变中国人的梦"的使命。20世纪50-60年代，随着中国自己的工业和科技体系的建立，科幻作家们以满腔热情擘画了一个欣欣向荣的新世界。1978年改革开放后，中国再次向现代化进军，科幻迎来新的勃兴。作家们满怀豪情地书写科学技术为实现现代化、为谋求人民的幸福生活所创造出的神奇美景。进入21世纪，尤其是随着新时代的来临，这个文学门类也进入成长的新阶段。随着《三体》等作品的问世，中国科幻迎来了新一轮热潮。作家们描绘着古老的中华民族在实现全面小康和建成现代化强国的过程中所面临的新机遇、新挑战，谱写着中国走向世界、步入太阳系舞台中央并参与宇宙演化的新篇章。

科幻文学的发展折射着中国国运的巨大变迁。当今，海内外不同领域的人们对中国的科幻文学的空前关注，实际上是关注中国的未来，关注世界第二大经济体将如何持续演进，关注14亿人的创造力将怎样影响乃至重塑这个星球。从现实意义上来说，这套书系不但包含这些丰厚的信息，而且集中梳理了新中国科幻文学取得的辉煌成就，整理出新中国科幻文学发展的宽阔脉络；从一个特殊的侧面，还反映了中华民族从站起来、富起来到强起来的进程，见证中国走向更加灿烂辉煌的未来。

这套书系具有以下三个特点：

一是权威性。它由中国科普作家协会科幻专业委员会主持编选，并与国内多个科幻组织合作，其中包括得到了中国科普作家协会科学文艺专业委员会、科幻世界杂志社、南方科技大学科学与人类想象力研究中心、未来事务管理局、八光分文化、重庆钓鱼城科幻中心等的鼎力相助。编者从中华人民共和国成立以来的海量科幻文学作品中，精选出足以体现时代特征的作品。收入书系的作者，涵盖了雨果奖、银河奖、星云奖、晨星奖、光年奖、未来科幻大师奖、引力奖、水滴奖、冷湖奖、原石奖、坐标奖、星空奖等中外各类科幻大奖的获得者。

二是系统性。它收集了中华人民共和国成立以来不同时期作家的代表作。作者中有新中国科幻奠基者和老一代作家如郑文光、童恩正、萧建亨、刘兴诗、潘家铮、金涛、程嘉梓、张静等，也有改革开放后崛起的新生代作家刘慈欣、王晋康、何夕、韩松、星河、杨鹏、杨平、刘维佳、赵海虹、凌晨、潘海天、万象峰年等，以及以"80后"为主体的更新代作家陈楸帆、飞氘、江波、迟卉、宝树、张冉、程婧波、罗隆翔、七月、长铗、梁清散、拉拉、陈茜等，还有在21世纪崛起的全新代作家杨晚晴、刘洋、双翅目、石黑曜、王诺诺、孙望路、滕野、阿缺、顾适等，从而构成比较完整而连续的新中国科幻光谱，是对中国科幻文学发展历史的一次系统检阅。

三是丰富性。它比较全面地展现了广域时空中新中国的科幻生态和创作风格。这里面既有科普型的，也有偏重文学意象的；既有以自然科学为主体的核心科幻，也有侧重社会现象的"软"科幻；既有代表科幻未来主义的，也有反映科幻现实主义的；既有传统风格的写法，也有实验性质的探索。作品的主题涵盖了中国科技、社会、文化和民生的热点。从中可以看到，一个曾经积弱的民族，如今正活跃在地球内外、大洋上下、宇宙太空、虚拟世界、纳米单元、时间航线、大脑意识等各个空间。这里有中国政府和人民引领抗击全球灾难的描述，有脱贫的中国农民以新姿态迈出太阳系的故事，也有星际飞船和机器人在银河系中奏唱国际歌的传奇。

这套书系力求构建起一个灿烂的星空，并以此映射人们敏感而多样的心灵。爱因斯坦说，想象力比知识更重要。科幻是相伴人类发展进步而产生的新兴事物，是一个民族想象力的集中反映，是科技创新的艺术表达，在人们面前呈现出一幅幅奔向明天、憧憬和创建未来的美好画卷。许许多多杰出的科学家、工程师和企业家，在年轻时就受到科幻文学的熏陶和影响，因此走上了创造神奇新世界的道路。中国正在稳步建设创新型国家，需要更多富有创造力的人才脱颖而出。科幻文学也肩负着实现中国梦的责任，在点燃青少年科学梦想、激发民族想象力和创造力方面，起着不可或缺的作用。

这套书系将为广大读者尤其是年轻人打开中国科幻和未来世界的门户，有助于人们拓宽视野、开阔思想、激发灵感、探索未知、明达见识。它也将进一步促进中外科幻、科技、文化和文明的交流，为人类的共同发展做出中国的一份独特贡献。

中国科普作家协会科幻专业委员会

2020年10月1日

它崛起于低潮中

——喜读长篇科幻小说《古星图之谜》

周达宝

不久前，著名物理学家杨振宁博士回上海探亲。他在接受一家报纸记者的采访时说，最近，马路上和书店里武侠小说颇多，而科幻小说则寥寥无几，有点不堪设想；又说，建设现代化强国，不能离开现代化的报道，不能不重视科幻小说，这些要引起有关方面的注意。

的确，没有想象和幻想，就不可能有发现与发明。处在新的信息社会里，科幻小说应充分发挥其社会功能，启迪人们在现代科学知识的基础上去幻想，将幻想变为现实。但由于前几年有些科幻小说作者离开了人们的认识规律去臆想，这样就产生了不少荒诞、猎奇乃至抢劫、凶杀之作，因而受到批评。本来，文艺批评应有利于文艺的繁荣、发展，要批评的是这些不好的科幻小说，而不是科幻小说这种文学样式。可是总有那么些不分青红皂白的"批评家"，倒脏水连小孩子一起倒出去，于是导致科幻小说处于低潮中。一批严肃的中青年科幻作家虽然还在孜孜以求，但许多出版社不愿接受这类容易出问题的书稿，而一度比较受欢迎的《科幻海洋》《智慧树》等刊物又先后停刊，中短篇科幻小说发表的园地也愈来愈少。

在这种局面下，人民文学出版社出版了长篇科幻小说《古星图之谜》，这是令人振奋的。

严肃的主题在故事中升华

《古星图之谜》写长江三峡水利枢纽工程的施工中，发现一座汉墓。考古科学工作者根据出土竹简上的记载，知道墓主人天文学家吕迁，曾目睹一个上有星图的铜球自动出土又复入土的奇异现象。据此线索，他们找到了吕迁临摹的一幅古星图。又经过许多曲折和各方面的人才协作，终于用微波发射器播发呼唤铜球出土的密码，唤出了沉睡在地下已五千余年的铜球。经过研究，判断铜球是外星人发射的信息火箭。科学工作者们继续追踪，打捞出外星人的飞船残骸，救出来自天苑四的行星埃波斯纳的索格肯等探险家。原来他们那儿科学技术高度发达，工业畸形发展，环境严重污染，生态平衡系统严重破坏，以致出现动植物完全灭绝的危机。他们离开故土寻找绿色的星球，不幸宇宙飞船遇到流星群撞击而失灵。从遥感照片看，地球人还处在原始时代，无法与他们交流科学、文化、技术知识，因此，索格肯等决定向地球上亚洲、美洲、非洲发出三枚信息火箭后，利用先进的自动控制技术和冬眠技术让飞船沉入海底。他们期待地球上的人类进入人造卫星时代，就能发现他们，那时他们将告诉地球人埃波斯纳的教训……

外星人科学地预测到他们终将与进入高度文明的地球人会晤，并将工业化引起的悲剧展现在地球人面前，但当他们参观了广东鼎湖山亚热带常绿季雨林保护区、吉林长白山自然生态系保护区、四川卧龙大熊猫及自然生态系保护区后，方悟到工业污染是可以防止的，地球人已做到了这一点。埃波斯纳的主流派主张"环境污染算个屁，一切为了工业发展"，认为绝不能让自然环境来适应人的无休止需要，而应该让人去适应污染了的自然环境，用遗传工程的最新成就，把人类改造成能够适应污染环境的新人。主流派这套理论显然是荒谬的。索格肯怀念起故星了，他要将地球上的所见所闻包括改造黄土高原的事例告诉自己的同胞，重建绿色的埃波斯纳。

《古星图之谜》对我国的未来充满信心和美好的想象，但在我们建设社会主义强国的进程中，环境污染、生态平衡破坏的问题是存在的，埃波斯纳的教训难道不应该引以为戒吗！

丰富的艺术形象给你启迪

科幻小说在科学的基础上，用幻想的手段描述人类尚未认识的领域及事物，有它的特点。但它是文学的一个样式，因此，它首先也有个塑造人物的问题。在《古星图之谜》里，作者塑造了许多栩栩如生的艺术形象。

作品着力刻画了徐振宇这个自学成才的青年科学工作者和他倾慕的姑娘杨帆。徐振宇少年时代就爱好天文，高中毕业后报考天文专业没有被录取，到南山天文台当了清扫工。在五年时间里，他自学完大学天文系的全部课程，用肉眼发现了宝瓶座新星，受到台长黄敬之教授重视，亲自指导他研究天文。因为没有大学学历，没有职称，在科研上徐振宇受到许多阻拦，但他顽强地钻研，独立思考，不盲目崇拜权威。这个在科研上一往无前的青年，在爱情上却不敢大胆追求。中学时代的同学杨帆念了大学，又攻读了研究生，是省人民医院污染病防治所内科主治医师。她爱具有探索和进取精神的徐振宇，徐振宇爱她秀外慧中。没有学历、职称，阻挡不住小伙子搞科研，却使他在爱情的大门前退缩。作品对人物内心矛盾做了合情合理的描写。杨帆在爱情婚姻问题上没有世俗观点，爱得真诚。她从上大学前夕，就决定为没有考取大学的徐振宇搜集有关地外文明的资料，供他日后研究之用，在漫长的十年中，坚持不懈。当徐振宇在研究铜球已取得成绩，要进一步追踪外星人的痕迹而苦于没有积累有关资料时，杨帆深情地送给他贴满资料的笔记本，鼓励他取得最新研究成果。这岂止是十年资料的积累，这也是深厚爱情的表达。徐振宇再也抑制不住满腔的激情，爱情之花终于开放了！与此同时，徐振宇被破格提升为副研究员。创造性的劳动带来了荣誉，荣誉带来了许多头衔，国际地外文明研究会也来函请他担任通讯会员。对于成绩，他归功于大家；对于头衔，他怕的是因此挤掉了科研时间。甚至别人艳羡的到日内瓦开会的机会，他也婉辞了。天苑四科研项目胜利完成，徐振宇和杨帆都做出了重大贡献。但作者没有让人物停止在"金榜题名，洞房花烛"的传统美学水平上，而是按人物性格、思想发展的必然性，设计徐振宇提出要随天苑四人到埃波斯纳去实地考察。走出太阳系，到另一个星球上去，这意味着有可能与杨帆生离死别。在这样重大的抉择关头，杨帆的态度十分坚决，她支持徐振宇为天文事业冒险，自己也愿随他到外星研究环境对人体的影响。为共同事业献身的精神、坚贞的爱情使人物更完美。徐振宇说："再回来时，地球上一定变得面目全非了。"这给读者无限遐想的空间。

作品还塑造了老一代科学工作者和党的工作者形象。他们有共同的特点——严谨的治学态度和人梯精神，但又有各自的性格特点。在围绕着铜球的一场争论中，南山天文台长黄敬之教授推测铜球是古代天球仪。以他为首形成实体说一派。长江大学历史系副教授郭逸平著文反驳："天球仪能自动出土吗？"他分析是吕迁伪托，形成伪托说一派。两派各执一词，谁也说服不了谁。而当年轻的徐振宇论证铜球是外星人发射的信息火箭后，黄敬之支持他的新颖观点，支持《考古学术研究》发表他反对实体说的文章。他说得那么诚恳："学生不同于老师的观点，超过老师的观点有什么不好？"一再反对徐振宇论点的郭逸平，根本不相信地下有所谓铜球，但他参加探索铜球的工作却丝毫不马虎。他访谭太爷爷听来的传说对徐振宇的论点有利，也不持门户之见，立即整理出材料交徐振宇，还提出合理化建议。面对已呼唤出的铜球，他当众宣布放弃伪托说，并表示乐于为进一步研究铜球贡献力量。这种态度何等光明磊落！还有生物学家方雨田，他研究环境污染与生态平衡问题。当乘船遇难落水时，为了保护用声呐装置跟踪鱼群的记采图，险遭灭顶之灾。这种精神何等可贵！黄敬之严肃、耿直；郭逸平自信、执拗；方雨田幽默、风趣，又有点大大咧咧，但对待科学事业，他们融合为一体，为中华民族的振兴不懈奋斗，为人类走向更美好的未来捕捉新的信息。

省考古研究所党委书记杨光耀，也是一个动人的形象。他是参加过解放战争的老干部，转到科研战线上来，就全心全意组织、领导所里的科研项目。他和爱人——地区博物馆的考古工作者何宜静一直两地分居，当省科学院要给他一个单调指标，调他爱人来省城团聚时，他却认为指标应让给第一线的科研人员、中年知识分子任思宏。他自称是科研战线上的"后勤兵"，眼看这一代新人已经成长起来，也就可以退休到老伴那里安度晚年了。在发现铜球、寻找外星人踪迹直到胜利完成"天苑四工程"，他先是不遗余力地组织科研队伍、排忧解难，真正起了一个领导者又是"后勤兵"的重大作用。离休后他也一直关注着"天苑四工程"的进展，支持子女潜水深海，去外星球。作者用了一些细节，如在徐振宇失望的时刻，杨光耀启发他、鼓励他；如已是满头白发的杨光耀，看到任思宏的女儿晓英对科学兴趣盎然，肯动脑筋，不禁赞叹"又一代新人成长起来"等等，勾画出一个对党的事业忠心耿耿、质朴无私、甘为人梯的党的工作者的形象。

与杨光耀形成鲜明对比的项绪堃，是省科学院副院长。这是个饱食终日的官僚主义者，保养得很好，像一尊如来佛。他极力反对重用没有大学文凭、没有职称的徐振宇，不支持正当的学术讨论，对科学实践、探索也不热心。他心目中只有权威，工作上应付、搪塞。因此，他无法理解已是研究地外文明权威的徐振宇，何苦要去天苑四星冒险。在现实生活中不乏项绪堃这种人，身居要位，成事不足，败事有余。可惜作者对这类四化建设中的拦路笑面虎的思想实质挖掘还不深，鞭笞不够有力。

善于用生活气氛、自然环境来烘托人物，也是作品比较成功的手法。徐振宇到任思宏家做客，给孩子电子判题器做礼物。说话间蜂鸣器响了，同时亮起的绿色信号灯显示菜热好了。女主人到厨房端来楚江风味的珍珠丸子、荷叶粉蒸肉，东北菜炒肉拉皮、挂浆土豆。为人爽朗、热情的女主人关心徐振宇和杨帆的恋爱，不管丈夫使眼色，单刀直入："你一上午和他在一起研究外星人，怎么不帮他研究研究他的'内心人'呢？"航天飞行器专家梁维舟是广东人，任思宏开玩笑说，广州人结婚喜欢在门楣贴上"天作之合"四个字，梁维舟和他的爱人是在研究"天"苑四人的工"作之"中结"合"的，这才是真正的"天作之合"。这些戏而不谑的玩笑，增加了人物情趣和地方色彩。梁维舟爱吃猪红粥，喝七花凉茶，捉住撞到甲板上的海鸥想红烧了请大家品尝，这抓住了广东人的饮食习惯。他听说红脚鲣鸟被渔民称为导航鸟，立刻联想到可以利用海洋资源卫星"导航"，查找沉没在海底的飞船，这又反映了热爱工作的科学工作者职业上的特殊敏感。还有生物学家方雨田放在桌上的人头骨，西沙群岛的棕榈树、麻枫桐、卧牛峰的景观等等，随手拈来，相映成趣，再琢磨，绝无闲笔，既有科幻小说的特点，又有强烈的现实生活感，两代探索宇宙奥秘的科学工作者都是可以触摸得到的人。

巧妙的结构引人入胜

这部作品内容丰富，涉及现代科学的许多领域，天文、生态学、遗传工程、高能物理、医学、声、光、电、化；时间跨度大，上下几千年，地域辽阔，从祖国的960万平方公里到太阳系外的波江星座；资料翔实，无一无出处；人物众多，中外古今、男女老幼俱全。如何把这些组织起来，带着读者上天入地，神游八极，启迪读者运用已知的科学知识去探索一些未知的领域，作者在结构方面显然颇费了一番心思，得心应手地将新颖的科学思想、古老的民间传说、翔实的古籍记载以及对外星人和对未来世界的幻想巧妙地糅合为一体，变换穿插，跌宕多姿。

作品用三条线索贯穿起人物和故事，一条是"由今溯古"，即写徐振宇等两代科学工作者由考古及铜球，由铜球及宇宙飞船，由飞船及外星人。这是主要的故事线，也是主体结构。两条副线，一是"自古至今"，即写远古时代部落酋长看到"亮星"出现，溅落大海，结绳记事，代代相传。到晋时王嘉在《拾遗记》里记载了"桂星槎"的故事，这既颂扬了中华民族优秀的文化传统，也启迪今人的美好的幻想和给科学实践以印证。另一条副线是"由外及地"，即写索格肯等外星人到地球的经过。这三条线用适当的顺叙、倒叙、插叙交织在一起，前后呼应，天衣无缝，既严谨，又生动，大大增强了可读性。

从作品的横断面来看，许多相对独立的篇章如《千呼万唤始出来》《绿色的星球》《江夜奇遇》等，使人宛如置身其间，有时紧张，有时欢快，有时期待……加上许多言之凿凿见之中外书刊的资料穿插其间，真真假假，活灵活现，使人幻想的翅膀不由自主地张开，随着故事的进展在浩瀚的宇宙里翱翔。

此外，作者还安排了一些巧合但也有必然性的细节，如杨光耀和吴永刚舰长解放战争时期是部队报务员，在某山区发报时曾发现过奇怪的短波讯号。四十多年后，短波讯号的秘密已随铜球出现而了然，两位老战友重逢，感叹无数先烈为之牺牲的革命事业在今天取得的巨大成就。又如黄敬之在"天苑四工程"祝捷大会上，与四十多年前在康奈尔大学的美国同学海弗利克重逢，海弗利克带来采用中国同行研究出土的密码，已将天苑四人射向美洲的铜球呼唤出来的喜讯，他赞扬像中国这样的文明古国首先发现外星人的信息是不奇怪的。这类细节增加了作品的趣味性，也使结构更为完美。

厂长・文坛新兵的愿望

《古星图之谜》的作者程嘉梓，是哈尔滨铁路局齐齐哈尔电力机械厂的厂长。这部长篇科幻小说是他的处女作。

程嘉梓同志出生在一个知识分子家庭中，自幼受到书籍的熏陶，对各种知识都感兴趣。他喜欢文学，尤其热爱科学。学生时代读了伊林、儒勒・凡尔纳许多作品，也读过童恩正、郑文光的作品，受到了很深的影响。他想做一个科学家或发明家，但，现实生活的道路使他的理想难以实现。他决心在科幻小说里实现自己的理想，并想以此来启迪新一代青年要怀有理想，鼓励更多人将理想变成现实，成为未来的科学家、发明家。多年前，他读过《拾遗记》里"桂星槎"的故事，美丽的古老传说使他产生过许多奇思异想，他便开始酝酿构思，把中华民族光辉灿烂的古代文明、当代人民不断奋斗的崇高精神和人们对未来的美好追求融合在一起，决定写一部科幻小说。

1977年，中共中央决定召开第一次全国科学大会，这更激起程嘉梓的创作激情，他开始动笔写《古星图之谜》。"万事起头难"，程嘉梓用了两年的业余时间才写出初稿，他先后投寄给五家出版社，均被"不出版科幻作品""不科学"等理由退了稿。程嘉梓知难而进，他鼓起勇气将书稿寄给了人民文学出版社。意外，很快收到了编辑部的回信，认为构思新颖，故事曲折，是一部基础很好的作品。为了慎重起见，编辑部还请了科幻小说作家、天文学家郑文光同志审阅，肯定了作品的科学性、知识性和文学性。自此，程嘉梓得到编辑部的帮助和本厂领导的支持，他一方面读有关书籍和资料；一方面到作品里写到的广东、湖北等地参观、访问，补充生活知识，然后斟酌审稿意见，对书稿进行修改。程嘉梓对自己要求很严格，他不曾因创作影响工作，总是尽量利用业余和节假日时间，起早贪黑。小说三易其稿，1984年最后定稿，1985年正式出版。在此期间，程嘉梓也由技术员晋升为工程师，代理过技术室主任、生产调度室主任，后又担任副厂长、厂长，并且光荣地参加了中国共产党。中国作家协会黑龙江分会吸收他为会员。

最近，程嘉梓同志出差四川风尘仆仆归来，他说："就像党给了作家创作自由反而增加了作家的创作难度一样，国家给了企业厂长自主权，同样增加了厂长肩负的责任。作为一厂之长，我不能不把主要精力用在探索企业改革的道路上；但作为一个文坛新兵，我又不能在探索科幻小说创作的道路上却步。革命导师列宁曾说过'我们永远认为不仅诗人、艺术家需要幻想，在科学、技术里也应当有幻想。就是在我们的日常生活中也应该有。没有幻想连十月革命也是不可思议的'。一个厂长，有些幻想也不错吧！目前，科幻小说的创作状况和我们所处的技术革命时代是很不相称的。我认为，随着新技术革命的开展，'第三次浪潮'的到来，我国的科幻小说创作必将出现一个新的高潮，我愿为科幻小说新的繁荣局面贡献一点力量。"

（原载《奔驰》1986年第1期）

注：周达宝，笔名周达，女。1928年2月出生，湖北罗田人。中共党员，中国作家协会会员，人民文学出版社资深编辑、副编审，长篇科幻小说《古星图之谜》（1985年版）责任编辑。编辑过《飞向人马座》（郑文光）等小说，著有报告文学《香港社会透视》（合著）、散文《冰心，永不熄灭的"橘灯"》、童话《雪婆婆》等作品。

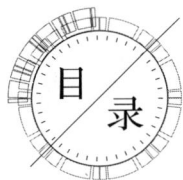

目/录

Catalogue

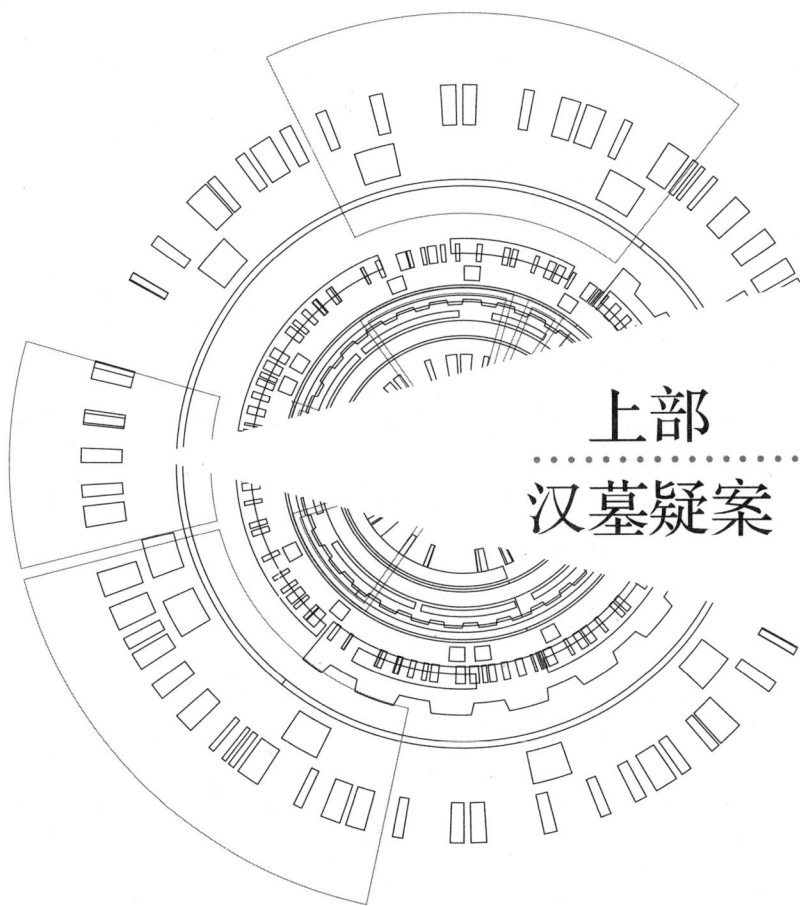

上部
汉墓疑案

如果是玫瑰，它总会开花的。

——歌德

1　三峡建设者的发现

一支浩浩荡荡的建设大军开进西陵峡。他们要在这里建设规模宏伟、世界罕见的长江三峡水利枢纽工程。

这批英勇善战的建设者的到来，打破了三峡亘古以来就有的那种静谧气氛。人们凿岩放炮，开山取石，筑坝拦江，蓄水造湖，到处都是一派轰轰烈烈的建设景象。在这里，打风机低沉的吼叫声，风凿尖锐的啸叫声，推土机加大油门时的喘息声，以及载重汽车均匀的轰鸣声，和山脚下传来的震耳的爆破声混合在一起，形成一股巨大的声浪，沿着西陵峡谷，一直传到了几十里以外……

几年以后，200多米高的三峡大坝合龙了，人们沉浸在一片欢乐的气氛中。

一天，三峡工程局大坝分局的青年潜水员杨继先，沿着大坝，穿过忙忙碌碌的人群，避让着一辆又一辆载重卡车，向大坝北面开挖分局的施工工地走去。

他才23岁，但已经是华南海难救助打捞公司里一名技术熟练的潜水员了。当他得知大坝建设过程中需要一批潜水员时，便主动报了名，成了三峡工程的一名建设者。他热爱自己的工作，更热爱这项宏伟事业。在潜水作业之余，他还是一位宇宙航行的爱好者。此刻，他就是到工地来，找他在这里结识的开挖分局的推土机手张杰，约他去看一场有关宇宙航行的电影。

在工地上，施工正在紧张进行着。装满了各种建筑器材的载重汽车一辆接一辆，都向工地驶来。十几部杏黄色的推土机，正在这里进行最后的平整作业。在工地后面的山麓下，立着一排大字标语牌："团结起来，建设现代化的，高度民主、高度文明的社会主义强国！"远处，青山起伏，卧牛峰、狮子峰一东一西地耸立在工地两端。

杨继先踏着夕阳斜照的金色大地，快步向推土机这边走来。和煦的春风夹带着泥土和野草散发出的芬芳，吹拂着他那结实的身躯和那张被阳光晒得黑黝黝的脸膛。他深深吸了一口清新、芬芳的空气，觉得舒畅极了。他那双藏在浓眉下的大眼，敏锐地在推土机群中搜索了一下，很快就找到了张杰驾驶的那部推土机。

他连跑带跳地向前奔去，挥手大声招呼："张杰，停一下！张杰！"

推土机停下了。这时，杨继先已经到了推土机旁，一边掏出手帕擦额头上的汗，一边向张杰说："今天晚上我们工地放映《飞出太阳系》，咱俩一块儿去看吧！"

张杰也是一个宇航迷，这片子当然是非看不可的。他看了一下手表："还有十几分钟就下班了，你上来坐一会儿，我再推一趟。"

"行。"杨继先正要抬脚往履带上登，突然发现，在紧贴推土机履带的地方，有一条一尺来宽的灰白色的泥土，夹杂在这遍地皆是的黄黑色黏土之中，显得很不协调。他惊奇地说："咦，这是什么？"

张杰跳下车来，看了看履带旁边的灰白色泥土，又顺着它往后走。杨继先也跟了过去。在推土机后面，他们看到有一块一米多长、和推土机差不多宽的灰白色的泥土。刚才那一窄条，只不过是露在推土机履带外面的一小部分。

张杰弯下腰，用手抠了抠，没有抠动。杨继先像想起了什么似的，问："你看这像不像青灰泥？我记得前年在大坝工地上发现的那座古墓，上面盖着的青灰泥也是这个样子。"

"可不。来，我们再推他一趟看看！"

他俩上了推土机，推了一个来回，灰白色泥土扩大为三米来宽、六七米长的一大片。

看到这个情形，杨继先十分振奋。他从拖拉机上跳下来，向着那些刚刚收工的推土机，用洪亮的声音大声喊道："发现古墓咯，我们发现古墓咯！"

这声音飞过推土机群，飞过工地，在环绕着工地的嫩绿色群山之间引起缭绕的回声："发现古墓咯……"

推土机手们过来了，载重汽车司机和装卸工人过来了，建筑工人过来了，工地上的100多人都围过来了。大家议论纷纷，有的说应该打电报告诉省里的考古研究所，有的说应该挂电话要峡口地区博物馆派人来，有的说我们自己先挖挖看。

张杰和杨继先商量道："工程局的赵副总指挥说过，要我们注意保护地下文物，我看就向他报告吧。"

杨继先觉得这个主意很好，便和他上了一辆载重汽车，直奔三峡工程局总指挥部。

2 竹简探奇

接到赵副总指挥送来的报告后，峡口地区博物馆立即派人到三峡工程的工地来调查。按照他提供的情况，找到了张杰，听取了他和杨继先发现青灰泥的经过。他们进行了初步探测，发现那片青灰泥下面果然有白膏泥和椁板，认定这是一座具有相当规模的古墓。

发掘工作进行得很顺利。

这是一座一椁两棺的墓葬，墓址在山麓下的一块黏土地上。俗话说："干千年，湿万年，不干不湿几十年。"这里正是一块可以保存古墓的地方。棺、椁都保存得相当完好，尸体在内棺碱性棺液中完整无损。椁室的头厢和边厢里，放置着异常丰富的随葬品。地区博物馆考古组组长何宜静组织了考古组的全体成员，还动员了博物馆里能够动员出来的人，一齐投入了清理出土文物的工作。从出土竹简上的记载来看，墓主人叫作吕迁，是一位天文学家，晚年担任过江陵县令，入葬时间在汉武帝元光二年（公元前133年）九月，终年56岁。那些造型优美、花纹繁缛的漆器，那些具有西汉时期特色的陶仓、陶灶、陶浑仪，那100多枚"半两"钱，那别具风格的斜方格纹铜器，铜镜、钢剑，以及那系在死者腰间绢囊里的骨质算筹，也都间接证明它是西汉时期的墓葬。何宜静领导的考古组最后给它定名为"西陵峡七号汉墓。"

当清理工作全面展开后，何宜静一向安详的脸上却露出了愁容。这些闪烁着中华民族悠久文化光辉的出土文物，这些足以使全世界的考古学家都歆慕的无价之宝，怎么会使她发愁呢？原来，这丰富的出土文物，以及在医学上很有研究价值的古尸，如果用一个小型博物馆来陈列，那是绰绰有余哩。且不说地区博物馆里无法挤出这么大的地方，光是这些文物的整理，特别是那只竹笥①里装的700多支竹简的整理和释读，就远远不是她这个考古组人力所能承担的。

在何宜静的要求下，地区博物馆向省博物馆和考古研究所，以及省医学院、人民医院发出呼吁，请求他们派出专家、学者，前来参加出土文物的全面整理和研究工作。于是，省考古研究所助理研究员任思宏一行人来到了这里。

任思宏是东北大学历史系考古专业的毕业生，32岁。他身材细高，瘦削的脸上有一对黑亮的眼睛，透过那副深色镜架的宽边眼镜，常常闪出一种自信的光芒。

他全面了解过出土文物的情况之后，承担起整理、释读700多支竹简的任务。说实在的，这种类繁多的地下文物使他十分自豪，但并未感到震惊。然而，当他初步整理出竹简并释读出来之后，却真正感到了震惊！

这700余支竹简一共分为三部分：一是墓主人自汉文帝后元元年（公元前163年）至汉武帝建元六年（公元前135年）这28年间的天象观测记录；二是吕迁晚年的一件轶事；三是随葬物品清单。

这一天，当他读完竹简上记载的这件轶事，他脸上那种自信的神情顿

---

① 竹笥：盛东西的长方形小竹箱。

时消失了。他再也抑制不住自己内心的激动，侧过身来看着何宜静。何宜静正在专注地鉴定一把珍贵的汉代钢剑，不消说，这把钢剑也是从吕迁墓里出土的。

任思宏急促地说："你看，这些竹简上记载了些什么！实在令人震惊。"

他的心脏在激烈地跳着，自己甚至听到了怦怦的心跳声。他记得以前有什么考古发现的时候，并不曾这样。

"什么事值得你这样激动？"何宜静平静地反问，随即凑到他那张放满竹简的桌子旁。

桌子上有百十支竹简，任思宏已经给它们注上了编号，依次排列好。何宜静看到它们的编号是从M484开始，到M597为止。

"你自己读吧，"任思宏心情平静了一些，"你读完了也会激动的。"

何宜静戴上了一副老花镜，俯首读着：

汉武帝元光元年，天文学家吕迁任江陵县令。

六月初四，吕迁偕子吕不茂与同窗好友邓可，自江陵城南门乘客船赴西陵游玩。

初五夜，吕迁在客船上观天象，发现房宿①中有一客星②，大如钱，五光十色。

初六，船抵夷陵③码头。吕迁三人登岸投宿。

① 房宿：二十八宿之一，位于天蝎座。
② 客星：中国古代指闯入其他星宿范围的星体，如新星、彗星、超新星等。
③ 夷陵：今湖北省宜昌市。

几日后游至一处，但见群峰叠错，飞泉似雪，苍松碧翠。吕不茂取出笔、帛，吕迁、邓可吟诗作画，兴致极浓。

吕迁忽闻一声自地下传出，便俯首细听。邓可、吕不茂见状，亦来倾听。此声初如蛇行草中，后如闷雷滚滚。突然一小丘自足下鼓起，吕迁三人摔倒在地。三人爬起急退之。

吕迁往小丘上定睛一看，缕缕青烟嗞嗞作响，道道红光、金光直冲云霄。随后，有带瓣壳之铜球出于土。铜球直径约三尺[①]余，其上有星八百余颗，金光四射，状如浑象[②]。吕迁细观之，球上有参宿[③]七星，形似一鼎。

吕迁与邓可欲将铜球取出，用尽平生之力，分毫未动。盖因铜球紧固于瓣壳，瓣壳深置于土中之故。吕迁怕铜球复入土，急唤其子取来笔、帛等物，速将铜球上诸星一一临摹绘制于帛上。

吕迁绘毕，铜球果复入土不见。

时有农夫数人途经于此，见状甚奇，问之吕迁之旁。迁曰："日后复出，与尔等一一答之。"

天色渐晚，吕迁三人依依不舍而去。

"这段记载神话色彩太浓，不一定可靠。"仔细看完那些竹简之后，何宜静摘下老花镜，安详地说。

"我认为这件事现在还难以判断真伪，如果能把那张临摹在帛上的古

---

① 尺：西汉时的长度单位，1尺合今0.233米。
② 浑象：我国古代的一种天文仪器，相当于现代的天球仪，也叫浑天仪。
③ 参宿：二十八宿之一，在猎户座。

星图找到，问题就好判断得多。"任思宏又恢复了自信的神色。

"墓葬中并没有古星图呀！"

"竹简中的随葬品清单记载着有星图一幅，可惜我们没有找到！"

看来，要揭开铜球的真伪之谜，首先就得找出这幅古星图。

3　一幅古星图

峡口地区博物馆是一幢两层的旧式楼房，坐落在闹市区里的一条小巷内。在博物馆二楼西侧尽头的一间工作室里，柜橱内、地板上、桌子旁，到处堆放着等待修复、整理的出土文物。这些文物全是从西陵峡七号汉墓里出土的。就在这间挤得转不开身的房间里，任思宏正在出神地望着桌子旁的一个漆盒。

在漆盒深红的底色上，画着一圈由粗犷的黑线条勾勒成的图案，色泽光亮如新，而式样则完全是古色古香的。奇怪的是，这个漆盒的盖子和盒身浑然一体，找不到哪里有缝。

他用双手把漆盒从桌上捧起，轻轻摇了一摇，盒子里面发出咕咚咕咚的声音。

"这个闷葫芦里装的是什么药？"他暗自思忖，"会不会是那幅古星图呢？"

他那自信的目光，透过那副宽边眼镜的镜片，投射到这只漆盒上。好像这目光就是伦琴射线，可以穿透漆盒，一直看到里面似的。

"思宏，你还在抱着这个漆盒发愣呀？"何宜静拿着一柄闪亮的古钢剑挤了进来，"这真是一把好剑啊。上面有一个字看不真切，你来辨认一下。"

何宜静身材适中，相貌平常，由于五官端正，举止又很安详，给人一种异常庄重的感觉。她从事考古工作多年，现在已50出头，但精力仍然很充沛，在这儿很受同事们的尊敬。

任思宏轻轻地放下漆盒，腾出一把椅子，让她坐下，然后随手把古剑接了过来。

这把古代钢剑的剑柄上刻有七个字。由于年代久远，前六个字尚可依稀辨认，最后一个字有些残缺，很不清晰。任思宏仔细地端详着，沉默良久。

"这个字从残留下来的痕迹看，可以确定是个'乍'①字。"任思宏终于开口了。

"这么说，这七个字就是'元光元年四月乍'啦。"

"正是这样。你的问题解决了，我还得继续研究漆盒开启法。"任思宏笑了笑，顺手把宽边眼镜扶正。

"这漆盒会不会是用生漆封的口？"何宜静若有所思地停顿了一下，"就像过去江陵凤凰山一六八号汉墓的内棺盖那样。"

"啊——"任思宏欢呼一声，顿时恍然大悟，急忙又把那个漆盒轻轻地捧起来。

"让我来帮点忙吧！"何宜静从衣袋里掏出一副老花眼镜，关切地说。

---

① 乍：即"作"字。

这漆盒果然是用生漆封的口。任思宏取来一把修复文物用的小刀，憋着一口气，用锋利的刀尖，一点儿一点儿地把生漆抠掉。他生怕弄坏了漆盒，小心翼翼地慢慢撬着盒盖，漆盒完整无损地打开了。任思宏如释重负，长长地呼出一口气。

在这个有黑色内壁的精美漆盒里，盛着一个用黄绸裹着的小包。何宜静拿一把软毛刷子试了试，小包还很挺实，并未腐朽。任思宏用一把专用夹子，把它夹了出来，轻轻放在一只长方形白搪瓷托盘里。他又憋住气，专注地用夹子把黄绸粘连的地方一一分离，再轻轻打开——啊，里面是一份折叠起来的帛书。谢天谢地，这份帛书并没粘连。这大概是因为密封的漆盒既防止了帛书受水汽之害，又避免了帛书受压之苦的缘故吧。

任思宏感到自己的手在轻微地颤抖，便让它在空中停歇片刻，想以此控制自己在重大发现前的激动。

何宜静显然比他善于控制自己，关切地问："也许，让我来揭开会更好一些？"

任思宏不愿失去亲自揭开帛书秘密的机会。他掏出手帕，擦了擦额角上的汗，对何宜静笑了笑，算是婉言谢绝。他找来一块干净的有机玻璃板放在桌子上，再把帛书夹到有机玻璃板上面，按照它原来的折叠顺序，一步一步把它打开。

"啊！果然是一幅星图！"任思宏激动地喊道。

"一幅2100多年前绘制的星图！"何宜静也不无激动。

展现在他们眼前的这幅古星图，它的几个折痕已经破损，帛的颜色也因年代久远而泛黄。但这丝毫不影响它的重要价值：这幅古星图比那举世闻名的敦煌星图①早1000年左右；比洛阳北魏墓中的星图详细得多，精致得多；至于西汉末年洛阳古墓中的星图，更是不在话下。

这幅古星图在天文学史上的地位是显而易见的。但它和那个莫名其妙的铜球是什么关系？怎样才能用它来分析、判断铜球自行出土的真伪？这些问题在任思宏脑海中盘旋着。

在中学读书时，他和低年级的同学徐振宇、杨帆一道参加过天文小组活动，掌握了一点初步的天文学知识。这些知识，给他现在从事的考古工作带来很大的方便。对于野外发掘中发现的古代星图，他几乎不费很大气力，就可以读懂。

然而，这一幅古星图却使他一筹莫展。帛上星图只有两幅，一幅是北天星图，一幅是赤道区星图，大体上采用了赤道坐标系。星星是用墨点标出的，大黑点表示亮星，小黑点表示暗星，一共有800余颗。星与星之间没有连线。可是，当任思宏想辨别这些星的时候，却遇到了很大的困难。天晓得这些星为什么和我们今天看到的星不一样，难道古时候的星空就是这样？

何宜静虽然对星图不甚了解，但在这幅举世罕见的星图面前也激动不已。她从资料室取来一本《全天星图》，递给任思宏。

任思宏拿着《全天星图》，反复对照着观看。过了很久，终于在星图上勉强证认出了猎户星座。在古星图上的这个星座里，参宿四和参宿五都偏离了它们的实际位置。严格地说，他在古星图上所看到的，只是一个走

---

① 敦煌星图：绘有1350多颗星，可能出自唐代，最迟也是公元940年以前的产物。为英国人斯坦因盗走，现存伦敦博物馆内。

了样的猎户座。但就凭这一点，也是一个了不起的收获。

任思宏高兴极了，想把这个发现马上告诉省考古研究所。打电话要到馆长办公室，他便离开座位，急急忙忙跨步推门而出。

"哎哟，我的考古学家！什么事情把你弄得这样神魂颠倒？"一个身材修长、乌发垂肩的姑娘在门外机灵地把身一闪，避免了一次"碰撞事故"。这姑娘鸭蛋脸上镶着一双美丽的杏仁眼，眉宇清秀，皮肤白皙，说起话来现出一对浅浅的酒窝。

"杨帆，是你！"任思宏歉意地一笑，"是什么风把你吹来啦？"

"省人民医院来电话，要我先回去，我来告诉我妈一下。"

"哦。你的研究项目结束了吗？"

杨帆是省人民医院污染病防治所内科的主治医师，最近正在研究环境对人体健康的影响。西陵峡七号汉墓出土一具保存完好的古尸后，她认为这是测量汉代人体受环境影响状况的极好机会，便到这里来参与古尸研究。

"我的工作已经完成，但有一些化验结果还没有出来。"杨帆求援似的看了任思宏一下，"我不能等了，想请你把结果给我带回楚江去。"

"七号汉墓里有一幅古星图，疑点很多，除了勉强认出猎户星座之外，我是无能为力了。徐振宇是这方面的行家，我想建议领导把他借调来。他一定能突破难关，弄清楚这幅古星图的来龙去脉。"说到这里，任思宏特意停顿下来，注视着她，"你说是不是？"

杨帆未置可否，只是嘴角上挂着一丝苦笑，迅速岔开了话题："你爱人调回来没有？"

这回轮到任思宏苦笑了，他做了一个无可奈何的手势道："你看，伯母这么大年纪了，都还没调回去呢。我年纪轻轻的，怎么能有这个福气？"

何宜静听到她女儿说话的声音，忙从屋里出来。她拿着一个精美的茶叶盒，递给杨帆："这是你爸爸最爱喝的'宜红'，给他带回去吧。"

4　伯乐难当

在骆家山山麓一条幽静的湖滨大道上，省考古研究所党委书记杨光耀步履矫健，径直向省科学院那边走去。他今年58岁，多年的操劳在他脸上刻下了深深的皱纹，头上长出了几缕银丝。在担任考古研究所书记的这些年里，他很少乘小车外出，今天依然是安步当车。

省科学院坐落在这条湖滨大道的尽头，骆家山的山麓下。这所科学院和外省有些不一样的是，它既管自然科学，又管社会科学，是一个综合性科研机构。院内，苍松翠柏，错落其间。杨光耀沿着法国梧桐树掩映下的林荫道，走进了左边的一幢高楼，省科学院院长办公室就在这座楼里。

杨光耀推开镶了黑色人造革的橡木门，看到副院长项绪堃正坐在一张大写字台后面，笑嘻嘻地打着电话。项绪堃向杨光耀点点头，示意他坐下。

"老杨啊！你来得正好，我正有一件事要找你哩。"项绪堃打完电话，向杨光耀神秘地一笑。

"项副院长，我也有一件事要找你，还是让我先说吧！"

"那当然，那当然。"项绪堃坐在黑色皮革的安乐椅中，悠然自得地摇了一摇。安乐椅宽大的靠背，刚刚能放得下他那过于肥胖的身子。当他笑起来的时候，真像一尊如来佛。

"关于七号汉墓的竹简和古星图，所里已经向省科学院写过详尽的报告，你一定知道了吧。"

"是的，是的。"项绪堃保养得很好的国字脸上，始终笑容可掬。

"按照竹简上的记载，这幅古星图是照着铜球画下来的。汉代到底有没有这么一个铜球？铜球究竟是什么东西？这些都只能从研究这幅古星图着手。"

"对，你们一定要加紧进行这项研究工作。"

"可是，这幅古星图和以前各地出土的古代星图大不相同，和现代星图又对不上号，我们所里的考古人员感到力不从心，希望院领导能借调一名天文专家来协助研究。"

"这倒可以考虑。你们想请谁呢？"项绪堃专注地等待着。

"南山天文台的徐振宇。"

"谁？"

"徐振宇。"

"徐振宇？我怎么没听说过这个名字呢，南山天文台的几位专家我都了如指掌。"项绪堃有些诧异。

"他确实是南山天文台的。"

"我敢断定，他不但不是研究员、副研究员，甚至连助理研究员也不是，"项绪堃收起了笑容，神情严肃起来，"如果他是南山天文台的人的话。"

"他现在还没有正式的职称，"杨光耀辩解道，"但他已经考证过几幅古代星图，受到考古界的好评，在这方面也算得上是一个专家。"

"没有职称怎么能算专家呢？我不同意借调他去。"项绪堃说得很肯定，很严厉，但他马上发觉了这一点，又缓和了口气，"老杨，我看这样吧，我替你把南山天文台台长黄敬之教授请来。黄教授是国内屈指可数的天文学家，在世界上也颇有名气。由他来协助你们，古星图问题可以迎刃而解。"

"南山天文台说，黄教授正在进行一项研究工作，近期内不可能脱身，得等到他完成手头那项研究工作之后。"

"这不正好吗？你们就等一等他。反正是研究一个古代的问题，又不是当代的科学尖端，早几个月晚几个月没有什么关系嘛！"

"要是把徐振宇先借调来，那不是可以马上开始研究吗？"杨光耀还在争取着。

"我不能给你借调一个没有职称的人，你就等几天吧。好吧，现在该来谈我那件事了。"这位副院长"宣布"了第一个问题已经没有商讨余地之后，脸上又掠过一丝神秘的微笑。

"什么事？"

"省里最近给科学院系统批下来几个单调指标，专门解决多年分居的夫妇团聚的问题。院里决定给你们所一个指标。"说到这里，项绪垫做了一个强有力的手势，似乎是说，这是经过他的努力才搞到的。然后，他又压低嗓门对杨光耀说："我已做了安排，把你爱人从外地调到省城楚江来。你可以先写一封信告诉你爱人，同时你在家里也准备准备，好迎候夫人。这一次是省里直接批的，我估计要不了多久你爱人就可以到家。"

"领导对我这么关怀，我很感激，但这个指标绝不能用在我身上。我们所里有几个第一线研究人员夫妇两地分居的问题还没解决，怎么好先给我解决呢？我想，这一次应该给任思宏解决。他现在是所里科研的主力，分居年头也不少了。如果把他爱人白丽祯从四川调回楚江，就可以让他了无牵挂地搞科研。当然，这只是我的意见，还得通过党委研究一下。"杨光耀诚心诚意地说。

"任思宏怎么能和你比呢？你是参加过解放战争的老干部，别说在所里，就是在全省，现在中华人民共和国成立前的干部也不多了。你对全所的研究工作也起了很大作用嘛。再说，你分居年头在所里恐怕是最长的了。把你爱人调回来，谁也不会有意见的。"项绪堃笑吟吟地说。

"我只是科研战线上的后勤兵。再说，我眼看着任思宏他们这一代新人已经成长起来，再过两三年，我也可以放心地退休了。到那时，我迁到老伴那里安度晚年，不也很好嘛。"

"我是替你着想，劝你还是回去再考虑考虑，明天下班前给我一个答复还来得及。"

"你的心意我领了，不过，指标嘛，还是给任思宏为好。这样吧，我回所里去，让他们给你打一个正式的报告。"

项绪堃笑呵呵地一直把他送到省科学院的大门外。

5　美好的回忆

《考古学术研究》公开发表的《西陵峡七号汉墓考古发掘报告》，引

起了省内外的考古学家、历史学家、天文学家和自然科学史研究者的极大关注。

为了便于各方面专家研究，古星图已安全运抵省城楚江市，并由省考古研究所裱成一幅精致的挂图。

此刻，任思宏正站在这幅挂图前苦苦地思索着。遮掩这幅挂图的猩红色金丝绒帷幔已经被拉到一边。用楠木做的、漆得锃亮的褐色壁框前，安着一扇整面的有机玻璃门，门的上沿装着一把精致可靠的暗锁。裱得非常考究的古星图就挂在壁框的乳白色底板上。一束柔和的灯光从壁框上面的一个角落里均匀地投射到古星图上，把漫长的2000年以来，时间老人在它上面留下的一个个印记，以及800多颗星都照得清清楚楚。看到了它，令人情不自禁地想逆着历史的长河，去追溯那些已经消逝了的岁月……

一个身材魁梧的青年走了进来。他长着一头浓密的黑发，两道浓眉掩着一对闪耀着探索目光的眼睛，脸上挂着一丝坚韧的神情。虽然他已有28岁，但那英俊的脸上似乎还保留着些稚气。当他看到任思宏正在一幅图前沉思，便悄悄走了过去，站在他的后面，也看了起来。"啊！这不就是那幅古星图吗？"他猜到之后，不禁叫出声来。

这话音惊动了任思宏，他回头一看，原来是徐振宇。他俩又是握手，又是拍肩膀，好不亲热。任思宏向徐振宇简要介绍了他们在西陵峡七号汉墓中所见到的一切，徐振宇专注地听着，两只明亮的眼睛不时流露出赞赏的目光。当任思宏谈到这幅古星图时，徐振宇时而兴奋，时而凝思，时而钦佩，时而关切。接着，任思宏又告诉他，所里杨书记很器重他，几次到省科学院请求借调他来参加这项研究，但始终未能获准。

徐振宇微微一笑，坚韧的性格使他对这些琐事毫不介意。他真诚地说："这没有什么关系，不同意借调我，我照样可以参加！可以利用业余时间搞嘛。你看，我这不是已经参加了！"

徐振宇从衣袋里取出微型摄影机，任思宏摇摇手说："不用了，我们有翻拍好的大幅照片，还有竹简的资料。"说罢转身到侧面一个卷柜里去取。

"资料我也要一份。"门外传来杨帆银铃般的清脆嗓音。

任思宏把取出来的照片和文字材料递给了徐振宇，然后故意对杨帆说："怎么，竹简资料你也要，是不是想和振宇合伙呀？"

杨帆脉脉含情地望了徐振宇一眼，秀美的鸭蛋脸上微微泛起红晕："我哪有那个水平，我以为你们说的是古尸资料呢。"

"你怎么没有那个水平？你在中学时不是天文小组的积极分子吗？古墓里的发现又把我们三人聚到一块了。"任思宏朝杨帆笑了笑，又说，"我从峡口给你捎来了材料，你们在这里等一会儿，我去取。"

任思宏的几句话，勾起了杨帆对黄金般的学生时代的美好回忆……

一个深秋的夜晚，正在念高一的杨帆拿着一道物理题去问她的同班同学徐振宇。徐振宇的母亲告诉她，振宇上学校参加天文小组活动去了。杨帆心想，反正学校也不远，干脆到学校里去问他。

学校的后面有一座小山，是当年建校时用平整场地的余土堆积起来的。现在小山上铺了碎石小道，植了草皮，种了树木。在小山顶上有一块不大的平地，白天可以眺望附近的景色，晚上则是天文小组活动的理想场所。杨帆登上小山，只见山顶上放着两架教学仪器厂出品的天文望远镜和三架学生自制的简易望远镜，天文小组里的十几个同学在一位老师的指导下，正在观测星空。她借助微弱的星光，看到徐振宇和一个高三的同学正忙着：一个全神贯注地用天文望远镜探测宇宙的奥秘；一个手里拿着纸夹正在记着什么。

杨帆蹑手蹑脚走到他俩跟前，突然用她那银铃般的嗓音打了一个招呼，把他俩吓了一跳。徐振宇问她来做什么。

"我来看看还不行吗？"

站在徐振宇旁边的那个同学叫任思宏，他赶忙代替徐振宇做了回答："行，行，我们还欢迎你参加呢。"

杨帆把她那条过腰的长辫向后一甩，嫣然一笑："我想不想参加还不一定哩！"

秋夜天穹上的繁星就好像黑绒布上镶着的无数小宝石，即使是对天文学一无所知的人，也会被这蔚为壮观的宇宙景色所吸引。

"天上这么多星星，你们怎么能认得出来呢？"又是杨帆的声音。

"你别看星星这么多，它们在天上都有自己的位置。虽然每天因地球自转而东升西落，但它们相互之间的位置关系，看上去好像是不变的，这就使我们很容易辨认。"徐振宇解释着。

"你看那儿，"徐振宇用手指着东方，"那一组明亮的星正从地平线上渐渐升起，它们的中部有三颗亮星连成一线，就是人们说的'三星高照'中的三星，也就是参宿一、参宿二、参宿三。你看到了没有？"

"看到了。"杨帆高兴地说。

"好，你再看这三星的周围，左上方那颗橙黄色的星是参宿四，右下方那颗白中带黄的是参宿七，还有右上方的是参宿五，左下方的是参宿六。这四颗亮星和这三星组成了一个不规则的H形。这三星就是这H形中间的那一横，而那四颗星和这一颗的连线又都是向外斜支出去的，结果使这个H形变得中间瘦、两头胖了。"

"你说的这个H形我也看出来了。"杨帆更加高兴。

"这说明你已经能辨认星星了！"徐振宇鼓励她，"这个不规则的H形就是著名的猎户星座。"

"这个猎户星座还挺好看的呢！"杨帆欣赏着这个明星闪烁的星座。

"可不，在天上所有的星座之中，猎户座是亮星最多的一个星座，因而也使它显得格外美丽。"徐振宇越说越起劲，又指着东南方的星空道，"你再从这猎户座开始，沿着地平线的上方，由东向南看过去，有不少星弯弯曲曲地排列着，好像一条波涛汹涌的江河，所以取名波江星座。"

说到这里，徐振宇从口袋里拿出一只小手电筒，揿了一下按钮，让一束光线划破夜空，向波江星座的一颗星射去。"你看，这就是波江座的天苑四星，它离我们太阳系的距离只有10.9光年，是天空中离我们最近的恒星之一。"

"光年是多少年？"杨帆不明白。

"光年不是年，"任思宏忍不住笑了，"它不是时间单位，而是一个距离单位。一光年就是光在一年里所走过的路程，大约等于九万五千亿公里。"

"哎呀！这么说，天苑四星离我们好远哟。"杨帆真正感到惊讶了。

"这在恒星之中，还要算是近的呢！"任思宏不无感慨地说。

他们谈得很高兴，时间不知不觉地过去了。在猎户座下方，一个非常明亮的、几乎是白色的星从东方冉冉升起。

徐振宇指着这颗亮星侃侃而谈："这就是著名的天狼星。它是天空中最亮的一颗恒星，距离我们也很近，只有8.7光年。天狼星所在的星座叫大犬座……"

任思宏笑着插话："狼和犬是一家嘛。"

"这一家人离得也够远的了。"徐振宇也笑了，"大犬座因为有了天狼星，也很有名气。像这样的星座，天上一共有88个。这是为了观测的方便，人为划定的。人们还给每一个星座起了一个名字。"

杨帆对这灿烂的星空产生了很大的兴趣，便对徐振宇说："你和老师说说，让我也参加天文小组吧。"

"我们想不想让你参加还不一定哩！"任思宏抢先答了一句。他虽然比徐振宇大四岁，但这并不妨碍他爱说爱闹的性格。

此后，杨帆成了这个天文小组里的一名积极的成员。他们一同学习，一同参加课外活动。在三年的共同学习生活中，杨帆发现徐振宇是个勤奋好学、富于创造力的青年；徐振宇感到杨帆是个理想远大、心地善良的姑娘。在他们的心里，不知不觉地产生了爱慕之情。

高中毕业了，杨帆考上了北京医学院。徐振宇却不知因为什么缘故，没有考上大学。也许是天文专业名额太少，录取分数线相对过高；也许是他考场上失误，没有考出应有的水平；也许是他不走运，那年报考天文专业的人过多，反正是没有接到录取通知书。

杨帆听到徐振宇没有考上大学的消息，难过地流了泪。她原来估计，徐振宇肯定能考上，而她却可能考不上——真没想到会是这种结果。徐振宇却控制住了自己的感情，反而劝她放宽心，说他自己会有办法的：有机会工作，就一边工作，一边学习；没机会工作，明年也可以再试试。

杨帆在北京医学院读书期间，常常给徐振宇写信。从热情的回信中，知道徐振宇实现了他的诺言，在工作中奋发自学，取得了令人羡慕的成绩。杨帆对他产生了一种新的感情，这种感情免不了要在字里行间流露出来。徐振宇是一个聪明的小伙子，他是不会察觉不到的。他们就这样在信中恋爱起来。

杨帆是个有抱负的人。她并没有因为对徐振宇的炽热感情而对学业有丝毫放松。相反，她入学后都没有回过家。在三年级的暑假前，她家里来信说，父亲新近调动了工作，家也搬到新单位的住宅区，让她在假期里回去看看新居。她考虑到，刚接触专业基础课程，便毅然决定假期留在北京钻研学业。

从医学院毕业时，她获得了医学学士学位。她想继续深造，报考攻读医学硕士学位的研究生。她写信征求徐振宇的意见，他真诚地支持了她。经过一个暑假的紧张准备之后，她终于考上了。

杨帆利用开学前的一段空隙，回到了阔别五年的楚江市。徐振宇热烈地祝贺她，并且说了许多鼓励的话。可是当杨帆邀请他上家里去玩儿的时候，徐振宇却婉言推辞了。杨帆有些扫兴，她以为这是徐振宇性格腼腆所致，也没计较。

研究生的课程开始后，不知为什么，她感到徐振宇在信中渐渐冷淡了她。由于学习生活过于紧张，她没有更多时间来考虑这些感情上的问题。

从北医研究生院毕业以后，她顺利地通过了论文答辩，被授予医学硕士学位，分配到楚江市省人民医院工作。这以后，她常去找徐振宇。他们谈工作，谈生活，谈理想。但杨帆总感到，徐振宇对她虽然很热情，但这种感情却是有分寸的。有一段时间，她很生气。后来，当她了解到徐振宇内心的想法时，反而觉得他更值得尊敬，更值得爱慕。杨帆相信总有一天，他也会理解她的感情的……

"杨帆，你怎么研究起古尸来了？"徐振宇的一句问话打断了她的回忆。

"我和同事们研究出一种新的化验方法，它能区别人体生前和死后所受的污染。我们想利用这个机会，实际检验一下这种化验方法是否可靠，同时也可以用它来和现代人体进行比较。"

"真有意思。有机会的话，我倒想详细听一听。"

"星期天有空吗？你上黄鹤公园来，我给你详细谈谈我们的研究成果，好吗？"杨帆那两只熠熠闪光的杏仁眼里充满了深情的期望。

"这个星期天，我……"徐振宇支吾着，"我手头还有一点儿事……"

杨帆那明澈湖水一般的杏仁眼里，激起了忧郁的涟漪。

这时任思宏把取来的材料交给杨帆，使徐振宇摆脱了窘境。他想缓和一下气氛："杨帆，我陪你一块儿回去吧。"

"我……我手头还有一点儿事，真对不起……"

徐振宇默默地走开了。

任思宏望着徐振宇远去的背影，轻声叹了一口气。杨帆自己也不明白，刚才怎么会说出那样违心的话来。

6　两说之争

徐振宇拿着一本《西陵峡七号汉墓考古发掘报告》的单行本，走进了台长室。

阳光从台长室右侧的落地式钢窗投射进来，把室内照得亮堂堂的。在一张高脚式大写字台前，放着一架天蓝色的、齐胸高的天球仪。在电脑控制下，天球仪严格按照天空中星辰的出没时刻，缓缓旋转着。徐振宇向天球仪瞥了一眼，只见室女星座正从天球仪的地平圈上冉冉升起。在台长室的左面墙上挂着太阳、行星、彗星、月球、小行星，以及宇宙里几个著名星云的照片。这些彩色照片，看起来十分壮观。在后墙上，挂着蒋兆和画的张衡、祖冲之、一行和郭守敬的彩色画像。画像下面是一排书柜，书柜里挤满了各式各样的书籍。

"小徐，快坐下！"一个身材适中的老人给他搬了一把椅子，放在落地式天球仪旁边。

这位老人就是大名鼎鼎的南山天文台台长黄敬之教授。在他清癯的方脸膛上有一对目光深邃的眼睛，眼角隐隐出现了鱼尾纹，在花白的鬓发之间露出了异常宽阔的前额。鼻梁上的那副深度近视镜不但没有妨碍他去洞察宇宙的奥秘，反而帮助他成为一名知识渊博的学者。

"黄教授，这份考古发掘报告您看过了吗？"徐振宇打开卷在手中的那本单行本。

"看过了。"

"关于铜球的记载，您信不信？"

老教授的眼里充满了光泽，他兴奋地说："我国在东汉时期，就有了张衡发明的'水运浑象'。"

说到这里，他把目光移到了窗外。窗外置放着一架一人多高的"水运浑象"仿制品，还有中国古代的浑仪、赤道经纬仪和纪限仪。阳光照在这些古铜色的仪器上，闪闪发光。老教授深邃的眼睛里迸发出无限钦佩的目光。他把目光一收，投向室内那架缓缓旋转的天球仪。

"小徐，你看这个现代化的天球仪，它的基本原理、作用和1800多年前张衡发明的'水运浑象'几乎一样。只是这架天球仪用电脑控制时间，用电力驱动；而张衡的'水运浑象'用漏壶滴水控制时间，用水力驱动。可见张衡的'水运浑象'已经是一架十分完善的天球仪了。它不可能是我国古代最早的浑象，在这之前一定有过比较简单的浑象。如果说在张衡之前300年就有了简单的浑象，那不是合情合理的事吗？因此，我推测铜球就是张衡之前的浑象。"

黄敬之打开抽屉，取出一张古星图的大幅照片，指着它说："吕迁临摹的这幅星图，精度的确不太高，有些星甚至无精度可言。这正好说明，那个铜球形浑象产生的年代较早。在那样的年代，天球仪的精度差一些是完全可以理解的。"

"话要说回来，这幅古星图也还不是完全不可辨认。"老教授指着星图上的一个地方说，"在任思宏同志首先证认出猎户座的基础上，最近我又证认出了大熊座和大犬座……"

"是吗？"徐振宇惊喜地站了起来。

"你看，这七颗星就是大熊座中的北斗七星。"

黄敬之停顿了一会儿，又指到照片上的另一个地方："你再看，在猎户座的斜下方，这几颗星就是大犬座。"

徐振宇摇摇头："怎么不大像呢？"

"是不大像。你注意到没有，这个星座里缺了一颗……"

"哎呀！我知道了，"徐振宇惊呼道，"缺了一颗天狼星，天空中最亮的天狼星！"

"这么引人注目的天狼星，吕迁是不会把它遗漏的。我们早晚也一定能够把它证认出来！"老教授信心十足地说。

几天之后，《考古学术研究》发表了黄敬之教授的文章，铜球是天球仪的说法就此传开了。

一天，徐振宇在南山天文台资料室里浏览杂志，无意中在《长江大学学报》上，看到了该校历史系副教授郭逸平写的一篇文章，题目是《天球仪能自动出土吗？——与黄敬之同志商榷》，便细细阅读起来。

这篇文章说，从出土竹简的内容来看，迷信色彩很重，有些地方记叙得像神话一般，实在难以令人信服。作者分析，江陵县令吕迁之所以要这么做，原因只能从社会和历史根源里去找。据史书记载，"楚有江汉川泽山林之饶……民食鱼稻，以渔猎山伐为业……信巫鬼，重淫祀"①。这就不难理解，竹简上的迷信色彩为什么那样浓重了。

文章里又说，吕迁之所以要这样做，其目的只能是，要人相信他这幅古星图是来自神的意志，非同凡响，并以此争取得到当时学者的承认。

文章作者还说，竹简上记载着有"铜球出于土"，把铜球描绘成了一个能自动出土的机械。鉴于西汉时期众所周知的生产技术水平，当时根本不可能制造出任何现代意义上的自动机械。黄敬之同志把它说成是一个古代天球仪，他不禁要问："天球仪能够自动出土吗？"

这位历史副教授最后写道，据此分析，西陵峡七号汉墓出土的古星图，只是吕迁观察天象用的一张星图。鉴于它精度甚差，在科学上的价值

---

① 见《汉书·地理志》。

不大。至于此图临摹自铜球一说，不过是吕迁的一种伪托而已。

看完后，徐振宇拿着这本杂志，匆匆往台长室走去。

长江大学历史系组织了一次西陵峡七号汉墓星图学术讨论会，省内外的一些有关单位都得到邀请，与紫金山天文台、北京天文台并驾齐驱的南山天文台自然不会例外。黄敬之和徐振宇在会议室门口碰见了任思宏，他们一同走进会场，坐在一起。

讨论会组织者概略地介绍了前一时期的争论情况，接着说："关于古星图的由来，现在有两种看法，一是以黄敬之教授为代表的实体说，一是以郭逸平副教授为代表的伪托说。现在就请他们二位先发言。"

黄敬之从座位上站了起来。他没有拿讲稿，环视会场之后说："竹简上关于铜球出土的描述，很可能不是吕迁本人写的，也许是请了文人代笔。代笔时用了夸张的手法，绘声绘色地把铜球描绘成自己钻出地面，其实并不一定是这样。我觉得，竹简中'铜球出于土'这五个字，倒比较接近吕迁的原始记录。如果我们不把这五个字理解成铜球自动钻出地面，而把它解释为从地下发掘出铜球来，这不是更恰当一些吗？"

黄敬之停顿了一下，仍然用十分平稳的语气说："我仔细地分析了吕迁的天象观测记录，发现它的精确程度非常高，和今天的观测结果相差无几。这在西汉的技术条件下，是多么了不起的成就啊！我想，吕迁一定是我国古代一位严肃认真的天文学家。可以这么认为，吕迁绘制的古星图，一定是和铜球上的星图相一致的。"

郭逸平接着发言。他个子不高，圆脸红润润的，两只细长的眼睛流露出一种求实的目光，嘴唇厚厚的，脸上挂着一丝执拗的神情。虽然刚满40

岁，但已经秃顶了。他先是宣读了自己的一篇论文，然后，抑扬顿挫地说："对于黄教授的发言，我实在未敢苟同。如果'铜球出于土'指的是发掘出土的话，那么'铜球复入土不见'就应该是指把铜球又埋到了土里。这难道是可能的吗？"

郭逸平讲到这里，突然一顿，似乎是让大家回味一下他刚刚说的话，这才继续说道："如果说，'铜球出于土'比较接近吕迁的原始记录，而'铜球复入土不见'却又是文人代笔的夸张写法，恕我直言，这种分析问题的方法，即便不是断章取义，至少也是自相矛盾。"

陕西的一位天文工作者在会上发言支持郭逸平的伪托说，他还用自己的一项研究成果发展了伪托说。他激动地说："我从古星图上证认出了南三角星座！这个星座，无论是在我国中原地区，还是在江陵附近，都是观测不到的。"

他把一张照片放到一台投影幻灯机里，银幕上立刻映出了那幅从吕迁墓里出土的古星图。在那幅图上，南三角星座用红圈标示着。他指着那几颗星说："大家知道，如果铜球是我国古代天球仪的话，它上面是不会有南三角星座的。然而，古星图上却有了，这就充分证明古星图不是照着那个所谓的铜球画的。因此，吕迁关于古星图来自铜球的说法，只能是一种伪托！"

郭逸平在座位上连连点头。

这位天文工作者把嗓音提高了："根据我的推测，吕迁墓里的这幅古星图，很可能是从古代埃及人那里传入的。"

会场上交头接耳，议论纷纷。

黄敬之也觉得这些问题用实体说难以解释，他的脑海里突然闪现过一个念头，便低声对徐振宇说："我有一个想法，趁这几天台里工作不大忙，上峡口地区博物馆去一趟，仔细研究一下竹简，看能不能找到一些新的证据。"

"我可以和您一同去吗？"徐振宇很感兴趣。

"当然可以。"黄敬之高兴地说，"你和任思宏说说，请他给我们联系一下。"

徐振宇转过头来，对任思宏说了。

"太巧了，我最近要去西陵峡，如果你们愿意的话，我们一同走。先考察一下墓址周围的自然环境，然后再去峡口地区博物馆看竹简。"任思宏热情地说。

徐振宇又转过脸向黄敬之投去探询的目光，黄敬之颔首道："那更好了。"

任思宏不等徐振宇开口，便笑吟吟地说："好，那我们就一言为定，后天，也就是9月21号，上午11点出发。那边的工作、食宿问题，一切都由我负责，你们尽管放心好了。"

7　在"三峡号"气垫船上

在楚江市的客运码头上，任思宏拿着三张去峡口的船票，面朝着长江大堤，等待徐振宇和黄敬之。从大堤上下来的熙熙攘攘的旅客中，露出了杨帆俊秀的鸭蛋脸和苗条的身影。她穿着浅灰色的西服，衣领里衬着一条藕荷色的纱巾，步履轻盈地朝任思宏这边走来。

任思宏扶了一下眼镜，笑问道："怎么，你也去峡口？"

"不，"杨帆微微一笑，随手把垂肩的乌发整理了一下，"我是来送送你们的。"

"送我们？"任思宏把"我们"两字说得特别重，瘦削的脸上狡黠一笑，"只怕是专来送振宇的吧！"

"你怎么不信呢，就是来送你们的呀！"杨帆虽然这么说，可是双颊上已经泛起一层薄薄的红晕。她把话题一转，"这儿的烟味怎么这样重，好像还夹着一股硫黄味儿？"

任思宏下意识地吸了两下说："可不，这一带空气一向不大好。"

正说着，码头上开始检票了。任思宏朝大堤方向瞅了一眼，只见徐振宇陪着黄敬之教授稳步而来，他便和杨帆一同迎了上去。

"黄教授，您来啦。"任思宏指着杨帆说，"我来给您介绍一下，这是省人民医院的主治医师杨帆同志，是徐振宇的……"

徐振宇狠狠瞪了他一眼。

"……中学同学。"任思宏急忙改口道。

"黄教授，您好！"杨帆很有礼貌地握了握黄敬之教授的手。

黄敬之吸了一口气，想说什么，却连续不断地咳喘着。很快，他清癯的脸庞被憋得通红。过了好一会儿，才逐渐平静下来。

徐振宇关心地说："黄教授，您今天身体不好，是不是改日再去？"

黄敬之神情严肃："工作日程怎么可以随便更改呢，我这是老毛病了，算不了什么！"

杨帆关切地问："您有过敏性哮喘症？"

"你怎么知道的？"黄敬之惊诧了。

"哦，刚才我闻到了一股含有硫黄的煤烟味，这会儿又见您咳喘，所以这样推测。"

"你的医术一定很高明。"

"黄教授，您过奖了。"杨帆谦虚地说，"我们医院有一个专门治疗各种污染病的防治所，您以后有空可以去治一治。"

任思宏提醒大家该上船了，杨帆过来和黄敬之、任思宏握了手，又把手伸给徐振宇。徐振宇握着她的手，很礼貌地说了一声"再见"。杨帆并不把手放开，那双美丽的杏仁眼里放射出灼热的目光，直视徐振宇。他感到脸上火辣辣的，把视线移到一旁，不敢正视她那清秀的眉目。她收回了手，好像是对徐振宇，也好像是对大家说："再见，一帆风顺！"

上午11时整，崭新的流线型气垫船"三峡号"正点开航。他们向杨帆挥手告别。徐振宇扶着船舷上的栏杆，愣愣地看着码头那边，杨帆晃动着藕荷色纱巾的身影，站着许多送别者的客运码头。船缓缓地离开了绿树成荫的码头堤岸，客运码头渐渐地被甩到了船后茫茫的大江里。

这一段河床比较平直，江面十分开阔。虽然过往船只不少，但沿岸景色平淡。黄敬之他们三人在船上餐厅里用了午餐后，都回自己房间休息去了。

黄敬之的房间在三层舯部四号。这是一个二等舱，房间里放着一张木质贴塑双层床，床上铺着厚实的泡沫塑料床垫。虽然是双层床，但上层并没有旅客。在黄敬之房间的隔壁，就是任思宏和徐振宇住的三等舱，五号房间。

午休后，他们到游步甲板上散步。"三峡号"在奔腾的长江上逆水而上，两岸的城镇、村落、树丛，以及丘陵上平缓的山岗一个接一个被甩到了船后。凉爽宜人的秋风吹拂着两岸绿茵如毯的大地，把青草、野花的芳香送到"三峡号"上。他们和甲板上其他旅客一样，沐浴在明媚的阳光下，迎着拂面的微风，尽情地欣赏着大江两岸的美好景色。

晚饭后，河床变得弯弯曲曲，在航行方向左侧，不时有红色航标灯出现。黄敬之站在游步甲板上观看长江夜景，一阵晚风吹来，颇有凉意。他关照徐振宇和任思宏早些休息，自己便回房间夜读去了。

"三峡号"停靠在沙市码头时，已经是深夜12点了。这时黄敬之、徐振宇、任思宏和其他旅客一样，都已沉睡。船舱里静悄悄的，只有发动机还在发出均匀的嗡嗡声。在沙市上船的人不多，到三层船舱来的只有一个人。这人脸色黑里透红，宽脸庞，大耳垂，四十四五岁。背上背着一个地质队员用的大背包，步履敏捷地向五号房间走来。一望而知，他是一个经常在野外工作的人。他看了一下门上的号码牌，用手拧了一下门把手，没有拧开。他轻轻敲了几下门，没有动静。他又敲了几下，房间里的灯亮了。不一会儿，门开了。他说了一声"对不起"，便走进房间。他看了看任思宏床位旁边号码牌上的"1"字，随手把背包卸下往床下一放，用手摸了摸任思宏的被子，问道："这位同志刚刚下船？"

任思宏给弄得莫名其妙："不是，你……"

"他早就下船了吗？可是这被窝还挺热的呢。"

徐振宇想笑，憋住了。任思宏却大笑着说："他根本没下船，就在这儿站着呢！"

"你借用了我的床位？"那个人问得又认真，又客气。

"这是我的床位。"任思宏对他说，"你看看你的船票，是不是搞错了房间号？"

"不会错的，我是三等舱五号房间一号床位。"那个人语气十分肯定。

"你拿出船票看看嘛！"任思宏坚持着。

他从衣袋里取出船票，递给任思宏："你看吧！"

任思宏接过来仔细一看，又大笑起来："这是昨天那条船的票！"

"不对吧，这上面不是写着21日0点30分吗？"那个人也不敢过于自信了，但还在解释着，"0点30分不就是夜里12点半吗？"

"那可是20日夜里的12点半，也就是21日的0点30分，而现在已经是，"任思宏看了一下电子数字手表，"22日的0点20分！"

"哎呀！"那个人恍然大悟，着急地说，"误了报到日期可怎么办？"

正说着，黄敬之披着上衣进来了。徐振宇关心地问："黄教授，夜这么深了，您怎么起来啦？"

"我的觉轻，刚才听到你们这边有动静，不知发生了什么事，过来看看。"黄敬之说。

任思宏把刚才发生的事说了一遍。黄敬之同情地说："赶不上报到的日子是没办法的事了，但这一夜还得睡觉才行。正好我那边上铺还空着，这位同志就上我那儿去睡吧。"

那个人感激地说："那就太打扰您啦。"说着，从床下取出大背包就跟黄敬之走过去。徐振宇、任思宏也跟了过去，帮着整理上铺上放着的东西。那个人放下大背包，塞在桌子下面，热情地问黄教授："您在哪儿任教？"

"我以前教过书，现在在楚江南山天文台工作。"

"黄教授是南山天文台台长，中国天文学会副会长。"徐振宇补充道。

"哦，您就是黄敬之教授！"那个人像有所发现似的，喜形于色。

黄敬之客气地问："你从事什么工作呢？"

"我叫方雨田，是搞生物学的，专攻生物进化和人类起源问题，这几年对环境污染与生态平衡问题也很感兴趣。一直在上海生物研究所工作。"方雨田把话匣子一打开，一肚子的话像滔滔江水那样源源不断，"这次，我刚刚在这一带调查了葛洲坝和三峡大坝对长江鱼类洄游的影响。现在乘船到秭归，再从那里乘汽车赶到神农架，参加一次多学科综合性的生物考察。"

"你的名字好熟悉呀！"任思宏沉思良久，忽然说，"我想起来啦！你写过一篇《论工业化与生态平衡》的文章，是不是？"

"写过。看来你也是研究这方面问题的咯！"方雨田以为又找到了一个同行，很是高兴。

"不，我是搞考古的。"

"那你怎么会去看那种论文呢？"

"浏览各种学科的书刊是我的业余爱好。"

大家谈得很投机。后来还是黄教授提醒道："现在时间不早了，还是去睡一觉，明天早上再谈吧。"

他们犹未尽兴地回到各自的床位。

第二天早晨，黄敬之、方雨田、任思宏和徐振宇天一亮就站在游步甲板上，尽情地欣赏大自然的美好景色。"三峡号"气垫船仍在向西行驶，日出后不多时，一座宏伟的拦江大坝屹立在前方，这就是在过去曾轰动一时的葛洲坝。

气垫船通过三江二号船闸驶入坝上的水库里，过了南津关，便进入西陵峡。此刻，两岸重峦叠嶂，奇峰兀立。岸边瘦石嶙峋，一些暗红色的砂岩敞露着。它的纹理方向和水面构成各种不同的角度，向人们展示了在那遥远的年代里，大自然曾经显示过的可怕力量。

"三峡号"在西陵峡江心航行，气流冲击水面而形成的一圈白色浪花随波逐流，渐渐扩散开去。在浪花尚未波及的地方，水面在晨光映射下显得格外清澈，好像是一江纯净的甘油。江面绷得紧紧的，似乎这里水的表面张力不受物理定律的约束，比别的地方来得更大。

方雨田举目望去，只见两岸群山上新的林木已经成长起来，心中无限感慨。他情不自禁地对黄敬之说："20世纪80年代初，这一带的山头上几乎是光秃秃的一片。只是在村落的周围，偶尔有些树木、竹丛。亏了国家在当时做出全民义务植树的决定，这些年来情况才稍有好转。"

"你看，"黄敬之指着一块长条形岩滩的高处，"这上面的河卵石，全都是灰白色的，堆积得那么整齐划一，就像是人工排列起来的。也许，这就是1981年夏季那场大洪水留下的痕迹吧！"

"人们对那一次大洪水给四川等地造成的严重灾害记忆犹新，它从反面唤起了人们植树造林的热情。"任思宏也颇有感触。

方雨田见大家都有兴趣，又滔滔不绝地说："眼下的成绩只是初步的，和原有的自然风貌还差得很远。1400多年前，有位南北朝的地理学家郦道元，他在谈到三峡时，还说这里水清、木荣、山高、草茂呢。我记得最后一段写的正是秋天，他写道——

　　每至晴初霜旦，林寒涧肃，常有高猿长啸，属引凄异，空谷传响，哀转久绝。故渔者歌曰：'巴东三峡巫峡长，猿鸣三声泪沾裳！'①

---

① 见《水经注·江水》。

"稍后一些，1200多年前的唐朝大诗人李白，在那脍炙人口的七言绝句中写道——

> 朝辞白帝彩云间，
>
> 千里江陵一日还。
>
> 两岸猿声啼不住，
>
> 轻舟已过万重山。

"这些诗文说明，1000多年前，在三峡还能听到猿的叫声，当然，也许是猴子的叫声。这叫声能连成一片，还能使听者泪沾裳，足见不在少数。可是，现在你听得到它们的叫声吗？"

徐振宇远眺山岭上的新生林木，他实在无法想象在这些幼小的林木里会有什么"高猿长啸"。他问："那么，你是不是认为，千百年来，社会不断向前发展，人类赖以生存的环境却在不断恶化？"

"我并不认为这是什么规律！"方雨田斩钉截铁地说："过去，是大自然造就了人类。今天，只要人类能认识到破坏环境、破坏生态平衡的严重性，齐心合力保护环境、保护生态平衡，这种面貌是可以改观的。"

听着方雨田这些话语，看着两岸壮丽河山，徐振宇的心里激起了一股浪花。他激动地说："黄教授，这么壮丽的河山，这么美好的事业，不由得使我想起'江山如此多娇，引无数英雄竞折腰'的诗句。它激励着我为祖国，为人民去探索，去研究。我想，我一定要把古星图弄个水落石出，为我们祖国争光。"

黄教授赞许地点点头："只要谦虚谨慎，循序渐进，锲而不舍，你一定会成功的。"

方雨田在一旁惊诧地问："什么古星图？"

任思宏把事情从头到尾给他讲了一遍。

方雨田听了摇摇头，沉默了许久道："想不到会有这样的事情！"

一座尚未完工的高坝——三峡大坝在远方出现，黄敬之和方雨田打了招呼，便与徐振宇、任思宏回房间收拾东西。不一会儿，当他们提着提包站在甲板上等着靠岸时，巨大的三峡大坝已经兀立在眼前。他们必须抬起头来才能看得到大坝的坝顶。这一座200多米高的拦江大坝雄伟极了，显示了人民的巨大力量。当他们看了三峡大坝之后，刚才看到的过去建造的葛洲坝只不过像一个模型而已。难怪这座三峡大坝虽然还没有竣工，就已经震惊了世界。

"三峡号"停靠在工地临时码头上，方雨田在船舷旁送别他们。他握着黄敬之的手说："等你们的研究论文发表时，我一定要拜读！"

8　红外灯下现真迹

黄敬之、徐振宇和任思宏一道参观了西陵峡七号汉墓的原址，任思宏还从考古学的角度考察了七号汉墓原址周围的自然环境。

处在狮子峰和卧牛峰之间的这个临江的大坝工地上，现在又是一片热火朝天的景象，戴着白色金属安全帽的安装工在吊车和设备周围忙碌着。自从今年春天杨继先和张杰发现七号汉墓之后，工程进展受到了一些影响。直到夏季，七号汉墓发掘工作完全结束后，三峡工程局开挖分局的工人们才得以大展拳脚，用了短短几周的时间，把原有的墓穴回填夯实，重新平整了场地，达到了设计规定的要求。接着，建筑分局的工人们开展了会战，在两个多月时间里，完成了土建工程。现在，电力分局的工人们正在紧张地进行输电铁塔安装工程。

一台履带式吊车吊着铁塔组件擦身而过，任思宏赶忙把黄敬之搀扶到比较安全的地方。他指着那儿，向黄敬之和徐振宇介绍道："七号汉墓的墓穴，就在那个铁塔基坑的东北角方向。"

在峡口地区博物馆的一间工作室里，何宜静热忱地接待了黄敬之、徐振宇和任思宏。老教授站在玻璃桌橱前，仔细地观看西陵峡七号汉墓出土的竹简。竹简的两面都用玻璃条夹着，玻璃条比竹简要宽一些，有十多毫米；玻璃条的长短和竹简一样，有一百四五十毫米。在夹着竹简的两块玻璃条外面，绑着四道线绳。透过玻璃条，可以清楚地看到每支竹简上用隶书写着十来个字。

徐振宇是一个整天围绕着星星转的人，他除了从杂志上看到过一些介绍之外，还从来没有见过真正的竹简呢！他好奇地问任思宏："这些竹简为什么要用玻璃条夹着呢？"

任思宏向他解释道："这些竹简出土前在地下已经吸足了水分。出土后，首先要把它们浸泡在乙醇和乙醚混合液中进行人工脱水，然后再用玻璃条绑夹半年左右。这样就可以防止竹简收缩、变形和变色。"

"那么，半年以后怎么办呢？"黄敬之对此也兴致盎然。

"半年以后拿掉玻璃条，按茬口拼好断折的竹简，再用有机玻璃封装。经过这样处理的竹简就可以长期保存。黄教授，您看这边，"任思宏把他俩引到另一张桌橱前面，指着一些封装在有机玻璃内的竹简说，"这些是经过处理的竹简，它们的底色变浅了，字迹显得更加清晰。"

黄敬之拿出笔记本来翻看了一下："何组长，请你把M713和M714两支竹简找出来。"

何宜静从一张桌橱中很快找到了这两支竹简，把它们放到桌上，说："长江大学历史系的郭副教授，领学生到馆里来参观时，也看了这两支竹简。"

黄敬之"嗯"了一声，便低头细细看起来（为方便读者阅读，竹简内容以简体字展示）。

具得重见焉

迁曰吾死之后当葬此铜

M714　　　M713

这两支竹简是被任思宏划归在随葬品清单那部分中的。还是在楚江的时候，黄敬之已经从《西陵峡七号汉墓考古发掘报告》中看到了它们的照片和释读。

"竹简上的'铜具'指的是什么？"黄敬之问任思宏。

"从全句看，应是吕迁要求随葬的一些铜器。"任思宏自信地说。

"我们可以看看这些铜器吗？"黄敬之问何宜静。

"请。"何宜静做了一个手势，陪着他们到另一间屋子里。

在一个玻璃橱里，有两件别具风格的斜方格纹铜器。她说："这就是。"

黄敬之站在橱前看了许久，只是自言自语地"啊"了两声。他们顺便参观了七号汉墓的其他出土文物，黄敬之和徐振宇都为这些文物的精美绝伦而赞不绝口。

在他们看完之后，黄敬之又回到那个玻璃橱前沉思了好久。他问："这两件铜器在当时很贵重吗？"

"并不贵重。"何宜静说。

"我不明白，吕迁为什么一定要嘱咐把它们随葬呢？"黄敬之又问。

谁也没有回答他的问题。

何宜静若有所思地问任思宏："那两支竹简上会不会有什么隐匿的字？"

"从上下文看，并不缺什么字。"

"我们再去看一看。"

他们回到原先那间工作室里。何宜静把那两支竹简放到红外灯下，然后打开了红外电视。荧光屏上随即显示出竹简的真面目：

迁日吾死之后当葬此铜球

具得重见焉

M714　　M713

"铜球！"徐振宇失声叫道。

"您真是细心人，我当初就没想到M713号竹简上还缺一个字。"任思宏对何宜静很钦佩。

"这也是因为黄教授刚才问起，我才怀疑到这一点。"何宜静并不居功。

黄敬之在一旁摇摇头："现在反而令人费解了！难道是吕迁要求把铜球随葬？"

"墓里并没有什么铜球。"任思宏摊开了双手。他们研究了一下午，也没有弄出结果来。

晚上，黄敬之在招待所里和任思宏、徐振宇又议论起白天的事来。在他们准备就寝时，何宜静从地区博物馆打来了电话。

"黄教授，我已经找到问题的症结了！"何宜静的声音微微有些颤动。

"问题出在什么地方？"黄敬之急切地问。

"电话里说不清楚，明天一早你们就来看吧。"

"不，请您等一等，我们马上就去。"

他们三人匆匆赶到地区博物馆。

何宜静今晚也有点沉不住气了，兴冲冲地对黄教授说："你们走后，我在收拾竹简时忽然想起，M713这支竹简上既然有'铜球'二字，那么它就应该属于吕迁晚年轶事那一部分。所以，我又仔细查找了那一部分竹简，终于找到这四支。"

说着，她就把那四支竹简放到桌子上。

一一答之	之旁迁日日后复出与尔等	此见状甚奇问之吕迁	时有农夫数人途经于
M592	M591	M590	M589

"你们看，"何宜静从桌上拿起M591这支竹简，"如果把它放在M713

和M714之间，它们就成了这个样子。"这时，桌上的竹简是这样排列着的：

M714	M591	M713	M592	M590	M589
具得重见焉	之旁迁日日后复出与尔等	迁日吾死之后当葬此铜球	一一答之	此见状甚奇问之吕迁	时有农夫数人途经于

"照这么说，我们可以顺着这个线索去发掘铜球了！"徐振宇兴奋地说。

"2000多年过去了，现在很难说还在不在地下。"任思宏这会儿并不那么自信，"不过，这一段文字能很好地解释，江陵县的吕迁为什么要葬在夷陵附近。"

黄敬之清癯的脸上露出了笑容，宽阔的前额下，眉梢微微扬起，眼睛里闪现出深邃的目光。他说："无论铜球还在不在地下，这已经是我们所能得到的最好结果。它从侧面证实，铜球在当时是确有其事的。否则，就无法解释吕迁为什么要留下这样的遗言。"

"这个发现还有一个意义，它可以证明古星图确实是从铜球上临摹下来的。"徐振宇补充道。

任思宏内疚地说："这件事怪我工作做得不细。"

"这也是难免的事，要是由我去整理这700多支竹简，可能还要出更多的差错。"何宜静十分谅解地说。

临走时，黄敬之看着这间狭小的工作室说："这次发现了七号汉墓，你们也应该把馆舍扩建一下。"

"馆里正在研究扩建的方案。"何宜静道。

当他们离开地区博物馆时，大街上已经空无一人。

9　古图新解

一个星期天的早晨，徐振宇起床时，母亲已经出去了。他母亲是一位中学教师，几乎每一个星期天都要去给学生们补课。父亲是位飞行员，在一次意外事故中以身殉职。母亲忍着失去亲人的巨大悲痛，把整个身心都投入到教育事业中。10年过去了，她对工作的热情依然如故。这一切，使徐振宇对母亲格外爱戴、敬重。

他随便吃了一些东西，便回到自己屋里，坐在一张放着许多书籍的桌前，盯着一张古星图的大幅照片发愣。

经过峡口之行，黄敬之在《考古学术研究》上，公布了他们在竹简上发现的新线索。也许是因为这个新线索很有说服力，也许是因为人们热切希望找到张衡以前的浑象，也许是因为黄教授在学术界的崇高威望，总之，黄教授的实体说得到了许多新的支持者。尽管如此，郭逸平伪托说的拥护者并未减少。这或许是因为他的论点也自有他的一番道理。双方在杂志上、报纸上不断发表文章，互不相让，真是"公说公有理，婆说婆有理"，莫衷一是。最近，郭逸平又提出，既然吕迁墓就在铜球之旁，何不进行新的发掘，以断定铜球之真伪呢？

在这两说之间，徐振宇比较倾向于实体说。但无论是黄教授的实体说，还是实体说的众多支持者，都没有妨碍他去独立思考，因为他不是那种盲目崇拜权威的人。他从来不肯把自己禁锢在专家、学者、老前辈所达到的科学前沿之内。他要像他们那样，用自己辛勤的劳动和创造性的思考，突破原有的前沿阵地，把他为之献身的科学事业，推向新的前沿。

徐振宇想，如果能把古星图研究透彻，就一定能对铜球有更深的了解。这样，必将为中国天文学发展史增添新的光辉一页。一种为国家、为民族争光的强烈愿望，促使他下了决心：充分利用业余时间，一定要研究出成果来。

他首先细致地分析了黄教授的实体说，其中不少论点有独到之处，可以作为他研究的基础。但有几个问题又是实体说无法解释的，如南三角星座问题，铜球重新入土问题，天狼星缺失问题等。从何着手呢？他认定古星图作研究对象，选中天狼星缺失问题作为研究起点。这也许就是他的一把钥匙。

既然黄教授能够在任思宏证认猎户座的基础上又证认出大熊座和没有天狼星的大犬座，那么他不也可以在黄教授的基础上再证认出一些其他星座吗？

徐振宇决心已下，思路已定。一连几天，他几乎是图不离手，废寝忘食，英俊的脸庞明显地消瘦了。真是功夫不负有心人，他终于实现了预定目标，又认出好几个星座。可是，这几个新认出来的星座，几乎每一个星座都缺少一两颗星，而这缺失的星又多是一些著名的亮星，像南河三、河鼓二等等。所以，这个成果非但没有解开他心中的疙瘩，反而增加了他的烦恼：这些在星图上缺失的亮星都到哪儿去了呢？

为了研究这些在古星图中没找到的星，他画了一个表格，把这些星的亮度、质量、距离，以及它们在天球上的坐标一一填写上去。填完之后，在他从上到下浏览之际，突然发现一个规律：这些缺失的星离我们的距离统统比较近，大多是十几光年到几十光年。

他高兴极了。这条新发现的规律启示着他，那些已经证认出来的星又有什么规律呢？他就像隐约看到了终点的越野赛跑运动员那样，精神大振，一鼓作气地冲向前去。他把这些已经认出来的星也按照先前的格式，一一填到表上。"哦，原来是这样！"他抓起一支铅笔，在一张纸上迅速画出一个规律表：

恒星的距离	古星图上恒星位置	与现代星图的偏离范围
10~100光年	缺失（找不到）	不详
100~1000光年	不准确	约6° 以内
1000光年以上	准确	似未偏离

找到这个重要规律给他带来了巨大的欢乐，但并没有使他活跃的大脑停止思索。距离远的恒星在古星图上为什么这样准确？天狼星那样距离近的恒星为什么找不到？他为了解开古星图之谜，已经苦苦思索了好几天。

不知什么时候，他的目光从星图照片上移到了室内的一盏吊灯上，愣愣地盯着它出神地想着……

门突然开了，门缝里露出任思宏瘦削的脸庞。他看到徐振宇望着吊灯发愣的神态，不禁笑出声来："嘿嘿，真有意思！现在都什么时候了，你还坐在这儿发愣！"

徐振宇一惊，这才想起早该上他家去做客了。他站了起来，下意识地又看了一眼吊灯。不看则已，一看茅塞顿开。他高兴得用双手抱着任思宏瘦溜的肩膀，冲着他说："我发现古星图的秘密了！"

"什么秘密？"任思宏疑惑地问。

"刚才我站起来时，看到这盏吊灯和墙壁的相对位置发生了变化，猛然想到，如果在另一个太阳系里看天狼星，它在星空里的相对位置不也要发生变化吗！"

"你的意思是说，铜球上的星图是在另一个太阳系里看到的情形？"任思宏惊讶了。

"是的。"徐振宇话语铿锵，"我想，那个铜球一定是在太阳系以外制造的，是从宇宙里另一个文明星球向地球发射来的信息火箭。这些外星人在几千年前就试图和地球人建立联系，铜球就是他们留下的地址——不，应该说是天址。可惜地球人当时还没有能力去发现，去理解，去回答。"

"那么，古星图上为什么有的星准确，有的星相差很远呢？"任思宏一下子还没有想明白。

徐振宇稍一思索说："这个问题，可以举一个例子来说明。譬如说，我们两人站在天安门广场上。你站在南面，我站在北面，两人之间仅相差六七步远。让我们每人拿一架照相机，分别把东南西北四个方向的远近景物拍摄下来。当照片洗出来的时候，你一定会发现，在我们分别拍的两张相应的照片上，离我们比较远的建筑物，比如天安门、人民大会堂、人民英雄纪念碑，以及历史博物馆等，几乎是完全一样的。因为我们两人只隔六七步远，是一个很小的距离，在相片上自然反映不出多大的变化。照片上那些离我们比较远的行人，情况也差不多。但那些离我们比较近的行人，在咱俩相应的两张照片上，位置就会有很大的不同。特别明显的是，在我拍的那四张照片上，你将出现在人民英雄纪念碑前；而在你拍的那四张照片上，我将出现在天安门城楼前。这正好是两个相反的方向。当人们研究了你那组照片和我这组照片的差别之后，一定会得出一个结论：这两个摄影者之间相距很近，在十步左右。"

任思宏点点头表示理解。徐振宇又说："在宇宙里的情形也是这样。你在太阳系的地球上，给天空里的恒星拍照，然后绘制成地球人的星图；而我在太阳系附近的另一颗恒星的行星上，给天空里的恒星拍照，绘制成外星人的星图。当人们研究了这两幅星图的差别以后，一定会发现离我们比较远的恒星，在两种星图上差别甚微；而离我们比较近的恒星，则差别很大。特别是你的星图上不会有太阳，而我的星图上也不会有我那颗恒星。"

"是这样。"任思宏道。

"现在，我们手头这幅古星图就是这个情形！"徐振宇说，"因此，我估计发射铜球的星球就在太阳系附近。"

任思宏从心里佩服徐振宇的大胆推测，情不自禁地称赞道："你为铜球研究立了一大功！"

徐振宇显得有些腼腆："你可不能这么说，没有你和黄教授的研究成果，我也不可能分析到这一步。再说，如果没有吕迁，那我们今天还一无所知呢。"

"我们能不能分析出来，它是从附近哪一颗星球发射来的呢？"任思宏若有所思地说。

徐振宇拿了支铅笔，在纸上画了一个天球，又画了一些弧线、直线，不时用铅笔在桌上敲着。他用探索的目光在纸上转了几圈，连声说："有了，有了！"

任思宏凑了过去。徐振宇拿出一张现代的铅印星图，这幅星图上的星是用黑点表示的。他又拿来一支红铅笔，用刀把笔尖削得尖尖的。然后，对任思宏说："我们把古星图上已经认出来的星，用红铅笔一颗颗移到现代星图上。当然，这些用红点表示的星要尽量和古星图上的位置一致。然后，我们再把相应的红点和黑点连接起来，这就能判断出铜球来自何处。"

任思宏此刻兴致勃勃，鼓励徐振宇快些画。徐振宇从书架上拿下一本英文版的《基础天文学》，翻阅了一下，便伏在桌上，不停地计算着，画着。

"振宇在家吗？"门外站着一位和任思宏年龄相仿的青年妇女。她圆胖的脸庞上隐约有少许雀斑，留着运动员式的短发，丰腴的身体相当灵便，一举一动都有老大姐的风度。

徐振宇抬头一看，原来是任思宏的爱人白丽祯，随即站起来招呼道："白大姐，你也来了。"

她是任思宏在大学里的同班同学，东北人。她像许多东北妇女那样，有着耿直、大方、爽朗的性格。

白丽祯对徐振宇笑了笑，然后瞪了任思宏一眼："哎嘿，我让你快点把小徐接到家去，都什么时候了，你们还在这儿按兵不动，现在连黄花菜都凉透了哩！"

徐振宇解围似的说："都怪我，我们马上就走，这该行了吧！"

白丽祯扫了周围一眼，只见桌上堆着一大堆书，零乱地放着一张星星点点的大照片、一张铅印星图、红铅笔、白纸，小柜上还放着一盒没有吃完的孝感麻糖。她不由得笑道："这一对书呆子！"

10　一片苦心

徐振宇随着白丽祯、任思宏来到了他们的住处。这是在绿树掩映中的一片多层建筑住宅区，任思宏一家就住在一幢浅黄色楼房五层上一套三室一厨的小单元里。他取出一张硬塑穿孔卡片，插在电子门锁的狭缝里，门自动打开了。

徐振宇一进屋，就有一种焕然一新的感觉。天棚和墙重新粉刷过，雪白的墙壁把室内映照得亮堂堂的。家具的摆放位置经过了调整，显得和谐、得体。书橱中专业书刊、政治书籍和门类广泛的科技读物分类摆放着。五斗橱上的一个浅色彩陶花盆中，月季花怒放。宽大的写字台上放着一盆纤纤细枝叶、片片如翠云的文竹，又清雅，又大方。可以看得出，夫妇的团聚给这个家庭带来了无限的欢乐。虽然白丽祯已经回来好些天了，整个家庭还沉浸在一种节日的气氛里。

"小徐，你看什么呀，还不快坐！"白丽祯拽着他的胳膊把他摁到沙发里。

"白大姐，你们能团聚可真不容易！"徐振宇欣喜地说。

"可不。"白丽祯脸上又焕发出兴奋的光彩，隐隐现出一些雀斑，"听说这还亏了他们所里的杨书记，我这才调到楚江《考古学术研究》杂志社当编辑。"

写字台前墙壁上的一只蜂鸣器嘟嘟嘟响起来，旁边亮起一盏小小的红色信号灯。任思宏起身到厨房里去了。不一会儿端来三杯清香扑鼻的茉莉花茶，感慨地说："我们一毕业就分在两地工作，那时有些好心的朋友，都劝我们早些结婚，说结了婚调转能办得快一些。我们也没有别的路子，就照办了，可是并没有多大的收效。你看，现在我们的孩子都8岁了。"

"咦，我怎么没看到小英？"徐振宇问。

"她在小屋里做数学题呢，我去叫她。"白丽祯的话音里，充满了对自己姑娘的喜爱。说罢，便站了起来。徐振宇急忙拦住了她："你先别去，让她做好了。"

谈起了自己的姑娘，白丽祯的话就更多了。她重新坐下来，高兴地对徐振宇说："小英5周岁时就上学了，学习一直很不错，这次全区初小数学竞赛还得了第一。"

他们正说着，小英从小屋里出来了。她一见徐振宇，就大声招呼"徐叔叔好"，说完便蹦蹦跳跳跑到徐振宇这边来。

小英是个胖姑娘，苹果脸上长着一双又大又圆的眼睛，十分逗人喜爱。徐振宇把她拉过来，从衣袋里掏出一个小盒放在她手上，说："这是叔叔送你的一件礼物。"

小英把小盒打开，一看里面是一件电子判题器，说了声谢谢后，立刻高兴地试了起来。

这时，墙上又响起蜂鸣器的嘟嘟声，同时亮起一盏绿色信号灯。白丽祯起身说："刚才做好的菜已经热好了，我上厨房去再炒几个菜，咱们就吃饭。"

不多时，饭菜齐备，他们都到外间客室的餐桌旁坐定。任思宏斟了三杯葡萄酒。白丽祯给徐振宇夹了几个珍珠丸子和一大块荷叶粉蒸肉，对他说："这是我特意给你做的楚江风味菜，你要多吃一点。"

徐振宇尝了一口，夸奖说："你这个东北人，楚江菜做得真不错呢。"

白丽祯高兴地说："你要喜欢，就多吃一点。这里还有两个东北菜——炒肉拉皮和挂浆土豆，你也尝一尝。"

"妈妈，东北菜我也喜欢吃的。"小英坐在妈妈身旁嚷着。

白丽祯夹了一块挂浆土豆，在凉开水碗里蘸了一下，放到小英的碗里。

他们边吃边谈，就好像一家人那样融洽、随便。白丽祯想起在徐振宇家看到的情形，便问："你俩早上在一起研究什么啦？"

任思宏扶了扶眼镜抢先答道："振宇研究古星图有了重大突破！"

徐振宇听了，腼腆地说："算不上什么重大突破……"

白丽祯给他夹了一筷子菜："今天没什么菜，小徐，你可别客气啊！说说古星图的研究。"

"不会客气的——我只是推测铜球是从宇宙里发来的信息火箭，外星人希望和地球人进行联络。"徐振宇语气十分肯定。

"从宇宙里到地球上老鼻子远了，进行联络有可能吗？"白丽祯有些怀疑。

"怎么不可能，地球人今天不正在千方百计地设法和外星人取得联系吗？"徐振宇不容置疑地列举出一些事实，使白丽祯信服了。

早在1820年，德国大数学家高斯为了和外星人联系，建议在西伯利亚种植大面积针叶林带，用它勾勒出一个巨大的直角三角形轮廓，在直角三角形内播种小麦。这样，夏秋季节外星人可以看到黄绿颜色的对比，冬春季节则可以看到白雪覆盖的麦田与深色林带的反差[①]。

1840年，维也纳天文台里有一个叫作范里诺的，建议在撒哈拉大沙漠挖一个直径30公里的圆形人工湖，湖中注满水，水面浇上一层煤油。点燃之后，以巨大的圆形火炬向外星人显示地球人的存在。

我国著名数学家华罗庚建议用"数"和"数形关系"来和外星人联系。这个"数"，就是用小圆圈的多少代表1到9这些数，再把它们填到井字格里，使任一纵线、横线、斜线上的三个数之和均为15。那个"数形关系"则是用几何图形表示的勾股定理。为了使外星人知道我们会几何证明，他还建议把"青出朱入图"也送到外星人那里去。这个图证明了直角三角形的两个直角边的平方和等于斜边的平方。华罗庚的这些建议，都是根据我国古代数学史上的成就提出的[②]。

1972年2月28日，美国发射了宇宙探测器"先锋10号"，在飞船上特

① 应其：《向太空人发出的信号》，见《知识就是力量》1981年第10期。
② 华罗庚：《数学的用场与发展》，见《现代科学技术简介》215页，科学出版社出版。

意放置了一块6英寸宽、9英寸长的特殊金属标牌。在这块标牌上记载着地球在宇宙里的方位。为了让外星人能看清地球人类的真实形象，在那块标牌上还刻了一个男人和一个女人的裸体画像。它在1983年飞离太阳系，以40000多公里的时速向宇宙深处飘去。当然，靠这个速度飞向最近的恒星也得80000年，何况要被外星人发现就更困难了。但无论如何，它毕竟是我们人类发射的第一枚飞离太阳系的"信息火箭"！

在1973年4月6日发射的"先锋11号"宇宙探测器上，也放置了类似的金属标牌，在它完成对木星和土星的考察任务之后，成为从地球射向宇宙的第二枚"信息火箭"。

在半个多世纪以前，就有人用无线电波向宇宙空间发出过联络信号，可惜那时的无线电技术很不高明，发出的电波非常微弱，外星人即便拥有最精密的接收仪器，也未必能够发现。到了1974年，美国有一个设在波多黎各的外太空探测天文台，用当时西方最大的直径为300米的抛物面天线，向武仙星座方向发射了一组问候信号："Hello！"这个方向的宇宙空间，有一个非常著名的球状星团。它有30万颗恒星，存在外星人的机会一定较多。同时，我们的太阳系正以20公里/秒的速度向这个方向飞去。可惜，它们是那样的遥远，即便能收到这组问候信号，也是20000年以后的事情了。

后来，在1977年，美国又先后发射了两个探索木星、土星的探测器，这就是"旅行者1号"和"旅行者2号"。当它们完成探索木星、土星任务后，也会作为一种"信息火箭"飞向宇宙深处，期待着外星人的发现。在这两个探测器上，放的就不是什么金属标牌了，而是能存放100亿年的铜盘唱片、唱机和使用说明。唱片能播放两小时，里面有巴赫、贝多芬、莫扎特和阿姆斯特朗的曲子，还有当时的联合国秘书长和美国总统对外星人的问候，以及地球上的近60种语言的问候语和35种形形色色的自然音响。风雨声、雷鸣声、海浪声、狗叫声、兽吼声、鸟语声、婴儿啼哭声，应有尽有。在带去的115张照片和图表中，还有长城的雄姿和中国人吃午餐时的场面。设计者考虑得如此周到，使人不能不感到佩服[1]。

20世纪80年代，苏联在高加索地区又建立了一台当时世界最大的射电望远镜"拉丹-600"，它用直径600米的抛物面天线，担起搜索外星人信息的任务[2]。

1981年12月，苏联科学院在爱沙尼亚的塔林主办了寻找地外文明的第二次国际会议，200名各国科学家聚于一堂，比较了收录地外文明的无线电讯号的方法，交换意见，以推动人类加强对地外文明的研究。苏联天体物理学家萨莱夫斯基满怀信心地说："我们必须寻找地外智慧生物，寻找，寻找，再寻找。"[3]

迄今为止，为了和外星人建立联系，地球人所做出的这些持续而巨大的努力，使白丽祯深受感动。现在她也觉得在古代，外星人用发射铜球的方式企图和地球人取得联系，并不是不可能的。

随着蜂鸣器的响声，亮起了一个粉红色信号灯。客室墙角上那台彩色电视机自动打开了。小英说了声"我学英语去了"便离开了餐桌，坐到电

---

[1] 张志才：《外太空的生命》，见《解放军报》1979年4月16日；《外太空有没有人类？》，见香港《镜报》月刊1978年5月号。

[2] 应其：《向太空人发出的信号》，见《知识就是力量》1981年第10期。

[3] D·奥佛拜：《天外有人吗？》，见《发现》杂志（中文版）1983年第1期，科学普及出版社出版。

视机前。

白丽祯给徐振宇添了一碗饭，热心地说："你应该把你的发现和推测写出来，我要让它尽快在《考古学术研究》上发表，使更多的人来参加讨论、研究。"

"你先别说大话，到时候发表不了，我看你怎么和振宇交代。"任思宏在一旁给白丽祯泼冷水。

"为什么发表不了？"白丽祯迷惑不解地问。

"你新到编辑部，许多情况还不大了解。据我所知，《考古学术研究》的编辑和出版工作统由省科学院领导，一些新的论点要经过他们审定后才能发表，这不是你所能决定得了的。"任思宏解释着。

"不管能不能发表，反正我要把这篇论文写出来。"徐振宇喝了一口煨得很鲜的汤，"我准备先请黄教授看看，然后再交给你。"

"对，别管那些，你只管写你的——我们光顾着让你讲了，也没让你吃好饭。"白丽祯看到徐振宇放下碗筷，很过意不去。

"白大姐，你的手艺真不错，我吃得很香。"

"听说杨帆的手艺更好，将来你俩成了家，你会吃得更香的！"白丽祯说罢，莞尔一笑。徐振宇两颊上微微泛起一片红晕。

"振宇，你怎么像一个大姑娘似的？我从四川回来那天，杨帆到车站去接我。一眼就看得出，她是一个又文静又聪慧的好姑娘。听说你上峡口去时，她还到码头送你。可你，对人家老是那么躲躲闪闪的。要不是她对你一片真心，你打着灯笼也找不到呀！"白丽祯像对自己亲弟弟那样谈着。

徐振宇把目光移到了地上。任思宏注意到了，给白丽祯丢了一个眼色，示意她不要使振宇感到尴尬。白丽祯瞟了任思宏一眼，冲着他说：

"我每次探亲假来去匆匆，也没抽出空来和振宇好好谈一谈。可你呢，和振宇在一地工作、生活，怎么也不劝劝他呢？你一上午和他在一起研究外星人，怎么不帮他研究研究他的'内心人'呢？今天你也不用给我使什么眼色，我要和振宇推心置腹地谈一谈。"

她把目光一转，用比较和缓的语调对徐振宇说："你听我说，论长相，杨帆眉清目秀，容貌出众；论人品，她文静、聪慧，关心、体贴别人；论学识，她是医学硕士，现在已经是主治医师，听说最近在研究上又取得了一些成果，医学界还很重视呢！振宇，我问你，她哪一点配不上你？"

徐振宇心里一震，抬起头来注视着白丽祯。白丽祯隐隐有一些雀斑的脸上充满了亲切与关怀，徐振宇不敢正视，又低下头，喃喃地说："白大姐，我不是这个意思……"

"那你为什么对她态度冷淡下来了呢？"白丽祯又追问一句。

"我，我……"徐振宇支吾着，他的心绪乱极了。白丽祯的话，就像一台搅拌机一样，把他这些年来储存在脑海里的许多互相矛盾的想法搅浑了，理不出一个头绪。但科学工作者的理智，又使他的思绪从繁乱纷杂之中重新清晰起来。他告诉白丽祯："从感情上说，我和以前一样，很喜欢她。但从理智上说，在她攻读研究生后，我又不能允许我去接受她这种感情。她的学识早已达到很高的水平，她的前程远大。坦率地说，我配不上她。我觉得她应该，而且也完全能够找一个在事业上能给她关怀与帮助的人。"

"你不就是这样的人吗？"白丽祯说。

"我只是一个普通的工作人员，一个既无职称，又无大学学历的人。

我怎能只顾自己，而不去替她着想呢？"徐振宇真诚地说。

"你这就想错了。她对我说过，她爱的既不是职称，也不是学历，而是人，一个奋发向上，要干出一番事业的人。她认为你就是这样的人。我们觉得她是个很有眼力的姑娘。"白丽祯说得既恳切，又感人。

徐振宇一怔，一时不知说什么才好。

11　在编辑部里

在省科学院院长办公楼后面有一幢三层楼房，《考古学术研究》编辑部就设在这里。

白丽祯正在她的办公室里接电话，电话是从湖南的一所大学里打来的。那里的一位教师，根据自己的研究结果，极力支持伪托说。他列举了大量数据，论证伪托说的正确性。

白丽祯耐心地听着对方的讲述，手上拿着的一支铅笔，在纸上不停地发出沙沙声。通话结束之后，她坐到一张单人沙发里，向等在这里的省科学院副院长项绪堃简单谈了一下电话内容。

项绪堃坐在她旁边的一张双人沙发上，不耐烦地摆摆手，似乎说，他不是为这个电话而来的。他问白丽祯："关于徐振宇的情况，你们调查了没有？"

"调查了。"白丽祯一边说着，一边又到电话机旁拨了一个电话。

不一会儿，一个小伙子拿着一份材料进来，对项绪堃道："项副院长，您要的材料在这里。"

项绪堃把肥胖的身躯在双人沙发上拧动了一下，使四肢放松一些，不屑一顾地说："那你就谈一谈吧。"

"徐振宇在中学里是一名天文爱好者，高中毕业后报考了天文专业，但没有考上。不久，南山天文台公开招收几名工人，经过考试，他被择优录取。到南山天文台后，分配他担任清扫工作。他一面工作，一面自学。在五年时间内，他得到天文台内一些热心人的指导，基本上自学完大学天文系的课程。前几年他用肉眼发现了宝瓶座新星，引起黄敬之教授的重视，被提为该台的天文工作者。近几年来，他在黄教授的指导下，积极研究银河系里哪些恒星带有行星，特别是对波江座的天苑四星和鲸鱼座τ星正在进行深入的研究；同时，他对中国古代天文学发展史也很感兴趣。这几年还在《天文季刊》上发表了几篇论文。"那个小伙子把情况说了一遍，他的眼睛始终没有离开那份材料。

白丽祯让他把材料送回去，他便起身走了。项绪堃的国字脸上堆满了笑容，好像这份材料宣布他是一场争执的胜利者似的。他不紧不慢地说："白丽祯同志，我早就说不行，可你非坚持要发表他的论文。怎么样，现在调查的结果证明了他不但没有相当的职称，而且也没有什么学历。为了对科学事业负责，为了对读者负责，我还是那个意见，这篇标新立异的论文不能发表。"

"项副院长，这职称、学历和发表论文有什么关系？"白丽祯心中不悦，但仍然很有分寸地问。

项绪堃并不理睬她的问话，脸上带有一种不容分说的神态，仍然顺着他自己的路子说下去："几个月前，考古所的杨书记就推荐过徐振宇，要借调他去搞古星图的研究。那时我就知道他没有职称，没有同意。通过这次调查，才知道他连大学文凭都没有。你想想，他能有什么基础？他能对自己的论文负什么责？他凭什么论证铜球是外星人的信息火箭？"

"我们杂志坚持'百家争鸣'的方针，我认为，发表他的论文是符合这个方针的。"白丽祯仍然坚持自己的意见。

那位小伙子又进来了，他拿着一沓信件对白丽祯说："这些读者来信都是有关古星图的，他们有的支持实体说，有的支持伪托说。总编让你把这些信整理归纳后，写一篇来信综述，再挑选几封有代表性的一块儿发表。"白丽祯把这些信接了下来，点头道："好，等会儿我就去整理。"

项绪堃见那个小伙子走了，又借着读者来信这个题目谈了起来："现在实体说和伪托说围绕着古星图争论不休，至今还没有一个头绪。你看，这会儿工夫，又是长途电话，又是读者来信，已经够热闹的了。如果再搞出一个什么'说'来，你们编辑部也应接不暇吧。当然，如果立论正确，忙一点倒也值得。不过据我所知，世界上不少严肃的天文学家，都不认为地球上有外星人的踪迹。可是徐振宇呢，他硬把一个考古发现和外星人扯在一起，简直是异想天开！听说他在恋爱上也是不负责任的。把这些事联系在一起，我看，他很可能是一个好高骛远、爱搞名堂的人。如果发表了他的论文，你们会上当的！"

听了这些话，白丽祯气得脸都涨红了，那些隐隐的雀斑变得相当明显。她尽力压抑着内心的愤愤不平，向项绪堃争辩道："我认识徐振宇，说起来也不算生疏。他从来没有和我谈论过自己发现新星、发表论文的事，直到现在我才知道，可见他是个谦虚的人。至于在恋爱问题上，我对他就更了解一些，他在这方面根本没有什么问题。”

于是，白丽祯就简单地把徐振宇和杨帆恋爱的经过说了一遍。最后她说：“我认为，徐振宇对杨帆的态度是真挚的，是为她着想的。”

她还想说，关于徐振宇有问题的说法完全是流言蜚语，但她终究没有说出来。

“好了，我们不谈这些。”项绪堃收起了笑容，脸色变得严肃，语气中带着一点命令的味道，好像他的意见已不能更改，“总之，我不同意发表他的论文。”

正说着，门外传来一个声音：“我不打搅你们吗？”

项绪堃朝门外一瞥，迅即从双人沙发上站起，迎到门口。他双手握着来访者的手，亲切地说：“黄老，是您啊！快请坐，快请坐。”

他把黄敬之让到双人沙发上，为他和白丽祯做了介绍，又给他倒了一杯水，自己这才坐在另一端的一张单人沙发里，说：“黄老，您来得正好。我们刚刚研究完你们台徐振宇写的那篇论文……”

白丽祯抢先问道：“黄教授，您对他这篇论文有什么看法？”

“我看过这篇论文，”黄敬之并没直接回答她，“你们打算什么时候发表？”

白丽祯嘴唇微微动了动，显然是想说什么，不知为什么并没有说。

项绪堃理直气壮地说：“黄老，您是知道的，徐振宇既无职称，又无文凭，我们是不能发表他那种标新立异的论文的。”

别看黄敬之在治学上十分严谨，在天体观测上也有惊人的耐心，但他听到项绪堃的话，不由得急躁了：“有了文凭和职称，并不一定就有成就。我在美国康奈尔大学留过学，毕业时同学们都拿到了文凭。有一个学业很不错的学生，教师认为他很有前途，由于毕业时得到了一笔相当可观的遗产，从此放弃了科学事业；有一些人找不到专业工作，只好另谋出路；还有一个叫海弗利克的，和我关系很好，毕业后虽然在一个天文台里谋取了一个助手的职位，致力于研究地外文明问题，但由于收入微薄，不得不在下班后协助他父亲经营一家商店。他们都有文凭，在那个社会里，有文凭又有什么用呢？今天在我们这个社会中，更不应该光看文凭。徐振宇的论文有独到的见解，为什么不能发表呢？"

黄敬之讲得很激动，白丽祯感到他在微微喘息，便在他的杯子中续满了水。

项绪堃并不介意，笑着对黄敬之道："您知道，他的论文可是反对您的论点哪。"

黄敬之霍地从沙发里站了起来，声音微微有些发颤："项副院长，你这话是什么意思？古语道，'青出于蓝而胜于蓝'。他虽然没在课堂上听过我的课，但我一向把他当作我最好的学生看待。小徐不拘泥于我的实体说，提出自己的新颖论点，我感到很高兴。学生不同于老师的观点，超过老师的观点有什么不好？"

他停顿了一会儿，如果不是气管有点毛病，他本来是会一口气把话说完的："我现在声明，我放弃关于铜球是古代天球仪的推测，支持徐振宇同志提出的铜球是外星人信息火箭的说法。我今天到编辑部来，就是为了提交这一份声明。"

说罢，他从上衣口袋里取出几张折叠得整整齐齐的纸，慎重地交给了白丽祯。

眼前发生的事，使项绪堃感到惊愕。他坐在沙发里，好一会儿才寻思过味儿来。他想，出于对黄敬之在学术界的声望、地位的考虑，既然他支持发表徐振宇的论文，如果硬不让发表，也未必妥当。进而又考虑到，就算不让发表徐振宇的论文，那么按照惯例，现在黄敬之作为一个已发表了论文的作者，提交了这份有关论文的声明，编辑部是没有理由不发表的。一旦发表，岂不等于肯定了徐振宇的论文。读者肯定会要求公布徐振宇的论文，到那时反而被动。从这两方面看，都不如……

想到这里，他也从沙发里站了起来，笑容可掬地说："黄老，您别激动，有话慢慢说嘛。刚才我也只是一些个人意见，您也不用介意。我看这样吧，徐振宇的论文究竟发不发表，这是编辑部的事，还是让白编辑他们自己研究决定吧。"

项绪堃和黄敬之说了声再见，便离开了。

12　反响

《考古学术研究》终于发表了徐振宇的论文。他在论文中所做的推测，圆满地解释了竹简上关于铜球的记叙，以及古星图的各种疑点。奥秘一经点破，再复杂的事物也会变得十分简单明了。可不是吗？既然铜球是外星人发射到地球上来的信息火箭，那么它能自行钻出地面，又能"复入土不见"，就是再自然不过的事了；既然古星图是吕迁临摹铜球星图而得，那么这幅古星图和地球上的星图大相径庭又有什么奇怪呢！

这篇论文的发表，在学术界和社会上引起了很大的反响。这些天来，杨光耀一直在思考着：在这种形势下，考古研究所应该做些什么？这天，他提早了去上班的时间，打算把他想好的一个方案同任思宏交换一下意见。

当他走近林荫道上的一个路口时，只见前边有两个穿着工大校服、身形十分健美的姑娘，一边疾步向前走，一边热烈谈论着。

"听说外星人的事没有？他们在汉朝时就向地球发射过火箭！"

"听老师说，这件事还是三峡工程局的工人首先发现的哩！"

杨光耀心想：这消息传得也真够快的。这时又见几个人疾步向前走去，他下意识地加快了步伐，紧紧跟着那几个人，想看个究竟。在前边路口的拐弯处，有一间报刊亭，人们熙熙攘攘地排成了一条长龙。这些新加入行列的人，又给这条长龙壮大了声势。由于这一带是楚江市的文化区，所以排队的人群中以学生居多。他们兴趣盎然地谈论着，有的还打着手势，互不相让地争辩着。在报刊亭里，有两个小伙子，把堆在台子上的一大沓《楚江日报》一张张递给买报的人。

足足等了一刻钟，杨光耀才买到一份报纸。映入他眼帘的是这么几行大字标题：

研究"地外文明"取得重大进展

《考古学术研究》发表署名文章，推测外星人

至迟在我国汉代就企图和地球人建立联系

有关古墓由三峡工程局工人首先发现

杨光耀一边走，一边浏览其他几个版面。在第四版上，还有中南新闻

社发的一则资料：

宇宙中产生智慧生物的条件

生命是宇宙间的普遍现象。生命发展到一定阶段就会形成高级的智慧生物，构成文明社会，如同地球上的人类社会。

据天文学家的研究，宇宙间产生文明社会至少要具备下列五个条件。

第一，这种恒星本身要保持基本稳定；

第二，这种恒星不能是双星或聚星；

第三，恒星围绕星系中心旋转的轨道也应是圆形的；

第四，行星大小要适中；

第五，行星离恒星的距离要适中。

天文学家按这些条件估计，我们银河系里可能存在的文明星球的数目可达一百万个。

杨光耀不知不觉已经走到了考古研究所。他找到任思宏，只见任思宏的桌上放着十几封信函，他正在阅读其中的一封。杨光耀自己搬了一把椅子，在他对面坐了下来，把刚才买来的那份报纸递给了他，颇有感触地说："徐振宇的发现已经成了轰动国内的新闻！"

任思宏接过报纸，打开来看了一眼，笑道："岂止是轰动国内，连国外的学者也为之轰动了呢！"说完，他拿出一张当天出版的英文报纸《CHINA DAILY》，用手指着其中的一则读者来信，对杨光耀说，"这是美国康奈尔大学天文教授海弗利克的一封信。信中说，他热烈祝贺中国同行在研究地外文明方面所取得的重大进展，并借此机会向参加这一研究工作的老同学黄敬之教授致意；他和他的美国同事将要在康奈尔大学的'全国天文与电离层中心'改进射电望远镜的结构，加强对宇宙文明社会的联络；他还希望在这一领域中，加强美中两国天文学家的合作。"

"有没有不同的意见？"杨光耀问道。

任思宏把刚才没看完的那封信递了过去："这些是从《考古学术研究》编辑部转来的信件，您先看这一封。"

这是郭逸平副教授写的。他在信中写道：

> 有人认为，徐振宇的新论点能圆满地解释铜球及古星图上的许多奇怪现象，其实并非如此。
>
> 我认为，徐振宇的新观点带来了新的矛盾。请问，既然铜球是外星人制造的、能自动运转的信息火箭，那么在吕迁之后的两千多年里，为什么不再钻出地面了呢？为什么从此销声匿迹了呢？既然这两千年不能再钻出地面，那么西汉时又为什么能自行钻出地面呢？我想，他们是无法回答这些问题的。

"不过，还是支持徐振宇新论点的来信比较多。"任思宏随手捡起一封信道，"这是华南航天研究所高级工程师梁维舟写来的两份报告，一份是《建议贵省考古研究所与华南航天研究所联合研究外星人信息火箭》，另一份是《请求参加外星人信息火箭考古研究》。"

"这封信要求考古所重新组织探测、调查，看看汉代铜球出土时的痕迹留没留下来。"任思宏又指着桌上的另外几封信函对杨光耀说，"有一封信认为铜球现在还在地下，要我们组织发掘；还有一封信建议邀请论文作者来参加研究工作。"

"唔。"杨光耀把这些信函拿过来又细细看了一遍，它们既有来自省内外有关单位的，也有来自考古爱好者的。"你的意见呢？"

"这封信说得很有意思。"任思宏拣出一个贴有"航空"标签的信封，"他说，与其说黄敬之修正自己的实体说，放弃了铜球是古代天球仪的推测，不如说徐振宇用外星人信息火箭这个新论点代替了古代天球仪的推测，从而把实体说补充、发展成为新实体说。依我看，把它称为新实体说的确很贴切，我们不妨就这样称呼。这种新实体说很有吸引力，值得为它进行新的探测与发掘。"

"我也是这个看法。"杨光耀这才把这几天思索得出的想法说了出来，"我准备同所长研究一下，立即以我们所的名义给省科学院打一个报告，请求批准我们重新组建一个考古队。"

"一旦省里批下来，那我可要第一个报名参加啊！"任思宏毫不迟疑地说道。

13　新结识的朋友

为了组建考古队的事，杨光耀又去找了省科学院的项绪塱。自从省科学院批准了组建考古队计划以后，所里经过慎重考虑，确定由杨光耀出任

队长及临时党支部书记，任思宏担任副队长兼副书记，从省考古所和峡口地区博物馆各抽若干工作人员担任队员。另外，请长江大学郭逸平副教授和南山天文台徐振宇参加。对于这样一份名单，要不是有徐振宇在里面，杨光耀还是很有把握的。上一回为了借调徐振宇，他已经和项绪堃打过一次交道。这一次徐振宇自己积极要求参加考古队，黄敬之虽然不能脱身，对徐振宇的要求却十分支持。可是，项绪堃也会支持吗？想到这里，他感到有些发怵。然而，这次组建考古队不正是由于徐振宇大胆的、独特的见解才成为必要的吗？工作需要小徐参加，小徐也需要在工作中锻炼成长。无论从哪方面考虑，不让他参加都是不应该的。杨光耀作为考古所党委书记，理应承担起推荐小徐的责任。想到这里，他毫不犹豫地推开了那扇镶着黑色人造革的橡木门。

项绪堃为杨光耀倒了一杯热茶，笑眯眯地问："组队名单带来了吗？"

"带来了。"杨光耀把名单拿出来，"我们有一件事要解释一下。"

"等会儿再解释嘛。"项绪堃把那份名单接过来，摊在桌上。

他仔细地看着，嘴中不时说着"行，行"。当看到最后一行写着徐振宇的名字时，他的双眉在胖胖的国字脸上拧成了一个死疙瘩。他顺手抓过来一支铅笔，在徐振宇的名字上使劲地画了一道杠。不料这是一支硬铅笔，铅芯咔嚓一声就断了。他气恼地找了一支2B铅笔，重新重重地画了一道。

他的脸上隐去了笑容，这回真的生气了："你们是怎么搞的，好像没有这个徐振宇就不能行似的！"

杨光耀耐着性子，解释道："项副院长，徐振宇最先提出，铜球是外星人的信息火箭。如果能有他参加，对考古工作一定会有很大的好处。"

"老杨，我不知道你是怎样理解上级意图的。据我的理解，这次组建考古队的目的，是要通过实地探测考察，结束这场喋喋不休的争论。本来实体说和伪托说还没争出一个头绪，却又冒出来一个什么'新实体说'。现在不但在学术界，而且在社会上也造成了不小的影响，甚至引起了国外的注意。在这种情况下，让徐振宇去有什么好处？他要是再搞出一个什么不负责任的说法，岂不误事！"项绪堃严肃地说。

"徐振宇的论点不也要经过实践检验吗？这有什么误事不误事的！"杨光耀并不退让。

"他是个连大学文凭都没有的普通工作人员，他能对自己的论点负责吗？"项绪堃质问道。但他马上又缓和了语气，脸上浮现出一丝笑意："所以，这次组建考古队，我们已内定，考古系以外的特邀人员，必须是具备一定专业水平的专家学者。"

室内光线突然暗了下来。杨光耀向窗外望去，天空中乌云密布。他又向项绪堃一瞥，说："项副院长……"

项绪堃从那张包着黑皮子的安乐椅中站了起来，笑着说："老杨，你就别替他说情啦。除了他，这份名单我是同意的，等会儿我就把它送给柯院长。就这么定了吧。"

窗外刮起一阵狂风，卷起一片尘土，把窗子摇得直响。项绪堃走到窗前，把窗户关好，回过身来对杨光耀说："快下大雨了，你赶快回去吧！"

杨光耀还想说什么，可是一想，项副院长的脾气自己又不是不知道，再多说也没有用，不如另作计议。想到这里，他便起身告辞，离开了省科学院。

等他走回考古所的时候，天上才稀稀拉拉地掉下雨点，总算没有挨雨淋。他一进门就到传达室里打听，任思宏从三峡工程局回来没有。一位老师傅告诉他，任思宏早已回来了，这会儿正在办公室里和一位外来的同志谈话呢。杨光耀急于想和任思宏商量徐振宇的事，便匆匆向办公室走去。不料一进门，看到和任思宏谈话的正是徐振宇。杨光耀怕影响徐振宇的情绪，就换了一个话题问道："思宏，三峡工程局那边的情况怎么样？"

"很顺利。"任思宏欣喜地说，"我找到了工程局的赵副总指挥，把我们的计划对他说了。他当即表示完全支持，必要时，还可以让有关工程暂时停一下；需要他们出人、出力时，他也将尽力安排。"

大雨来了，粗大的雨点把玻璃窗打得噼里啪啦地响。要是在夏天，这还算不上最大的雨，但在这个时节，却是不多见的。

任思宏关心地说："您回来得正是时候，不然就要被这场大雨浇得精湿。项副院长同意咱们的名单没有？"

"基本上同意了。"杨光耀向徐振宇身上投去感叹的一瞥，随即又把目光移向窗外。

窗外大雨滂沱。

细心的任思宏看出了杨光耀的心思，便直言道："我从三峡工程局回来，在所里听说您已去省科学院。我担心徐振宇的事通不过，便打电话把他叫来，这样有什么情况好有个商量。"

徐振宇猜出了几分结果，急切地问："他们是不是不同意我去？"

杨光耀脸上的皱纹好像又多了几条，他委婉地说："这一次如果不能参加，也不会影响你继续研究——我们会把实地探测、考察的一切资料都复印一份，送给你。"

徐振宇一向是个持重的人，他有耐心年复一年地坐在天文望远镜前观察恒星微乎其微的变化，却没有耐心等待别人探测、考察后把现成的资料送到自己手上。他日夜盼望着能有机会验证自己的推测，现在机会到了，怎能眼睁睁失去呢！他把额上的一绺头发向后一掠，焦急地说："不，我一定要亲自参加！实在不行，我给你们考古队当事务员好了！"

任思宏把宽边眼镜往上扶了一扶，激昂地说："既然决心去，就要当正式成员。我看你自己去找项副院长谈一谈，也许他能回心转意。"

杨光耀摆了摆手，向徐振宇投去同情的目光。他又看看窗外，雨还在哗啦哗啦下着。他思忖许久，对徐振宇说："我看你就别去找项副院长了，现在就去省科学院找柯院长，也许还来得及。"

徐振宇站了起来，挺了挺胸，那身材似乎更加魁梧了。他毫不犹豫地说："好，我去！"

杨光耀转身去找雨衣。任思宏到门口给他推来一辆自行车，让他穿了雨衣再走。徐振宇说了一声"不用啦"，骑上自行车，冒着滂沱大雨，飞也似的走了。杨光耀拿着雨衣从屋里出来，站在门槛下挥手喊道："小徐，雨衣！穿上雨衣！"

风雨声掩盖了他的叫喊声，徐振宇什么也没有听到。街上一个行人也没有，他使劲蹬着车子向省科学院飞驶而去。

到了省科学院之后，他的黑呢制服已被雨淋透。他脱下上衣，拎在手上，又掏出手帕，擦去头上和脸上的水滴。

他找到了柯院长的办公室。当他举起手想敲门的时候却又犹豫了：为了自己的事去打扰院长的工作，不好吧？

"同志，你找谁？"一个身材魁伟的人从他身后走过来，把他从上到下打量了一番。

"我找柯院长。"徐振宇说，他手上拎着的那件上衣还在往下滴水。

"我就是柯化，请进吧。"那个身材魁伟的人说着便推开了门。

徐振宇走了进去。柯化见他这个模样，急忙从一个卷柜下面的抽屉里取出一套洗得干干净净的旧工作服，塞在徐振宇手上道："咱俩个儿差不多，你穿一定合身，快换上吧！"

徐振宇还想推让，柯化方正的脸庞上露出亲切的笑容："穿吧，穿吧！"徐振宇不再推辞，一边换衣服，一边打量着柯化。

柯化五十一二岁，身材魁伟，体格健壮，脸廓方正，面目和蔼，一对沉毅的眼睛充满了号召力。从他的举止言谈中，给人一种印象：他是一个有魄力、有远见的组织者和领导者。

柯化见徐振宇换好衣服，便让他在窗前的沙发上坐下，自己也坐到旁边的一张沙发里。他问："你刚才为什么站在门口不进来呀？"

徐振宇道："我怕影响您工作。"

"听你反映情况也是我的工作嘛。"柯化真诚地说。

徐振宇见柯院长十分平易近人，心中的一切疑虑都消除了。他把自己怎样用业余时间研究古星图，发现古星图的规律，推测出铜球是外星人发射到地球来的信息火箭，等等，都详细地和柯化谈了。柯化听得十分认真。

接着，徐振宇又谈到这次考古队的行动对验证他的推测是多么重要，他自己又是如何迫切地希望能亲自参加到这一实践中去，盼望在实践中能找到有关外星人信息火箭的进一步的踪迹。

柯化等徐振宇谈完之后，这才笑着说："原来你就是那个闹得满城风雨的徐振宇。我看过你写的那篇论文，你对古星图分析得很精辟，你的推测也很有见地。如果没有你和许多同志的努力，我们现在就不会组建这个考古队。"

他稍稍停顿了一会儿，又用浑厚有力的声音说："刚才考古所老杨同志打来电话，向我反映了这方面的情况。我已告诉他，项绪堃同志对院里意图的理解是不确切的。我们的目的不是草草结束这场学术争论，而是用实践来检验各种论点，完善其中比较正确的论点。我们希望邀请有一定学术水平的人参加考古队，但并非以文凭和职称划界。我批准你参加这次考古队的工作，希望你能有新的发现和新的成绩。你可以先回去准备一下，具体出发时间他们会通知你的。"

徐振宇高兴得不知说什么好，那双善于探索的眼睛里洋溢着感激之情，好半天才说："那我就走了。"说罢，就要脱那套工作服。

柯化看看外面，雨停了，风却没有住，树枝被吹得摇来晃去。他上前制止道："你那套衣服太湿了，没法穿，就穿我这套回去吧。不要着凉生病，艰巨的任务还在等着你呢。"

柯化见到徐振宇还在犹豫，又说："这是一件旧工作服，你如果没有时间再来，就放在你那儿用吧。"

徐振宇不再说什么，一股暖流在他身上流过。

柯化一直把他送到一楼的门口。

"再见了。以后希望你常来，咱们也好交一个朋友。"柯化握着徐振宇的手说。

风把院里的法国梧桐树吹得沙沙作响。徐振宇一点儿也不感到冷，只觉得心里热乎乎的。

14 初探铜球

考古队在野外发掘中使用激光地下探测器，已经不是什么新鲜事了。这种仪器使很多考古工作者获得成功，帮助他们找到了许多不为人们所知的、完整的古墓，出土了大批堪称国宝的珍贵文物。但为寻找外星人遗留下来的踪迹而使用激光地下探测器，这还是第一次。

在三峡大坝北端的工地上，在输电铁塔基坑旁，停放着一辆三轮手推车。车上就安装了这么一台激光地下探测器，它由激光探头和显示器两大部分组成。它的激光探头高高地安放在车上的一个特殊支架上，远远看去恰如一个长腿蜘蛛般的怪物。考古队的任思宏站在探测器旁忙着进行最后的调试，郭逸平抓紧时间把探测器的说明书又看了一遍，徐振宇整理着记录用纸。

远处不时传来马达的隆隆声和内燃机车电笛的尖叫声，偶尔还夹杂着一两声开山放炮的爆破声。一辆辆载重汽车装载着器材和水泥，从工地后面的一条公路上不断驶向大坝，整个三峡工程还在紧张地进行着。

水力发电系统试运的日期临近了，工地上电力分局的工人格外忙碌。三峡工程局总指挥部已下达了调度命令："为了保证考古工作顺利进行，原西陵峡七号汉墓墓址附近暂停施工。"命令中还调派了两台推土机到考古现场待命。这样一来，这块小小的考古现场就成了沸腾的海洋中的一个宁静的小岛。

然而，考古队员们的心情并不宁静，站在激光地下探测器旁的徐振宇尤其如此。对他来说，似乎这次考古行动的唯一目的就是把铜球找出来。他坚信地下有铜球，所以他几乎没有想过，如果地下根本没有存在过铜球怎么办。他所担心的是另外两个问题：一个问题是，任思宏曾提醒过他，关于墓址的遗嘱，吕迁死后他的家属是否照办了呢？会不会由于别的什么原因而葬在了异乡？另一个问题是，从吕迁发现铜球到现在，两千多年过去了，我们伟大的祖国在这两千年的时间里，不要说社会发生了翻天覆地的变化，就是自然界里的名山大川也都产生了可以察觉的改变。在这样漫长的时间里，又怎么能保证那个神秘的铜球还安安稳稳地待在那里呢？想到这些，他那英俊的脸上，不禁浮现出一层淡淡的愁云。

徐振宇看了看站在自己身旁的郭逸平，他还在专心致志地看那份使用说明书。徐振宇以前只是在长江大学的学术讨论会上见过这位历史学家，并未直接打过交道。这一次在西陵峡相遇，彼此都不大了解。徐振宇觉得，他一定是一个固执己见、刚愎自用的人。只是由于他那两片厚实的嘴唇，才使徐振宇脑海中闪过一个念头，他也许是个憨厚的学者。但不管怎么说，在这场争论中，郭副教授是不会轻易让步的。他不知道这位历史学家还会提出一些什么难题，这需要充分做好应战的思想准备。

郭逸平已不止一次地看过这份使用说明书，他想让自己能熟练地使用这台激光地下探测器。今天的探测无论是对伪托说，还是对新实体说，都是很重要的。他事先曾经做过分析，这次探测几乎不可能找到什么铜球。他既不相信古代竹简上的说法，又不相信徐振宇提出的猜想。早在徐振宇发表那篇论文后不久，当《考古学术研究》编辑部特派记者白丽祯到长江大学采访时，他就说过，他无法相信地下曾有过外星人的信息火箭。因为在他看来，在宇宙间产生文明社会的可能性极小，很可能在银河系里只有太阳系才有人类。地球人在宇宙空间里本是很孤独的，因而人们总希望能找到外星人的踪迹，以消除这种孤独感。他觉得，人类的这种心情，正如一首古诗所描写的那样——

前不见古人，

后不见来者。

念天地之悠悠，

独怆然而涕下。

尽管如此，郭逸平还是赞成这次重新进行的发掘工作。他对白丽祯满怀信心地说："让实践来检验究竟谁的论点正确吧！"话虽这么说，但他毕竟是个冷静的学者，早已估计到，当探测后什么也没有找到时，新实体说决不肯认输。他们一定会提出一个什么借口，譬如说可能是吕迁的子女没有按遗嘱安葬，等等。显然，即使探测不出什么铜球，这场学术争论也难以结束。

任思宏调试完毕，探测开始。按照事先的安排，这辆激光地下探测器推车由郭逸平和徐振宇操作，测得的数据和结果须经两人共同确认。探测器车很轻巧，徐振宇一个人就可以推动。他把推车推到古墓原址——输电铁塔基坑东北角旁。郭逸平打开了电源开关，一束激光射向地面，穿透土层，深入地下。在探测器的荧光屏上出现了一条规则的水平线，说明地下没有埋藏物。他们按照预定的范围，由里及外，一圈一圈地推着车，探测着地下的秘密。当他们遇到工地上的构架，或者铁塔基坑的时候，就暂时让过去，留到以后再设法探测。

郭逸平不相信有铜球的观点是众所周知的，徐振宇从一开始就担心他不会认真观察荧光屏上显现出的细微变化，所以一边推车，一边还不放心地瞅着荧光屏。但他每一次都看到郭逸平又认真又仔细地观察着。渐渐地，他放心了，把主要注意力集中到选择推车的路径上，使仪器的探测面既不重复，又不出现空白。

"注意！"郭逸平大声说。

徐振宇停下推车，只见显示器的荧光屏上有一条水平亮线，亮线一端有一个U形凹陷。荧光屏旁边的数码管上，许多鲜红色的数字蹦来跳去。按照说明书的介绍，这表示地下有埋藏物。徐振宇急忙把推车移动了一下，使荧光屏上那条水平亮线的U形凹陷正好处在中央。这时，数码管上蹦出了"000.80"，郭逸平随即大声朗读着。徐振宇看到推车正停在一排混凝土盖板上，便说："郭副教授，大概这盖板下面是一条0.8米深的地沟吧！"

郭逸平用脚踩了踩盖板，盖板发出咚咚的声响。他慢悠悠地说："也许是这样吧。"

任思宏和几名考古队员围了过来。他们试图把混凝土盖板掀开，但没有弄动。正好一位电力工人走了过来，他曾在这里施过工。他看了一眼地沟盖板，告诉他们这是一个0.8米深的电缆沟。他还向他们介绍了这儿一些地下埋设物的走向和深度。

他们重新开始了探测。徐振宇推着推车走了好几圈，什么也没有发现。现在，徐振宇和郭逸平的情绪正好相反：一个越来越失望，一个越来越自信。

"注意，有信号！"郭逸平看到荧光屏上出现了一条凸形亮线，数码管里的红色数字又在不停地跳跃着。

徐振宇熟练地把推车定好位置，使荧光屏上的凸形亮线正好处在中央。杨光耀、任思宏和其他队员都拥了过来。

"读数！"任思宏大声地说。

数码管的数字已不再乱蹦乱跳，它一动不动地显示出一组数字。郭逸平看了一眼道："013.32。"

任思宏又仔细观察了一下荧光屏，激动地说："从曲线反映的情况看，在这里埋着一件圆形或椭圆形的金属物体，深度是13.32米。"

任思宏和徐振宇用皮尺量了一下，从探测器下到古墓墓坑边缘的距离是4.66米，探测器正好在古墓原址的正南方。这是铁塔基坑和构架之间的一片空地，地下并无管线地沟通过。

徐振宇感到莫大的喜悦，下意识地往后掠了一下浓密的黑发，尽力让自己不要过于激动。尽管这样，他说话时仍然带着激昂的情绪："我看铜球就在这下面，挖吧！"

"我不同意这种说法。探测器虽然有显示，但并不一定是铜球。"郭逸平说得很平淡。

其他考古队员的意见更是众说纷纭，莫衷一是。

任思宏和杨光耀商议后，宣布在这里试掘。

激光地下探测器车被推走了，张杰和另一个推土机手开着推土机过来，他俩在这儿轮番推起土来。

不久，一条一米左右深的大土沟出现在考古队员的眼前。任思宏招呼一声"复测"，徐振宇又把探测器车推到土沟里。郭逸平帮着他找好了位置，把电源接通。数码管显示的数字使在场的人目瞪口呆——013.32。

"这是怎么一回事？"

"是仪器失灵了吧？"

"这是铜球在自动下降！"

"再推掉一层土试试。"

推土机加大油门，使劲地推着黄黑色的泥土，发出一阵阵低沉而混浊的声音。

土沟又加深了半米。

探测器车重新在沟底找好了位置。

接通电源，数码管里鲜红的数字蹦得使人眼花缭乱，最后又停在这几个数字上：013.32。

"这回你该相信地下有铜球了吧！"徐振宇得意地说。

郭逸平的眼睛眯成了一条细缝，执拗地说："你有什么根据！也许这台仪器出了毛病。"

傍晚，考古队员们在一顶大型充气帐篷里研究对策，三峡工程局赵副总指挥来看望他们。他目光刚毅，饱经风霜。寒暄之后，大家又谈起白天的事。

"要是有两台探测器，就可以判断是不是仪器的毛病了！"徐振宇说。

"我们所里还有一台，取来就是了。"考古研究所的一名队员说。

"派人送来得两天，又要影响输电铁塔施工了。"任思宏说。

"工程局有一架专机，现在在楚江机场，明天一早返回。你们可以托飞行员金翔带来。"赵副总指挥也是个热心人。

大家都赞成这个办法，任思宏当即给所里挂了电话。他们又谈论了一阵,便各自散去。

第二天一早,徐振宇和郭逸平一同到工地临时机场,找到金翔,取回了另一台激光地下探测器。

任思宏以娴熟的技巧,没用半小时,就把这台新运来的探测器车组装完毕。

这一回,徐振宇和郭逸平各推一台探测器车,先后停在那条土沟里,测定那个有争议的"铜球"的埋设深度。

"013.32。"徐振宇看着昨天使用过的那台探测器说。

"013.32。"郭逸平看着今天新运来的那台探测器说。

人们围了过来。

"看来,仪器并没有出毛病。"徐振宇喜形于色,"结论很明确了,这铜球不但在地下,而且现在还能运行,始终自动保持距地面13.32米深。"

郭逸平听了不以为然,他说:"照你这么说,我们总也看不到这个铜球咯!"

任思宏在一旁笑着说:"你是怎样看的呢?"

"如果铜球还在地下,那么在地面上总可以找到当初往下钻的痕迹吧,我们为什么没看到呢?"郭逸平反问道。

任思宏觉得历史学家问得有道理。他把探测器车推开,蹲在地上,细细瞧着。地上除了推土机的履带印和脚印外并无其他痕迹。他又用手抠了几下,还是看不出。他心想,也许是被推土机破坏了原有面貌,就找了把铁锹小心地挖着。他把被推土机推乱了的浮土先挖掉,然后又一点点挖下去。

"你们看!"任思宏几乎是在喊,"这不是钻过的痕迹吗!"

　　大家拥向前，有的蹲着，有的弯腰站着，一齐朝着他指的地方看。这是一块圆形的土壤，乍一看，和其他土壤也差不多。只是细心观察时，才能看出它比周围土壤要密实一些，也更硬一些，似乎是经过烧结的。

　　任思宏拿出卷尺量了一下，这块痕迹的直径约有一米。郭逸平还从衣袋里掏出一个放大镜，蹲在地上细细看了一遍。

　　任思宏和一些队员都认为这是铜球钻土的痕迹，它间接证明了激光地下探测器测到的就是铜球。他们一个个向徐振宇伸过手去热烈祝贺。

　　"你的看法呢？"任思宏问郭逸平。

　　"这既不能证明它就是外星人的火箭，也不能证明它在古代就有。只有把铜球真的挖出来，才能得出最后结论。"郭逸平心平气和地说。

15　金坛子的故事

　　在考古队里，坚持伪托说的只剩下两个人：一个是郭逸平本人；另一个是来自峡口地区博物馆的一名队员，他是郭副教授以前的学生。

　　尽管新实体说拥有众多的拥护者，但他们并没有能使铜球展现在主张伪托说的人们的眼前。

　　在他们苦苦琢磨铜球出土之道的时候，郭逸平找到了杨光耀，开诚布公地说："我根本不相信地下会有外星人的铜球，在这种情况下，不可能违心地去考虑发掘铜球的方法，当然也提不出什么意见。到考古队之前，我在研究本省方志，这几天反正也没有我的事，我打算到峡口县搞一点调查，收集一些方志资料。"

"郭副教授，现在从考古队的工作看，还是非常需要你来参加的。"杨光耀和蔼地看着他，说得十分恳切，"至于你想抽空到外面搞一点方志调查，我并没有什么意见。"

这次谈话后，郭逸平独自一人跑到峡口县文化馆，在那里查阅了县里保存的方志，得到不少有价值的资料。但有一个前清时的沿革没有搞清楚，请教了几位馆员也答不上来。在闲谈中，得知本县有一位114岁的老人谭太爷爷。郭逸平很感兴趣，期望能在他老人家那里弄清楚这个沿革，于是决定去登门拜访。

老人住在卧牛峰上。翌日清晨，郭逸平乘了一辆吉普车，从县城向卧牛峰驶去。

这座卧牛峰，远远望去非常像一头伏卧着的黄牛，山势虽不及狮子峰挺拔，姿态却也十分雄壮。吉普车驶近山麓，郭逸平在车上已看到山峰上郁郁葱葱的树木和半山腰上的一片片茂盛的茶园。不一会儿，车已驶达山麓，郭逸平下车徒步登山。

他顺着山坡上一条又窄又陡的小路，吃力地攀登着。虽然是秋天，但爬了十多分钟就出了一身汗。他把外衣脱去，只穿一件衬衫，继续攀登。在半山腰的一块平缓的坡地上，有十几间毗邻的房舍。再往高处望去，松柏掩映中露出三间农舍。郭逸平在缓坡上休息片刻后，向地势较高的那三间农舍走去。

这家院子围着一圈竹篱笆，两扇刷了黑漆的竹门敞开着，一位60多岁的老人正在收拾院子。郭副教授上前打听道："老伯伯，请问谭太爷爷在这儿住吧？"

那位老人把手上的竹扫帚往一棵柿子树上一靠，热情地说："你找我爷爷吗？他在后山呢！你先进屋，我去给你把他叫来。"

"不了，请你给指一下路，我自己去找。"

"山路不好找，我领你去吧。"

"那就谢谢你啦。"

郭逸平跟着这位老伯伯，沿着院子后面的一条小路向山上攀登。路上遇到一个陡坡，郭逸平想扶一下他，可是这位老伯伯却敏捷地登了上去，反把他落下一段距离，他急忙快步跟上。

山里的空气特别清新；树林在明媚的阳光照耀下，显得格外苍翠；林间美丽小鸟的啼叫委婉动听。这一切是多么令人陶醉啊！要不是这位老伯伯把他领到正在拾柴的谭太爷爷面前，这位历史学家几乎忘了自己上山是干什么来的了。

郭逸平一边小声喘着气，一边打量着谭太爷爷。只见他垂胸的银须被一阵清风吹得微微飘拂，头上苍白的鬓发并不稀疏，脸上一条条的皱纹却像刀刻的一般。这些深陷的皱纹，记录了老人家饱经风霜的漫长阅历，这正是郭副教授最感兴趣的原因。

谭太爷爷看到他们走过来，不再拾柴，抬起头来问他孙子："这会儿都什么时候啦，你怎么还不到茶园去干活？"

"爷爷，我这就要去，您看，这位同志要想见您呢！"谭太爷爷的孙子恭敬地回答着。随后，他就到茶园去了。

"谭太爷爷，"郭逸平按照当地人的说法这么称呼着，"我想向您老人家请教一件事。"

接着，他就把清朝末年县里一个沿革问题提了出来。

谭太爷爷在身旁找了一个树桩坐了下来，也让郭逸平在另一个树桩上坐下。他点燃了一袋旱烟，一边吸着，一边不急不忙地回忆着自己青年时代县里的沿革。郭逸平拿出笔来，详细地做着笔记。

老人家谈了一个多小时，不但谈了沿革问题，还谈了他青年时代的见闻。郭逸平对老人家的记忆力十分钦佩。谭太爷爷问郭逸平怎么上这来的，郭逸平就把他怎样参加考古队，怎样抽空上县里查阅方志，收集资料的事大概说了一遍。

"你刚才怎么说来着？"谭太爷爷感到很惊讶，"有人说咱们这儿古时候地下面有一个铜球？"

"是有人这么说，不过我并不相信。"

"那个什么铜球是不是埋在那块平地里？"谭太爷爷站了起来，伸出一只手，指着狮子峰和卧牛峰之间的位置。

郭逸平登山时并没有细心观察周围的地形，这会儿顺着谭太爷爷指的方向看过去，竟然隐隐约约看到了他已十分熟悉的大坝工地。他惊讶地问："您老人家已经听到这个消息了？"

"我早就听到过，那块平地下面埋着一个无价之宝。不过不是你们说的铜球，而是一个金坛子！"谭太爷爷捋着银须道。

"您老人家什么时候听到的？"

"这还是在我年轻时听到的。中华人民共和国成立前，我常常给人家讲这个故事。中华人民共和国成立后，村里一帮毛孩子一听我讲这个故事，就说我是老迷信。呸，我再也不给他们讲了。今儿难得你问起，我就给你讲吧。

"相传还是汉武帝在位的时候，我们这一带有一个姓吕的才子，人很有学问，上至天文，下至地理，无不通晓。那时朝廷对他并不重用，只让他当了一个县官。可是，天上的神仙却早已知道他的才能，决计要助他一臂之力。有一天，神仙领着一个仙童化装下凡，来到吕县官的家里，对他说："在你的管辖地带，有一个无价之宝，它埋藏在很深很深的地下。谁要是能得到它，谁就会变成世上最聪明的人。无论你想要干什么，它都能帮助你。"说着，神仙从袖中取出一把金钥匙交给他，"谁得到这把金钥匙，谁就能找到那个无价之宝。"话音未落，只见那两个人化作一阵清风，飘然而去……"

谭太爷爷讲到这里停了下来，又点燃了一袋旱烟，不急不忙地吸着。

"后来呢？"郭逸平问。

谭太爷爷点点头说："是啊，后来呢？后来嘛，那个吕县官惊讶万分，等他明白过来时，才发现那把金钥匙攥在自己手心里。吕县官高兴极了，拿着这把金钥匙就去找那个无价之宝。他在这一带找了七七四十九天，终于在卧牛峰与狮子峰之间的一块平地上找到了它。吕县官把金钥匙往地上一放，地上冒出一道金光。不一会儿，那个无价之宝就从地下钻出来。吕县官一看，原来是一个圆溜溜的金坛子。金坛子打不开，可外面却刻着密密麻麻的小字。细一看，原来是一部天书。谁要是读懂了这部天书，要想干什么就能干什么。你想飞到广寒宫去见嫦娥，它就会教你制造翅膀；你想到水晶宫里去会龙王，它就会教你做避水衣。吕县官想把这个金坛子拿回去，但金坛子好像生了根，怎么搬也搬不动。他只好取了文房四宝，把刻在金坛子上的天书抄了下来，并记下金坛子的位置。他刚做完这些事，金坛子又闪出一道金光，慢慢地钻进了地下。"

　　谭太爷爷注视着郭逸平，这位历史学家专注地听着。谭太爷爷又抽了几口旱烟，语气沉凝地说："又过了好久好久，消息渐渐传开了。有的说吕县官死了，有的说他到深山里去了，反正谁也没再看到他，谁也不知道那把金钥匙的下落。但人们流传着这样一种说法——只有那些最有学问的人，才能找到那把金钥匙。后来，许多有学问的人到处寻找那把金钥匙，但是谁也没有找到。一代又一代过去了，那把金钥匙还是没有找到。那个金坛子呢，就再也没出现过……"

　　故事讲完了，谭太爷爷和郭逸平都陷入了沉思。

　　不知过了多少时间，还是谭太爷爷又说了起来："小伙子，你们要找的那个铜球，兴许就是我讲的这个金坛子呢！这么说，你们就是找金钥匙的人咯。如果哪一天果真找到了，可别忘了招呼我这老头子也去瞧一瞧咯！"

　　听到别人叫自己小伙子，郭逸平心里很不自在，但这只是一闪念。当他看到老人家齐胸的银须，马上又恢复了常态。他说："只怕找不到。要真有什么铜球、金坛子的，到时候我们一定来请您老人家。"

　　郭逸平又和老人家闲谈一会儿，见时近中午，于是告别了谭太爷爷，走下山去。

　　郭逸平下山时，谭太爷爷讲的那个传说还在他脑际缭绕。是的，他作为伪托说的提出者，到现在为止，还是不相信吕迁墓下会有什么铜球。但作为一个历史学家，他并不认为传说都不是真实的。他当然知道，历史传说中的少昊之国就因大汶口文化的发现而被证实[1]，《荷马史诗》中的特洛

---

① 唐兰：《从大汶口文化的陶器文字看我国最早文化的年代》，见《光明日报》1977年7月14日。

伊古城也因考古学家在土耳其海岸上的成功发掘而成为真实[1]。那么，这个金坛子的传说会不会也有某种真实性？还有，这个传说的故事和吕迁墓及其竹简上的记载，不能不说有许多相似之处。看来，这个传说对徐振宇、黄教授他们一定会有一些帮助，至少也是对新实体说的一种支持。"得赶快告诉徐振宇。"想到这里，他加快速度，向山下的吉普车走去。他上了车，告诉司机把车开回考古队。

吉普车在盘山公路上行驶着。郭逸平坐在车上想，当然，把这个传说告诉徐振宇，他们受到传说的鼓舞，坚持新实体说的劲头和找出铜球的决心一定会格外加强，这对他自己的伪托说一定不利。但他不是那种持门户之见的人，也不是把资料视为珍宝锁在保险柜里的人。在学术争论中，他从来是光明磊落的，尽管他从来不肯轻易改变自己的论点。他坚信一切争论最后都要由实践来裁决，而他又是个心甘情愿接受这种裁决的人。

吉普车司机在反光镜中看到一张红润的圆脸上浮现着一丝憨厚的笑容。

---

[1] 玛辛托什：《湮灭的古城——真实的荷马史诗》，见《科学文艺译丛》第一辑，江苏科学技术出版社出版。

16　第二次失败

　　考古队的那顶大型充气帐篷是一座又宽敞又亮堂的活动建筑。不用的时候，把气一放，用一辆汽车就可以运走；使用时，开动充气机，10分钟之内就可以支撑起来。纵横交错的气柱构成了围墙，围出了一个12米宽、24米长的矩形空间。拱形的气梁支撑着隔热帆布屋顶，遮盖着由一道道气墙间隔开的许多房间。在走廊的一侧，是8间宿舍。另一侧，有3间办公室。其中一间装有一台图书资料终端机，它通过电子计算机和全国的图书馆网链接在一起。另有一间是会议室兼餐厅，还有一小间是厨房。气柱的支撑力很大，帐篷举架甚高。夕阳从宽大的玻璃窗里倾洒下来，在室内的陈设上抹了一层金黄色。

　　夜幕降临了。两盏碘钨灯把会议室照得如同白昼一般。考古队员们聚集在这里，又在探讨发掘铜球的方法。推土机手张杰是新实体说的积极支持者，这种场合自然也少不了他。

　　几天来的失利，好像一片乌云，笼罩在队员们的脸上。爱说爱笑的队员不再说笑，爱出主意的队员似乎没了主意。任思宏有时说一些不相干的笑话，使室内沉闷的气氛得到暂时的缓解。杨光耀常常给大家说一些鼓励的话，有时自己也在沉思。徐振宇似乎一直保持着信心，总喜欢说："发掘铜球只是一个时间问题。"

郭逸平穿了一件深蓝色海军呢制服，趿着一双拖鞋，拿着一卷稿纸走进会议室。按照惯例，他是不参加这类讨论的。用他的话说就是，他不能为那种不可能的事出谋划策。今天下午他从外地回来，一直在自己的宿舍里写什么，大家以为他在整理方志资料，谁也没有去打听。这会儿这位历史学家居然出现在会议室里，实在出乎队员们的意料。

"郭副教授，你上这边来坐！"杨光耀坐在一台收扩两用机旁热情地招呼。

郭逸平在徐振宇身旁找了个软胎折叠椅坐了下来。他并没在意许多人的神态，很随便地说："我这次出去，听到一个传说，想借此机会姑妄言之。"他开始详细地转述谭太爷爷讲给他听的那个故事。才讲了一小段，就像磁铁吸铁那样把大家给吸引住了。徐振宇把身子转过来，脸正对着他。好几个队员轻轻把椅子搬过来，坐在他的近旁。

正在大家听得起劲时，杨继先进来了。他悄悄走到杨光耀身旁，低声问："爸爸，您找我啦？"

杨光耀做了一个注意听的手势，低声说："你先等一会儿。"

郭逸平抑扬顿挫地讲着，语言十分生动。这一定是他在讲台上锻炼出来的。会议室里除了他的声音之外，一点动静也没有。

他讲完了，把手里的一卷稿纸递给徐振宇，笑着说："这个故事对你和你的新实体说可能有一点参考价值。我抽空整理好了，都写在这里，你拿去看吧。"

徐振宇没想到郭逸平如此光明磊落，如此热心助人，很是激动。他握着历史学家的手，过了好久才说出话来："郭副教授，你这是对我们的支持，太感谢啦！"

郭逸平微微一笑："希望你不要误会，我支持的是这场争论，而不是新实体说。"

他思量片刻，又补充道："其实我并不相信这个故事。"

郭逸平转述的民间传说，大大鼓舞了这些考古队员。会议室里原来那种沉闷的气氛一扫而尽，变得十分活跃。

"这个故事里讲的金坛子不就是我们要找的铜球吗？"张杰欣喜若狂，手舞足蹈。

"无论是时间、地点、人物，这个故事和竹简上的记载都很相似。"一个胖胖的考古队员说。

"也许就是从吕迁那时流传下来的。"徐振宇把额前散落的一绺头发往后一掠，兴冲冲地说。

杨光耀布满皱纹的脸上露出一丝笑意，他看了一下大家，目光炯炯地说："我们应该把这个故事看成是一种鼓舞，一种推动力。不过，最关键的问题还在我们自己。"

任思宏点头含笑说："我们再想一想，看看那把金钥匙在哪里。"

张杰站起来，兴奋地说："多调几台推土机，编队作业，只要发掘速度超过铜球下钻的速度……"

不等他说完，杨继先拽了他一下，笑道："别忘了那是外星人的火箭，你能超过它的掘进速度吗？"

会议室里一片笑声。

"你有什么办法，拿出来看看。"张杰噘着嘴，不大服气。

"办法倒有一个，不知道行不行。"杨继先明亮的大眼睛里闪现着一种希望，"我们从一二十米以外开挖一个隧道，让它延伸到铜球旁边，然后开着小型地下掘土机到隧道尽头，一下子就把铜球给挖出来。"有几个队员表示可以试一试。

郭逸平摇摇头道："这个方法工程规模太大，失败后，岂不浪费资金。按照新实体说的说法，这个东西是会自动升降的火箭，那为什么不让它自己上升呢？"

"怎么能叫它上升呢？"杨继先着急地问。

"你别插嘴，听郭副教授说。"张杰捅了他一下。

"依我看，可以分两步来试探。第一步，先把那条土沟填平，测测那个东西是不是升上来了。第二步，在地面上铺十来米的排水管，让它一头对着那个东西的位置，然后用土封住。再在排水管和它周围地面上堆上两三米厚的土。我们从排水管另一头进去，再测测铜球是不是也能上升。那时再决定挖不挖隧道也许更有把握一些。"郭逸平说。

黄教授和许多队员都认为这个办法比较稳妥。

杨光耀和任思宏嘀咕了几句，对大家说："现在大家回去休息，明天按这个办法试一试。"

铜球出土的时刻即将到来，队员们离开会议室时，一个个喜气洋洋。

杨光耀格外高兴。他把杨继先叫到自己的宿舍里来，拽出床下的人造革旅行箱，打开箱盖，轻轻地取出一个很讲究的大纸盒，递给了杨继先。

"继先，这件东西我买了好几次都没买到，这次托人买到了，你拿去用吧。"杨光耀脸上露出了慈祥的笑容。

杨继先小心地打开包装，看到纸盒里装的东西，高兴得叫了起来：

"潜水摄影机！"

第二天一早，任思宏就到三峡工程局去借排水管。杨光耀在现场，组织填土沟的工作。两台推土机你来我往，一个上午就把这条土沟填平了。

徐振宇和郭逸平顾不上吃午饭，忙着用激光地下探测器重新测定铜球深度。结果数码管上仍然显示着013.32，这说明铜球果然随地面的增高而上升了。

徐振宇高兴地跑回充气帐篷，向大家报喜去了。郭逸平困惑地摇摇头。

下午，在三峡工程局支援下，任思宏把借来的十来米排水管运了回来，按郭逸平的建议，在那儿排成一线。

推土机手们忙了三天，才在排水管周围堆起了一片三米高的土层。

徐振宇激动地拿着分解开来的探测器，要往排水管里钻。郭逸平一把抓住他："我个子矮，还是让我进去测吧。"

徐振宇不再坚持。郭逸平钻进去后，徐振宇把仪器递给了他。

过了一会儿，排水管里传出了嗡嗡的话声："显示无变化，还是013.32。"

徐振宇顿时感到心脏在紧缩，好像被别人攥住了一般。

郭逸平钻出来之后问他："你还进去看看不？"

徐振宇现在完全信任他的说法，摇了摇头。他在队员们之间穿过，一直向远处走去……

杨光耀了解徐振宇，虽然和他相处的时间并不长。当他看到徐振宇离开排水管往外走去，估计徐振宇又是到大坝上去了。他知道，无论是在失望的时刻，或是在成功的时刻，徐振宇总爱上那儿去，在那里让大江的激流涤荡自己的心胸。

　　杨光耀沿着一条公路向三峡大坝走去。装载着各种建设器材的载重汽车，川流不息地从他身旁驶过。戴着白色安全帽的工程建设者来来往往，慕名而来的大坝参观者熙熙攘攘。杨光耀夹在人群中向前走着，迎面遇到了赵副总指挥。

　　"老杨，今天你们试验成功没有？"赵副总指挥显然是从任思宏那里得知此事的。

　　"又失败了。"

　　"再想想办法，争取把它搞上来。"赵副总指挥关切地说，"按照水力发电系统试运计划，你们最好在11月10日前结束。如果赶不上这个日期，我们再想办法。"

　　"这样要影响整个工程进度了吧？"

　　"只要你们认为地下有铜球，我们一定克服一切困难，支持到底。"

　　杨光耀很感激，紧紧地握着赵副总指挥的手。

　　他意识到，留给他们的时间不多了，得抓紧才行。他不知不觉地加快了步伐。

　　在大坝上，一列拉着水泥的火车在专用线上奔驰而过。杨光耀等火车开过后，穿过专用线，从泄水闸旁的一个台阶走下去。一股巨大的、闷雷般的声浪，从江面滚滚而来。他在一个悬伸在大坝外的工作平台上，果然看到了徐振宇。小徐双手扶在栏杆上，俯身凝视着奔腾不息的大江。

　　杨光耀默默站在小徐的身旁，也把手支在栏杆上，看着从泄水闸奔泻而出的湍急水流。小徐沉默着。

　　在三峡大坝前积蓄了巨大能量的江水，经过一排排的闸门奔腾着呼啸而下，在大坝下面掀起滔天的白浪。巨大的白色水帘倾注到江水之中，发出震耳欲聋的吼声。这种江水奔腾、激流怒吼的场面，使杨光耀回忆起战争年代，回忆起刀光剑影之中的千军万马。而徐振宇则想起了夏天暴雨中的隆隆雷声。

被激流扬起的无数水珠像光彩夺目的珍珠一样，在奔腾的江水上跳着欢快的舞蹈。这些洁白的水珠和激浪浑然一体，组成一朵朵巨大的珊瑚花。它们是那样变幻莫测，好像一个白色碎玉灌成的万花筒。许多细小的水珠飞溅到离水面百十来米高的工作平台上，像小雨一般洇湿了地面，飘落在徐振宇和杨光耀的身上。

"小徐，你看，这江水的力量是多么巨大，势不可当，然而，人民的力量却可以拦住它。"杨光耀若有所思，脸上的皱纹愈发深陷，"中华人民共和国成立之前，人们看着这滔滔的江水，只能望江兴叹。解放战争时，国民党军队还想利用长江天堑来阻挡我们。那时，我在这一带打仗……"

"您在这儿打过仗？"徐振宇情不自禁地问。

"对。那时我还是一个小鬼，随着进川的大军来到这儿的。"

"打仗很不容易吧？"

"我本来也不会打仗，后来参加了解放军，整天在战争环境中，时间久了，也就会了。毛主席说过，指挥员的正确部署来源于正确的决心，正确的决心来源于正确的判断，正确的判断来源于周到的和必要的侦察，以及对于各种侦察材料的连贯起来的思索[1]。我们在战争中学了毛主席的军事

---

[1] 见《毛泽东选集》第一卷163页，人民出版社出版。

理论，打了许多胜仗。"

"您怎么离开部队了？"

"中华人民共和国成立后，党把我送到工农速成中学，后来又上了华北政治大学，毕业后分配到地方工作。几经辗转，才调到省考古研究所。这一次寻找铜球的工作使我感到科研也是战斗，是在另一个战场上的战斗。在这种战斗中，毛主席说的那段话也是适用的，只不过战斗的对象换成了自然界，调查研究的手段变成了观察和测试。"

"它们一定也有许多不同的地方。"

"是这样。就拿地下有没有外星人信息火箭来说，它允许我们在较长的时间里去观察、探测和研究，用古星图去分析和推断；它不像打仗那样，要求迅速果断地做出决定。还有，它的一切现象都是本身固有的，不会为了逃避发现而变换花招。铜球的主人既然想要和我们联络，肯定会设法使我们能够发现和理解。当然，我们对外星人的思维方法毫不了解，因此我们不能用人之常情去认识它，猜度它，处理它。也正因为如此，才需要我们下更大的气力……"

西斜的阳光照射在无数蹦跳飞扬着的水珠上，江面映出一条美丽的彩虹，好像是用一支巨大的彩笔在天空中涂抹出来的。

徐振宇紧锁着的两道浓眉舒展开来，脸上又挂着一种坚韧的神情。他如释重负地说："您不用再说了，我们回去研究新的对策吧。"

杨光耀和徐振宇在宽阔的公路上并肩走着。夕阳照耀的路上，偶尔有一辆汽车从他们身边驶过，喧闹的工地似乎也静了许多。他们走出大坝好远了，还能听到奔腾的激流发出的闷雷般的吼声。

17　飞行员的经历

在《考古学术研究》的一篇采访记中，黄敬之看到了郭逸平副教授答记者问中的一段话。他坐在台长室那张高脚式大写字台后思忖道："他问得对啊，既然铜球在吕迁那个时代能自动出土，为什么以后就不能再出土了呢？"

写字台前的那架落地式天球仪，非常缓慢地转动着，这个缓慢的速度就是地球自转的速度。黄敬之把目光移到了这架天球仪上，眼角现出了细密的鱼尾纹。他想："尽管速度很慢，然而，日积月累，弹指间就是两千年。在这两千年里，铜球应该不止一次地自动出土，就算是有几次没有被人发现，但也不至于只被吕迁发现一次吧？"

黄敬之收回了目光，摘下了眼镜，用一块绒布仔细地擦着，然后又重新端端正正地戴上。他明白，如果能找出古代铜球出土的原因，那么现在就有办法让它再出土。他站了起来，在屋里踱来踱去。那一次铜球出土究竟是什么原因呢？他顺着墙边走边想。左面墙上有一幅著名的蟹状星云彩色照片，这张照片他不知看过多少回了，现在闭上眼睛都能想出这个星云上复杂的纤维状结构。它是公元1054年爆发的超新星[1]——"天关客星"的

---

[1] 超新星：指超过原来光度一千万倍以上的新星。

遗迹，这一次超新星爆发在我国史书中有十分详细而生动的记载①。

莫非是超新星爆发造成的？黄敬之停住了脚步，站在蟹状星云照片前沉思起来。他对我国史书上记载的新星②了如指掌。在我国历史上有记载的、被人们公认的八颗超新星中，没有一颗是在吕迁记载的铜球出土年代——汉武帝元光元年（公元前134年）爆发的。黄敬之完全清楚，在这一年，公元前134年，确实出现过一颗新星——天蝎座新星③。是新星的影响？这不大可能吧……他自己也不大相信。

"不过，铜球出土和天蝎座新星爆发，它们在年代上却是吻合的……"黄敬之独自琢磨道，"假如真是这颗新星的影响，那么这种影响的机理又是什么呢？"

他又在办公室里来回踱着步，无意中看到桌上的台历上记载着"就医"两个字，自言自语道："唉，瞧我这记性！"原来，由他承担的那项科研任务已经完成。根据事先的安排，他应该到西陵峡去参加考古队的工作。他想利用这个间隙，把过敏性哮喘治一治。前天，他已经和省人民医院污染病防治所通过电话，杨帆在电话中热情欢迎他去治疗。

今天本想把办公室里的东西整理一下，然后就去医院，不料看到郭逸平的谈话之后，自己的思维就停不下来，一直思考到现在……

他收拾了桌子上和抽屉里的东西，拿着那张挂号单，离开了办公室。

天文台的一辆小轿车把他从南山一直送到省人民医院。

---

① 见《宋史》（卷五十六·志第九·天文九）1230页，中华书局1977年出版。

② 新星：指在短时期内亮度突然增大数千倍或数万倍，后来又逐渐降回到原来亮度的恒星。

③ 席泽宗：《古新星新表》，见《天文学报》第三卷第2期189页。

在省人民医院污染病防治所的门诊部里，杨帆用电脑诊断机为他做了详尽的检查。

拿到药方后，黄敬之清癯的方脸膛上浮现着满意的微笑。他问："杨大夫，你前天在电话里不是说有事要找我吗？"

"我想托您带点东西给徐振宇，我这就去取。"杨帆白皙的脸上飘过一层薄薄的红云，显得有些腼腆。她站起来说："黄教授，您以后管我叫小杨好了。"

黄敬之微微颔首，慈祥地一笑。

杨帆步态轻盈地走了出去。

黄敬之从杨帆的桌上拿起一张当天的报纸，随便翻看着。第三版上有一条新闻，引起了他的注意。标题是这样写的：

青年助理工程师岳静刻苦钻研

古磁全息检测仪研制成功

填补了古磁研究方面的一项空白

一个崭新的念头在黄敬之的脑海里一闪。他从衣袋里掏出眼镜擦了一遍，把眼镜戴好，仔细地看着这条新闻的详细内容。

黄敬之的目光显得那样深邃，脑海中又在进行新的探索。这种古磁全息检测仪不正是符合他的需要，而又不曾被他想到过的那种仪器吗？有了它，铜球在古代为何出土的问题，也许能够得到启发和验证。他决定给这位年轻发明家所在的单位——广东电子仪器研究所去一封信，请求他们支援考古队的研究工作，往西陵峡邮寄一台古磁全息检测仪，并附详细的使用说明。

杨帆进来了，把一个绑扎得很牢靠的牛皮纸包交给了黄敬之。

"让您受累啦。"杨帆说，"到了那边，请代我向徐振宇、任思宏问好。"

黄敬之点点头，稍有犹豫地说："把这张报纸送给我吧！"

"您要看，就拿去吧。"

黄敬之并没把报纸拿走，只是把那条新闻整整齐齐地裁了下来，折好，夹在一个笔记本里，然后收在衣袋内。

杨帆惊奇地问："您也喜欢收集剪报？"

黄敬之不置可否地"嗯"了一声。

杨帆陪黄敬之取了药，把他送到车上。

下午，黄敬之乘车离开市区，直达楚江机场。任思宏早已为他安排好，搭乘工程局的那架专机，直飞工地。

在飞机上，黄敬之结识了飞行员金翔。金翔是个回族青年，身材适中，体格特别健壮，隔着衣服似乎也能感觉到他肌肉的发达。这样的体格，在飞行员当中也要算上乘。他十分健谈，在不到一小时的旅程中，已经和黄敬之相处得很熟了。在西陵峡工地的临时机场上，金翔跟黄敬之谈了一件亲身经历的事。谈的时候，这位飞行员的神情显得那样迷惑不解，给黄敬之留下了深刻的印象。

"前年初春，工地上急需一种器材，派我飞到楚江去取。返回工地时，天气突然变坏，下起了鹅毛大雪。这时能见度极低，无法降落。我想和导航台联系，却受到干扰，怎么也联系不上。后来听到一个微弱的短波讯号，嗞嗞作响。从方位上判别，正是从工地方向发射的，可怎么也听不明白是什么意思。没办法，我只好把器材先运到峡口。"

黄敬之若有所思地听着。

"后来，"金翔又说，"我把这个情况报告了导航台。导航台的同志说，他们也发现过这个干扰讯号，并且测定过方位，大约在卧牛峰和狮子峰之间。导航台的同志还到那个地方调查过，当时那儿只是一片荒野，什么也没有。"

"你为什么要把这个故事告诉我？"黄敬之清癯的方脸膛上浮现着一丝神秘的微笑，两只眼睛闪烁着深邃的光芒。

"您是老教授，又要到考古队去，我估计您需要知道这个情况。"

"这和考古队有什么关系？"黄敬之预感到金翔一定还有什么想法没有说出来。

"既然您问了，那我就说吧。"金翔显得没有把握，"不过，这也许是毫无根据的猜想。自从考古队来寻找铜球，我就有一种感觉，好像那次短波干扰讯号和地下的铜球有什么关系似的。"

"很有意思，"黄敬之欣喜地说，"我们确实需要知道这个情况。"

一辆吉普车把他送到了考古队的大型充气帐篷门前，杨光耀、任思宏、郭逸平、徐振宇和许多队员都出来迎接。杨光耀要黄敬之先到屋里休息。黄敬之不等进屋，站在帐篷外面就把刚才从飞行员那儿听来的情况对大家说了一遍。

杨光耀眯着眼睛沉思起来，也许是金翔的经历勾起他的心思了吧。

黄敬之转达了杨帆对任思宏的问候后，从汽车上取下一个大纸包，递给徐振宇："小徐，杨帆也向你问好，还给你捎来一包东西呢。"

徐振宇接过纸包，脸上有一种很复杂的表情。他把纸包夹在腋下，拉着任思宏，一同回到帐篷里去。

18　姑娘的心

任思宏跟在徐振宇的后面，走进考古队的帐篷。在他俩住的那一间宿舍里，作为间隔的气墙上，挂着两幅大照片：一幅是宏伟的三峡大坝，另一幅是七号汉墓出土的古星图。这是任思宏特意挑选的。他还采来一束野菊花，插在一个玻璃瓶中，放在临窗的一张三屉桌上。明媚的阳光从一扇大玻璃窗斜射进来，屋里显得很有生气。

徐振宇把那个大纸包放在桌上，一边拆着绳子，一边说："思宏，她给我的这包东西，我该怎么办？"

任思宏在他的脸上看到了一种为难的表情，真诚地说："这有什么可为难的，找个机会，你也送她一件心爱的东西就是了。"

纸包打开了，露出了一件崭新的毛衣。这是用褐色毛线和米色毛线精心配织的，看起来像一件新颖大方的夹克衫。

徐振宇看到后，心里不觉为之一动。他犹豫不定地说："如果我再送她一点什么，这一来一往不就……"

任思宏已领会他的意思。他翻看着这件毛衣，对徐振宇说："你们本来就应该是这样嘛！你看，这毛衣织得多好。咦，这毛衣里面还有东西呢！"

任思宏索性打开毛衣，毛衣里面夹着的是一包精装的孝感麻糖，盒子上面还有一封信。他把信递给了徐振宇，笑道："你自己拿去看吧，这该没有我的事了。"

说着，任思宏就要往外走。徐振宇一把拽着他的胳膊说："你别走，咱们一块儿看吧，要不然等会儿我还得拿着信找你商量。"

徐振宇给任思宏搬了把椅子，他俩都在桌前面坐了下来。这是一封没有封口的信，徐振宇从信封里取出了几页质地考究的信纸，信纸上写满了他十分熟悉的工整秀丽的钢笔字。他和任思宏一同看了起来。

振宇：

当你在楚江的时候，虽然我有时要好几个星期才去找你一次（你从来不肯来看我），但我心里并不觉得时间长，因为我们在同一个城市里。现在，你不在这里，我好像有几个月没有见到你似的，其实，你离开楚江才十多天！

你一定会笑我，在各种先进通信手段齐备的今天，为什么不打电视电话，不灌录音磁带，而偏偏要采用写信这种最古老的通讯方式。说真的，我觉得写信更从容不迫，更便于思考，因而也更能深刻地表达自己的思想感情。

任思宏粲然一笑道："人家杨帆对你多有感情！"

"你别拿我开心好不好？"徐振宇英俊的脸庞显得腼腆起来。

"这可不是拿你开心。"任思宏认真地说，"我问你，你真是一次没主动找过她吗？"

"你别审问我啦，"徐振宇恳求着，"还是往下看吧。"

　　告诉你一个好消息：我和同事们对汉代古尸的研究工作已经结束，我根据古尸生前受环境影响的状况，写了一篇题为《论汉朝人所处自然环境》的论文，最近就要在一家医学杂志上发表了。说真的，这是我从研究生院毕业以来自己比较满意的一篇。这不只是因为我们成功地应用了一种崭新的化验方法，而且还因为这篇论文的结论为以后的研究打下了基础。你知道，我决心申请博士学位，除了课程考试早已开始准备外，学术论文还没有动手。我想，这篇即将发表的论文，将是我准备博士论文的起点。

　　我之所以要写这些事情，绝不是为了向你炫耀。我是希望你知道，我也在拼命努力，我也和你一样，希望在自己的知识领域内，干出一番事业来，为祖国做出贡献。我最不愿意听你说，什么你没受过大学教育啦，甚至我应该如何啦，等等。以我对你的了解，你不是一个自暴自弃的人，恰恰相反，你是一个奋发有为的人。我坚信，你一定会赶在我的前头，会成为一个大有前途的人。你不同意我的说法吗？眼下你在古星图研究中所取得的成绩就是一个最好的预示。

　　"杨帆真有眼力，"任思宏称赞道，"她不但看出了你的心思，还预见到你的未来。"

　　"我很想奋发有为，只怕未必能达到那个水平。"

　　早几天，黄教授来医院就诊，诊断结果并无新的变化。我给了他几种新药，估计他服用一段时间会有好转，但根本好转还要依赖空气污染的根本改观。你要督促他用药，多关怀、照顾他一些。我和他接触不多，但能感到他是一位非常好的人。能有这么一位领导，这么一位老师，我真替你高兴！

　　从黄教授那里得到不少你们的消息。我听说你们近来工作不大顺利，你失望过。怕是我听错了吧，这不是我所认识的那个一往无前的徐振宇的风格呀！从中学时代起，我就知道你要献身于祖国的天文学事业，立志研究地外文明，恨不得长双翅膀飞到宇宙深处，去寻找那希望渺茫的外星人。可是今天，你即将揭开古星图的秘密，寻访到外星人信息火箭的踪迹，你已经走到了地外文明的大门口，怎么反而退缩了呢？当然，目前你们的困难很多，任务很紧迫。但这不正是要你发挥更大作用的时刻吗？如果等着外星人自己飞来找你，研究地外文明变成设宴待客那么容易的事，哪还会轮到你来研究？这些话应该是多余的，因为我相信，你一定已经振作起精神，正在为最后揭开古星图之谜而战斗着。

　　看到这里，徐振宇的脸上又微微泛红，他的心里热乎乎的，被唤起了一股力量。

　　听说你走的时候衣服带得不多，而西陵峡是世界著名的峡谷，我想那里的风一定很大，就赶织了一件毛衣，请黄教授顺便给你捎去。其实，我早就想给你织，可是你那个犟脾气，肯定不会让我给你量尺寸，所以一直都没有织成。这次时间紧，你又不在，全是凭着我的想象定的针数和长短，不知合身不？我的手又笨，一定要让你见笑了。不管你怎么说，这是我一针一线地给你织的呀！

"快来试一试吧！"任思宏不容分说，拿起毛衣就要往徐振宇的头上套。徐振宇一把接过来，脱了外衣，自己慢慢穿起来。

"哎呀，杨帆想象得多准确，不大不小，不肥不瘦，正合身！"任思宏见他穿好毛衣，细细打量一番，"她真有眼力，用尺量也量不了这么合适。"

"少说两句行不行！信还没有看完呢。"

我知道，你是一定会回信的。但我希望这一次不要像以往那样，写得像一篇工作报告似的！

等待着你成功的消息！

杨　帆

又及：我还给你买了一盒麻糖，这是你最喜欢吃的，也一并捎去。

"来，吃麻糖吧。"徐振宇这回神态显得很大方。

"我才不吃呢，这是她送给你吃的嘛！"任思宏笑道，"你好好再看看她的信吧，不要辜负她的一番心意！"

徐振宇还想说什么，门外有人招呼他们上会议室去，说是杨队长要给大家讲一段解放战争年代的往事。徐振宇立刻把东西收拾好，和任思宏一同走了出去。

19 在烽火中

在解放战争时期，杨光耀随部队在鄂西作战，那时，他还是一个血气方刚的小青年。在部队里，他和一个年龄相仿的战友吴永刚一同被编在某部侦察连，当报务员。

国民党军队企图阻挡我解放大军挺进大西南，拼命扼守入川咽喉之地——峡口。

秋天里的一天，连首长派魏班长带四名侦察员，以及报务员杨光耀、吴永刚潜入峡北山区，侦察敌人阵地的设防情况。

经过两天紧张、艰险的侦察，这些机智勇敢的侦察员摸清了敌情。他们趁着夜幕降临，沿着崎岖的山路，往回走着。

"前面有灯光！"眼尖的吴永刚发现有情况，急忙向魏班长报告。

魏班长身材不算太高，但长得膀大腰圆，很是结实。他才二十五六岁，但在班里已是一个老战士了。他黑黑的脸庞上有一股沉着劲，战士们都知道他是一个老练的侦察员。他向灯光的方向注视了一会儿，灯光隐隐约约向这边移动。他警惕地回过头来，向刚才他们来的方向观察着，竟然也发现了灯光。侦察员的经验告诉他，他们受到敌人的夹攻了。

他们的后面是狮子峰，前面是卧牛峰，南面是长江天堑，北面有一个小山岗，山岗后面是连绵的山地。现在来路和去路都有敌人，只能往北面山地撤走。但山地没有路，敌人很快就会追上。怎么办？魏班长当机立断，命令杨光耀和吴永刚马上把情报发回部队，他领着四名侦察员找了一个有利地形，担当起阻击任务。

杨光耀在一个小丘后面，打开了电台。

"赶快发报，敌人离我们只有一里地啦！"魏班长猫腰走过来，低声说。

情况十分紧急，尽管杨光耀一再呼叫，但耳机里除了一个莫名其妙的杂音讯号之外，一直听不到部队的回答。他急得满头大汗。吴永刚看到这般情形，红脸膛上一双浓眉拧到了一起，心中也十分焦急。

杨光耀极力控制住自己的焦急情绪，继续呼叫着部队。传入耳朵中的还是那个莫名其妙的杂音讯号，他仔细地听着："嗞，嗞——；嗞——，嗞；嗞——，嗞——"

这个讯号不断地反复出现，和杨光耀当报务员以来在电台上所遇到的敌台干扰讯号完全不一样，也不同于杂乱无章的天电干扰，更不是敌台的呼叫讯号。这究竟是什么讯号呢？正是这个讨厌的讯号，隔断了他们和部队的联系。

他把耳机摘下来，给吴永刚戴上，让他也听一下，这个从未遇到过的杂音讯号是怎么回事。

吴永刚认真地听着。忽然，他把耳机取下戴在杨光耀的头上道："有回答了，有回答了！"

　　杨光耀急忙细听，在这莫名其妙的讯号后面，果然隐约出现了一个熟悉的讯号，部队的应答讯号！但它受到了干扰，显得太弱了，并且是时断时续的。

　　从东面传来了敌人嘈杂的声音。

　　杨光耀又呼叫一阵，仍然听不到准确的回答，情报还是发不出去。

　　吴永刚急促地说："西面的敌人也来了！"

　　魏班长匍匐着往这边移过来，果断地命令道："小杨、小吴，现在没有时间发报了，赶快把电台收拾起来，你俩从北面的山地撤出去，我们掩护。你们一定要把情报带回部队！"

　　杨光耀和吴永刚服从了命令，依依不舍地，然而又无可奈何地离开了魏班长他们，越过一个小山岗，向北面的山地撤去。他俩刚上山，就听到后面传来了激烈的枪声。

　　路上，他俩一直惦记着战友们。他们返回部队好几天之后，又回来了两名侦察员。这时才知道，魏班长和另外两名侦察员为了掩护他俩，为了解放事业，英勇壮烈地牺牲了。

　　解放战争胜利以后，吴永刚调到了海军。杨光耀难舍难分地送别了这位同生死、共患难的战友。谁也不知道，他们要在什么时候、什么地方才能再次相见。

　　随着时间的推移，有许多事在人们的脑海中淡薄了，甚至忘却了；然而有许多事情，在人们的脑海中却难以忘却，甚至愈加深刻。几十年后，杨光耀回忆起这件往事时，就觉得魏班长、吴永刚和那些侦察员的形象是难以忘却的，是值得他永远怀念的。有时，他似乎又听到了那个莫名其妙的短波讯号："嗞，嗞——；嗞——，嗞；嗞——，嗞——"

20　突破

　　"嗞，嗞——；嗞——，嗞；嗞——，嗞——"这个莫名其妙的短波讯号不但在杨光耀耳边回响，也在黄敬之、任思宏、徐振宇、郭逸平和其他队员的耳边回响。他们不仅为革命先辈的英雄业绩所感动，也为这段回忆可能带来的影响而激动。考古队的会议室里一片寂静，人们在回味、思索……

　　不过，郭逸平副教授还有一点不同的看法。他首先打破这短暂的沉默，说："我看不出这件往事和莫须有的铜球之间有什么必然联系，也许它只是一次偶然事件。"

　　"我也认为这是偶然的。"杨光耀语音很缓和，但从他炯炯的目光中可以看出，他的内心非常激动。"同样，飞行员金翔的经历也是偶然的，地下激光探测器的显示未必不是偶然的，金坛子的故事更是偶然的了，而吕迁巧遇铜球出土还是偶然的。"

　　他停顿了一下，话音变得急促有力："必然寓于偶然之中。这许多偶然事件的总和，显示了一个必然的结果——铜球是真实存在的。"

　　徐振宇从这些富有哲理的话中受到了启发。他说："这说明铜球现在还在发射电波，而在这电波之中很可能就包含着自动出土的密码！我们应该立即动手，设法搜索这个电波，发现这个电波。"

　　黄敬之教授把眼镜摘下，用绒布仔细地擦了擦，又戴上了。他的眼珠在镜片后面转了两下，并没有说话。他早就猜测，铜球在汉代自动出土，也许是因为那次新星爆发。但这只是猜测，并无可靠的根据。现在，金翔对他谈的经历，杨光耀讲的往事，以及刚才徐振宇提出的想法，对他的猜测都是有力的支持。是不是把自己的猜测也说出来？不，他觉得在没有掌握充分证据以前，轻易宣布是不慎重的。他心里想，只要广东方面的仪器一到，他就着手研究，早日找出根据，证实他的猜想。

　　任思宏同意徐振宇的看法，他对杨光耀说："要搜索电波讯号，光靠我们这些考古、历史和天文人员就不行了，我看考古队得增添几名电讯方面的专业人员。另外，也要配置一些相关的设备和仪器。"

　　杨光耀点点头道："我打算去省科学院汇报一下。"

　　杨光耀走后，黄敬之要徐振宇陪他到埋着铜球的地方去，仔细地观察了有烧结状的土壤。他还用一个塑料袋装了一袋这种异样的土壤，带了回去。

　　杨光耀从西陵峡考古现场风尘仆仆地来到省科学院，找到了柯化，向他汇报了工作进展情况和当前急需解决的问题。柯化向前坐了坐，身子微微向前倾斜着，脸上带着惋惜的神情。他坦率地说："现在快到年底了，增拨经费很困难。我们院里的经费并不宽裕，这你也是知道的。至于人的问题倒不大。不过没有经费、没有仪器设备，眼下调人也没有用。这样好了，你们先编一个预算，打一份报告，在审定明年计划时，我设法把它添上。"

　　"前些日子，赵副总指挥说，希望我们在11月10日前结束工作，他们好完成输电铁塔的安装工程，进行试运。"杨光耀感到有些为难，"如果等到明年年初，那对水力发电系统的送电就会造成影响。"

柯化沉思片刻后说："还有一个法子，不知道你有什么意见。前几天，华南航天研究所来函说，他们希望参加这项考古研究工作，并表示愿意在设备器材和经费上给予合作。"

杨光耀毫不犹豫地说："我们欢迎他们来参加，请院里赶快和他们联系吧。"

"有消息了，我就通知你。你们自己也要先想一点办法。"柯化关照道。

从省科学院出来后，杨光耀想起，省科技博物馆实验厅有一些仪器，或许能够借到，便又匆匆赶去。

杨光耀乘气垫船在西陵峡工地的临时码头登岸后，就步履矫健地向考古现场走去。站在码头外面的一位姑娘，用她那双乌黑溜圆的眼睛在四处打量着什么。当她发现杨光耀向她这边走过来时，就上前很有礼貌地问道："老同志，请问您，往考古队去，是这条路吗？"

杨光耀听到这带有上海口音的问话，停下脚步道："是这条路。"他打量了一下这位上海姑娘，只见她不高不矮，体态丰满，白净的圆脸上长着两片薄嘴唇，一说话就先笑起来，露出两排洁白的牙齿，看来有二十五六岁的光景。然后，他又补充道："我也去考古队，你跟我走吧。"

这位上海姑娘马上提着她的旅行箱，往前赶了两步，和杨光耀并排走着。大概是因为嘴唇薄的缘故吧，她说起话来特别伶俐、轻快。

"这么说，您也是考古队的？"

"是的。"

"你们队上有一位黄教授，南山天文台的黄教授？"

"你是来找他的？"

"是这么一回事。"上海姑娘又笑了一笑，露出了两排洁白如玉的牙齿，"我叫岳静，在广东仪器研究所工作。前几天你们队里的黄教授写信给我们所，要我们支援考古队一台古磁全息检测仪。所里领导认为这项工作很有意义，就把我也派了来。"

"我们很欢迎你，现在正是缺人的时候。"杨光耀欣喜地说。这时他还不知道黄教授要这台仪器的目的。"你能不能先为我们搜索一个短波讯号，然后再检测古磁？"

他把铜球的来龙去脉向她讲了一遍。岳静立即产生了浓厚的兴趣，表示可以试一试。

通往工地的路上车水马龙，刺耳的喇叭声此起彼伏。杨光耀帮她提着行李箱，顺着一条小路走了过去。

不多时，他们就来到了考古队。任思宏见了杨光耀说："刚才峡口机场来电话，说广州机场发来一件古磁全息检测仪，让我们去取。"

"是我在广州发的，没想到来得这么快！"岳静快活地说。

"你是……"黄敬之听到岳静的话，惊奇地问。

杨光耀给大家介绍了岳静，然后对黄教授说："我请她帮助我们搜索那个短波讯号，然后再和您研究古磁。"

黄敬之本想解释一下，也许先检测古磁要更好一些，但他又一想，如果能先找到短波讯号，并从中分析出铜球自动出土的密码，不也很好吗？于是他同意了杨光耀的意见。

第二天晚饭后，杨光耀惊讶地发现，岳静不但有一张伶俐的嘴，而且有一双灵巧的手。

　　她利用任思宏到峡口机场取货的机会，在峡口买了一些电子元件，以及电烙铁什么的，在一天之内，就把会议室里那台收扩两用机改成了一台短波接收机。

　　岳静粲然一笑："杨队长，我的任务完成了，下一步您看怎么办吧！"

　　"你干得很麻利，不过任务并没有完成。你还得把那个神秘的讯号给搜索出来。"

　　"我一个人也没法监听呀，那得日夜连续监听才行。"

　　"我让任思宏和徐振宇来听你指挥，你先教会他们。他们年轻，又有点儿基础，准保学得快。"

　　"什么指挥不指挥的，我们三人一块儿干就是了。"

　　"那我就不管了，反正找你要结果。"

　　杨光耀立即去找任思宏和徐振宇，他们正在自己的宿舍里和黄敬之、郭逸平玩扑克呢。杨光耀走到桌前一看，只见黄敬之把自己那一份牌按花色分门别类地摊在桌上，敞露着，每一次出什么牌都听由坐在他对面的徐振宇代拿代取。

　　杨光耀笑着说："你们在打桥牌啊。"

　　"您也会打桥牌？"徐振宇惊喜地问。

　　"怎么不会，只怕你还不是我的对手呢！"

　　郭逸平站起来，硬要把自己那份牌让给他来试试。杨光耀笑着摆摆手道："今天晚上不但不能和你们较量，还要拆你们的台，把任思宏和小徐拉走呢。等以后有机会，我请你们到我家去，好好玩他一天。"

　　杨光耀把任务交代了一下，要任思宏和徐振宇找岳静去。

　　任思宏和徐振宇在帐篷外面挂了一根天线，承担了前半夜和后半夜的值机监听任务，而岳静则在白天值机。

　　杨光耀和其他队员常常到放着短波接收机的那间办公室去，关心地询问有无进展，但每一次询问，得到的回答都是："没找到。"这也难怪，短波广播声、工地上的大型电焊机电弧杂音、汽车干扰的啸叫声此起彼伏，要想在这纷繁的短波世界里，找到一个特定的、神秘的讯号，也真是不容易。

　　第三天下午，杨光耀又去询问情况。岳静戴着耳机，正在短波接收机前调整一个旋钮。她没有说话，只是粲然一笑，表示没有找到。

　　杨光耀刚想转身，只见岳静那两片薄嘴唇一闭，收起了笑容，那双乌黑溜圆的眼睛凝视着遥远的地方，好像是在看着想象中的一件什么东西。她的身子歪斜着倾向短波接收机，姿势很不自然，别人看起来都感到有点吃力，然而她却像一尊大理石塑像一般，一动不动。看到这个情形，杨光耀意识到她发现了什么，便轻轻走到她身边。

　　突然，岳静站了起来，大声说："听到了，听到了！"

　　她把耳机塞到杨光耀手上，杨光耀立即把它戴上。只见他眉头微皱，目光炯炯，脸上的皱纹变得格外清晰，好像有意要显示一下它的漫长经历似的。他聆听着这个声音，这个将近半个世纪以前就听到过的声音，心情十分激动。他喃喃地说："是这样的，是这样的。"

　　岳静用她那舞蹈步伐，跑到室外走廊上，敞开那女高音的嗓门大声喊着："听到了，听到了！"

　　队员们拥到办公室，你争我夺地抢着耳机。徐振宇看着岳静，指着短波接收机说："把喇叭打开呀！"

　　岳静拍掌大笑："哎呀，我怎么高兴得忘了呢！"说着，立即打开了一个开关。喇叭里传出了一个非常清晰的声音："嗞，嗞——；嗞——，嗞；嗞——，嗞——"

21 古剑的启示

要不是徐振宇提醒她的话，岳静大概要一直这么笑个没完。徐振宇要她记载下这个重要的时刻——第一次搜索到神秘讯号的时刻。她抬头看了一下挂在气墙上的电子数字挂钟，时间是10月26日15时25分。

喇叭里的短波讯号声停止了，队员们兴奋地议论着，渐渐地散去。

岳静把任思宏和徐振宇留下来，先是一笑，接着连珠炮似的说："你们往哪里跑？下一步怎么办？不商量好谁也别想走。"

"你是无线电专家，还用跟我们这些外行商量？"任思宏笑道。

"说正经的，你打算怎么办？"岳静又追问了一句。

"继续监听，不过这一次可以把自动选频器固定在刚才这个频率上。"任思宏说。

"明天你值班，要特别注意15时25分这个时刻。它有可能在这个时刻重复出现。"徐振宇补充道。

岳静对任思宏道："你和工地导航台联系一下，我们再听到讯号就打电话告诉他们，请他们在这个频率上测定一下方位。"

任思宏立即去挂电话联系。

然而，10月27日下午并没有再出现讯号。岳静碰到徐振宇时说："你这预言家的神机妙算也不灵啊。"徐振宇无言以对。直到任思宏值机时，在19时06分才又听到那个神秘的讯号。他立即通知导航台，哪知导航台不但已经听到，而且还把它的方位测定好了。任思宏随即和自己测定的方位进行对比，结果证实了这个讯号源和铜球的位置完全一致。

10月28日，徐振宇吃早饭时，在会议室里看到岳静，对她说："我知道下一次讯号什么时间出现了！"

"这回我才用不着你这个预言家了呢！我已经算出来啦，上两次讯号间的间隔是27小时41分，所以下一次讯号会在今天22时47分出现，对不对？"

徐振宇笑了。

22时一过，岳静就到办公室里来了，任思宏正在那里值机。徐振宇也来了。

这一回他们猜对了，刚到22时47分，那个神秘讯号又出现了。

"我听你说过，这个短波讯号可能是外星人给铜球安排的出土密码，你怎么不再研究研究呢？"任思宏坐在那里望着徐振宇，用手示意他坐下。

岳静一怔。她不等徐振宇开口，就像连珠炮似的说开了："外星人安排的出土密码，绝不会是短波。短波是进不了大气层的。你们知道吧，并不是所有的电磁波都能穿过这厚厚的大气。只有微波、红外线和可见光穿过时，大气层才变得相对透明，成为一个'大气窗口'。外星人想要向信息火箭发出什么指令的话，只能采用微波讯号。"

徐振宇好不容易等到一个停顿的机会，解释道："我不是这个意思。我是说，这个短波讯号会不会是外星人为我们地球人安排的呼唤铜球出土的密码？如果能研究出肯定的结果，那不是可以模仿这个密码，呼唤铜球出来吗？"

"我认为岳静说得有道理。外星人如果选择一个微波讯号作为出土密码，让外星人和地球人都能用它指令铜球自动出土，那不是更合理一些吗！"任思宏说。

"这好办，"岳静觉得他们不必为此争辩，"我们模仿这个短波讯号试一试，不就可以判断啦？"

岳静没想到徐振宇立即反对这个意见。只见他急忙说："这可不能随便试！我们对外星人一无所知，万一这个讯号是自动引爆的密码，岂不毁于一旦？"

"你想得也太多了！"岳静不以为然。

正在说话之间，黄敬之披着一件厚实的呢子上衣进来了："夜深了，你们怎么还不休息？"

他们把刚才的事讲了一遍。

黄敬之点点头，对岳静说："明天我和你还有重要任务，现在快回去睡觉吧。"

岳静小声哼着一支优美的曲子，第一个走出办公室。

当黄敬之一早来找岳静，让她帮他把古磁全息检测仪装到原来包装箱里的时候，岳静瞪大了圆眼，奇怪地说："拿它多不方便，不如到峡口去把那把古剑取来。"

"那怎么行！七号汉墓出土的钢剑是非常珍贵的文物，万一弄坏了、丢失了，无论花多大代价也无可挽回。即使仿造得一模一样，也只是一件赝品。"

他们装好了箱，任思宏弄来一辆吉普车，把他们送到峡口去。

在峡口地区博物馆里，何宜静从一个大橱里，小心翼翼地取出那把剑柄上铸着"元光元年四月乍"七个字的钢剑，交给岳静。岳静好奇地看了看，把古磁全息检测仪上的两个活动线圈套了上去。

这台新发明的仪器的最大特点是，它不但能检测出被试物在古代被磁化的程度，而且能反映出被磁化的过程。更可贵的是，它能把这个过程用电磁波曲线描绘出来。这就是取名时冠以"全息"的原因。难怪黄敬之听到岳静的这些介绍后也很钦佩。

岳静接通电源后，古磁全息检测仪上的几个鱼眼大小的信号灯闪烁着不同的色彩，荧光屏上出现了许多纵横交错、极不规则的亮线，恰如一团乱麻。不一会儿，一个黄色小信号灯亮了，其他信号灯不再闪烁，荧光屏上出现了几条比较规则的曲线。从古磁全息检测仪一端的一个窄缝里，吐出一张半尺来宽的记录纸带。

当吐出的纸带将近一米来长的时候，仪器自动停止工作了。岳静撕下这段记录纸带细细地看过，然后把它摊放在桌子上。

"怎么样？"黄敬之摘下眼镜擦了擦，急切地问。

"这柄钢剑曾受到过一个强电磁辐射的作用，相应的电磁波曲线复原在这条记录纸带上。"岳静指着那条纸带严肃地说。她此刻一点也不像平时爱说爱笑的样子。

"这个电磁波的频率能不能找出来？"黄敬之问。

"能找出来，"岳静肯定地说，"不过得花一些时间去计算。"

黄敬之清癯的脸上浮现出一丝笑容，他缓缓地说："就在这里算吧，行不？我等你。"

岳静看了黄敬之一眼，只见他脸上充满了殷切等待的神情。她二话没说，从上衣插袋里掏出一个电子计算器，一边查看着曲线，一边迅速计算着。

当她把计算结果——"1427.6兆赫"写在纸上，递给黄敬之看的时候，老教授满意地笑了。岳静这几天来，还是第一次看到老教授这样高兴呢。

队员都在会议室里，杨光耀召集大家来研究一些新的情况。

徐振宇浓眉舒展，精神振奋。他一见到岳静，就高兴地对她说："你昨天的话对我很有启发。我反复考虑，外星人一定会选择一种在宇宙间具有普遍性的波长，而这个波长又必须在微波波段。"

"整个微波波段从1毫米到1米，宽得很哪！"岳静说。

"但最适宜于宇宙通讯的只有3厘米到30厘米这一波段范围。"徐振宇说。

"这一波段范围也不窄，你还是不知道具体的波长是多少。"岳静又说。

"氢元素是宇宙间最普遍存在的物质，它又是所有元素中最轻的一种。巧得很，氢原子的电磁辐射波长是21厘米，正好在这个最适宜的波段范围之内。我推测，铜球的出土密码很可能采用波长21厘米的微波。"

"波长是21厘米？"黄敬之若有所思。从他的眼神里，可以看出他正在敏捷地思索着。他突然提高了嗓音说，"波长21厘米，它的频率不正是1427.6兆赫吗！"

杨光耀问他这是怎么回事。

黄敬之把他和岳静检测钢剑的情况讲了一遍，然后站起来说："以前，我曾猜测，铜球在汉代自动出土的原因，可能和那一年的一次新星爆发有关。但是，新星爆发对铜球的影响似乎又略小一些，况且这个推测本身也缺乏根据，所以我一直没有把这个想法说出来。"

黄敬之宽阔的前额上鬓发花白，脸上神情严肃，说起话来语音平稳，给人一种威严的印象。会议室里静悄悄的，只听他有条不紊地说着："现在，小岳发明的古磁全息检测仪有力地证实，吕迁墓中出土的一把钢剑上，曾受到一次强的电磁辐射。经过复原，我们得到了相应的电磁波曲线。我发现这曲线比一般新星爆发时电磁辐射强得多，并且和著名的蟹状星云发出的电磁辐射曲线属于同一类型。因此，我推断，公元前134年出现的新星实际上是一颗超新星，正是这次超新星爆发引起了铜球出土。"

"这把古剑已经有两千多年了，怎么能证明它上面所受的电磁辐射一定是那次超新星引起的呢？"那个胖队员问。

黄敬之胸有成竹，不急不忙地说："这不单是因为复原的曲线形状证明了这一点，而且还因为这柄古剑是元光元年四月制作的，而吕迁在元光二年九月就带着这柄剑入葬了，它在光天化日之下只有一年零五个月。在这一段时间内，最大的电磁辐射就是元光元年六月那次超新星爆发了。"

"会不会是太阳黑子引起的？"任思宏问。

"太阳黑子引起的电磁干扰，在曲线上看，和它完全是两种类型。"黄敬之说。

"黄教授，您的意思是古剑入葬了，就再也不会受到电磁辐射影响。"那位支持郭逸平论点的队员站了起来，"那么，铜球在地下，为什么还能受到超新星的影响呢？"

"这个问题提得好。"黄敬之从衣袋里取出一张实验报告，打开后，拿在手上给大家看，"我在古代铜球出土的地方，取了一点土壤，送到了三峡工程局中心试验室，经过他们的化验，证明这是一种能够传导电磁波的土壤。"

"据我所知，历史上的超新星爆发并不止一次，为什么铜球只出土一次？"郭逸平也提出了质疑。

"我刚才只是说，从古剑上得到的电磁波曲线和蟹状星云发出的电磁辐射曲线属于同一类型。"黄敬之在说到属于同一类型这几个字时，特别加重了语气，"同一类型并不等于完全相同，因此它们是各有差异的。公元前134年的那一次，正好和出土密码巧合了，铜球才得以出土。当然，也许还有另一次巧合，没被发现；或已经发现，但没有记载下来，又被历史湮没了。"

"您还是谈一谈21厘米波长的事吧！"徐振宇显得有些着急。

"刚才的论证说明，外星人为铜球设定的出土密码的波长正是21厘米。"黄敬之用手轻轻地整理了一下花白的头发，扶正了眼镜，"我建议，尽快在21厘米波段上，也就是频率1427.6兆赫上进行监听。如果铜球果然用这个频率发射讯号，就模仿这个讯号指令铜球出土；如果铜球在这个频率上不发射讯号，那么就用小岳得到的曲线进行模拟。"

黄敬之稳稳地坐下来。杨光耀征求大家意见之后，决定采纳黄敬之的建议。

翌日，岳静想再买一些电子元件，到两间办公室都没找到任思宏，便推门进了放着图书资料终端机的那间办公室。任思宏仍然不在。岳静看见郭逸平正在那里使用图书资料终端机，便走过去随便问道："郭副教授，您想查什么资料？"

郭逸平是个性情直爽的人，他十分坦率地说："我想核对一下，史书上有没有那次新星的记载。"岳静粲然一笑，问他有没有看到任思宏。郭逸平摇摇头，岳静便走了。在走廊上，岳静正好碰到黄敬之。她把黄敬之请到一边，低声对他说："郭副教授对您说的新星年代有点不放心，正在用终端机查资料哩！"

黄敬之转身就到那间办公室里去，岳静不知他要去干什么，也跟了过去。

看到郭逸平正在查询有关新星的史书资料，黄敬之对他说："公元前134年的那一次，在《汉书》上有记载。其实，查一下席泽宗的《古新星新表》更方便，那上面把我国史书上记载的68次新星和超新星都详尽罗列出来了。"

"我已经接通了省图书馆，只查询了公元前134年的那一次。"郭逸平惋惜地说，"你要是早点来就好了。"

几分钟后，终端机哒哒作响，吐出了一张打字纸。郭逸平看了一下，这张纸上除了打印出公元前134年"汉元光元年六月客星见于房"外，还指出这一次出现新星，中国和西方都有记载，但以中国的为详尽，既有年月，又有方位。同时，还打印出一份《古新星新表》附在后面。

任思宏听说岳静找他，也进来了。

郭逸平看着手上的打印资料，很佩服黄敬之。他赞赏地说："黄教授，您对我国的史料真熟悉啊！"

"这不值一提。"黄敬之感叹地说，"有一位天文史研究者说得好：'我国古代有直至望远镜发明以前世界上最悠久、最系统、最丰富、最精确的天象记录；制作过十分优异的天文仪器；有世界上最古老的星图和星表；有世界上改革最频繁、精密程度不断提高的历法；有十分丰富多彩的宇宙无限理论；最后，还可以说，有一个绵延数千年的十分严密的天文学管理体制。'①"

任思宏扶了扶宽边眼镜,情绪激昂地说:"我们中华民族有非常丰富的文化遗产,它为许多研究工作提供了不可估量的、极有价值的史料。竺可桢根据我国古代物候史料,研究分析出我国近五千年来气候变化的趋势,在国际上得到过高度评价②。在地震、火山、沙漠、水文的研究方面,也有许多这样的例子。"

在这种场合下,郭逸平本可以如数家珍似的再谈论许多激动人心的史实,然而他却没有谈。此刻,他的脑海里正在思考另外一个问题。

人们给新实体说提出的种种疑问,除了铜球尚未出土之外,一件件都得到了回答。现在,已轮到他来重新认真考虑伪托说是否正确了。

22　西陵寄语

帆:

我这样称呼你,不会见怪吧。黄教授把毛衣捎来了,我现在就是穿着这件毛衣给你写信的。毛衣尺寸不大不小,正合适。思宏看到我试穿毛衣的情形,不断地夸奖你"真有眼力"。我不知道怎样感谢你才好。你一定

---

① 郑文光:《中国天文学源流》,科学出版社出版。

② 竺可桢:《中国近五千年来气候变迁的初步研究》,见《人民日报》1973年6月19日。

还记得那次在省考古研究所，在那幅古星图前相遇的情形吧。一提起这事，你也许还会怨恨我。后来，思宏和白大姐都批评过我，说我对你的态度不正确。现在我也觉得，他们的看法是有道理的。每当我想起那次不愉快的事，就深深感到内疚。

在我们工作很困难、很不顺利的时候，接到了你的来信，心里很高兴。你的信洋溢着奋发向上的精神，充满了对我的鞭策与鼓励。这些天来，由于全队的努力，我们已经取得重大突破。看来，铜球自动出土的条件已经基本具备。听到这些消息，你一定会感到快慰的。

早几天，考古队来了一位研制宇宙飞船的高级工程师梁维舟，他是华南航天研究所派来的。他们所里对我们正在进行的工作非常感兴趣，不但坚信地下有铜球，而且要求参加研究。所以派来了专家，带来了好多先进的仪器、设备，同时还愿意提供研究经费。这件事把队里的领导乐坏了，队员们的劲头就更不用说。我觉得华南航天研究所不仅在人力、物力和经费上大力支援了我们，更重要的是在铜球还没有发掘出来的情况下，他们以肯定的态度来参加，这就是对新实体说的最大支持！

但，有些人的态度就不是这样。梁维舟到考古队来的那一天，省科学院副院长项绪堃正好在这里了解情况。项副院长公开说："你们这项工作已进行到这个程度，甚至把外省的专家都卷进来了，我也不好再说什么。不过，你们最终也许会发现，只不过是上了一个异想天开的计划的当。"他以前就说我是异想天开，那时我确实感到过委屈。可现在，我们已有了充分根据，随他说去好了。使我不能忍受的是，他把对我的偏见，波及支持我的黄教授身上。他竟然说，黄教授支持我，是为了赶时髦。还说郭副教授的态度才是一个学者应有的审慎态度。幸好他说这些话时黄教授不在场，要不然会把老教授气出病来的。郭副教授听到这些话时，反而不以为然。他说："学术争论嘛，各有各的观点，谈不上什么时髦不时髦。"尽管郭副教授到现在还没有放弃他的论点，但从我们的接触中，越来越感到他在学术争论中，不但是一个认真的、坚持己见的人，而且是一个热心助人的、光明磊落的人。我想，他这种精神是值得我们学习的。

我们从两个方面分别得出一个一致的推测：铜球自动出土的密码，很可能是波长为21厘米的微波讯号。昨天，岳静（广东电子仪器研究所的一位年轻的姑娘）用我们从省科技博物馆借来的一台微波接收机，在21厘米波长上，果然收录到一个微波讯号。这个讯号来自铜球，虽然十分微弱，但很清晰，是一组反复播发的"嘟，嘟——"声，持续了一分钟左右。考古队的帐篷里顿时一片欢呼，欢呼我们的推测被验证，欢呼我们取得的新进展。

可以说，我们正处在一个重大发现的前夕。再有一两天，我们将要模拟铜球播发出的出土微波密码，指令铜球出土。以前，我们曾担心：模拟铜球密码会不会引起意外爆炸。最近，黄教授和岳静用一台奇妙的古磁全息检测仪，证明了就是这种微波密码，曾使铜球在汉代钻出过地面。这样一来，我们模拟这个微波密码，就不会有任何危险了。现在，考古队完全沉浸在一片紧张、繁忙、欢腾、期待、热望的气氛之中，盼望着这一时刻的到来。我的心情始终不能平静。你想想吧，仅仅被吕迁看见过一次的铜球，这个从遥远的星球上射来的信息火箭，在地下至少埋没了两千多年之后，今天，由于三峡工程中的一个偶然发现，经过我们的辛勤探索，即将重见天日了！在这一振奋人心的时刻，我怎能不激动呢？如果在铜球出土的那一天，你也能来，那该有多好呀！

今天，我到工地图书室去的时候，在一本医学杂志上看到了你写的那篇论文。我衷心地祝贺你！我深信，经过不断努力，你一定能获得博士学位的。等到铜球出土以后，如果铜球上的星图还在的话，我将通过研究、计算，找出外星人所在的星球。为我国地外文明的研究创造新成果。但愿我们能在不同的岗位上，共同前进。

我估计，这项研究工作不用很久就会结束。到那时，我们又可以在楚江见面了！多少年来，你给我写过不少热情的信，可是，我却没有……下一次见面时，我一定陪你去游黄鹤公园。

振宇

11月3日于西陵峡

23　"金钥匙找到了！"

队员们都在会议室里吃早餐。

岳静穿了一件雪花呢春秋衫，淡黄色的衬衫领翻在外面，看起来很大方。她从取餐口拿了一份早点：一杯热腾腾的牛奶、一根油条、两块三角形的油炸萝卜丝饼和一碟五香花生米。那双又黑又圆的眼珠，在室内轻轻扫视一圈，就迈着轻快的步子，在梁维舟旁边的一个空座坐了下来。

她下意识地看了梁维舟一眼，他正在吃一碗猪红粥，想必是厨房为这位广东人特意做的。他那长方脸上两只眼睛微微向外闪开，鼻翼略宽一些，还有点儿往上翘。一见面，就给她留下深刻的印象。她从这些天的接触中，已经体察到，他平时目光深沉，沉默寡言，一旦触及专业却又侃侃而谈。她心里想：也许正是这样，才使他在脸上还没有皱纹的时候，就当上了高级工程师。

岳静说话前先是一笑："梁工，你又吃'广州特产'啦？"

"嗯，"梁维舟未加思索地应了一声，随即又问了一声，"嗯？"

"你们广东人的猪红粥我真欣赏不了。"岳静呷了一口牛奶，吃着油条。

"并没有强迫你欣赏。"梁维舟说着一口生硬的普通话，一点笑意也没有。

"在广州工作总得上街吧？我可以不吃猪红粥，但渴了总得喝杯茶。"岳静抱屈道，"我的天哪，街上卖茶的倒不少，七花凉茶、二十四味凉茶，还有祖传凉茶：这哪是什么茶，简直是中药！"岳静紧皱眉心，喝了一口牛奶，好像这牛奶也是那么苦似的。

"凉茶去火，"梁维舟不急不忙地吃了一口糖馒头，"一点儿也不苦。"

在他们旁边的一张桌上，任思宏轻轻捅了一下正在吃油条的徐振宇，在他耳旁小声说："十有八九，小岳是看上梁工了。"

"你别瞎猜了，我看他们见面就抬杠。这不，小岳刚才还当着他的面，抱怨广州不好呢！"徐振宇低声说。

"那是表面现象！"任思宏瘦削的脸上显得十分自信，"你这双眼睛呀，别看在天文望远镜里能洞察宇宙，一旦离开望远镜，探索人间奥秘时，就什么也看不到了。"

"也许你说得对。"徐振宇坦然一笑，心不在焉地说，"我得先走了，把场地准备一下。"

"我也去。"任思宏把餐具送回取餐口，和徐振宇一同走出帐篷。他俩踏着一片挂满晨露的草地，抄了近道，大步流星地赶往七号汉墓原址。

徐振宇远远看到，有一个人在那儿忙着什么。走近一看，原来是郭逸平。他早已推来了激光地下探测器车，停放在那儿。

"郭副教授，您来得真早啊！"徐振宇惊讶地说。

"你们二位也不晚。"郭逸平憨厚地一笑，把脸转向任思宏道，"正好，你来检查一下。"

任思宏细细复查一遍，称赞道："完全正确，你学得真快！"

"光是使用说明书就看了三遍，这么用功还能不会？"徐振宇道。

远处，岳静和梁维舟拎着微波发射机，走到任思宏他们北面50多米远的一个小山岗上。他们选好地点，放下微波接收机，找地方坐了下来。

看到他们，任思宏迅速给激光探测器接通电源。数码管上又显示出"013.32"之后，他把探测器的激光探头和显示器分开，中间接上了一条很长的多芯电缆线。他和徐振宇抬着这台显示器，郭逸平拽着多芯电缆线，也走到岳静那边的山岗上。

赵副总指挥、杨光耀、黄敬之和其他队员先后也赶来了。

杨光耀询问准备情况。

"微波发射机正常，波长已调到21厘米，出土密码已经编入自动控制程序。"岳静严肃地说。

"激光地下探测器分装、调整完毕。"徐振宇说。

杨光耀和赵副总指挥交换了一个眼色，挥挥手道："开始！"

岳静在微波发射机上摁下一个红色按钮，波长21厘米的出土密码立即传向四面八方。同时，一个扬声器中传出了它的声音：

"嘟，嘟——；嘟，嘟——；嘟，嘟——"

……

徐振宇看着激光探测器的显示器。显示器上的数字乱跳了一阵，终于停在"013.32"上。

出土密码继续发射着。徐振宇憋了一口气，专注地看着显示器上的数码管。

突然，最右边的数码管从2跳到1。徐振宇小声说："动了，动了！"看他那神态，就好像怕声音大了会把铜球吓回去似的。

接着，跳成"013.30"。

人们全都屏住气，小山岗上一片寂静。

"013.20。"

"013.00。"

杨光耀伸出手来，用力一挥："停止！"

"金钥匙找到了！"徐振宇高兴地跳起来。

岳静好奇地问站在她前面的任思宏："他找到了什么金钥匙？"

任思宏"哦"了一声，把金坛子的传说讲了一遍。

"我们都成了找金坛子的人啦。"岳静高兴地说。

徐振宇没有参加他们的谈论。他看到郭逸平站在小山岗高一些的地方，就走了上去。郭逸平在思考着什么，徐振宇兴高采烈的问话，打断了他的思绪。

"您是不是早一点告诉谭太爷爷，请他到考古队来等着？"

郭逸平摇摇头，嘴角上挂着一丝笑意，宽厚的嘴唇显得有些执拗。他语气平静地说："还没有到时候。"

"到时候措手不及，可就错过了观看的机会！"

"地下究竟是什么东西，那还不一定呢！如果不是铜球呢？"

"那怎么可能！"

"我昨天问过梁维舟，他告诉我，现在在勘探、采矿、开发自流井以及研究地球内部结构时，都可以使用地下火箭进行①。也许，你以为是铜球的那个东西，只不过是某个部门早几年遗忘了的地下火箭而已！"

梁维舟听到他们的谈论，也走过来，用生硬的普通话说："不过，这种地下火箭都是由地面上控制的，完全自动控制的还很少见。"

"但并非不可能。我们还是等着瞧吧！"郭逸平仍然坚持着。

杨光耀来和大家研究铜球出土前的准备工作。

"铜球出土后，仍然有一定的危险性，还是防范一些好。"梁维舟目光深沉地说。

"从吕迁的亲身经历看，不至于有什么危险。"黄敬之道。

"不论有没有危险，从长远看，对三峡工程来说，把铜球弄出来总比让它待在地下安全。"赵副总指挥目光刚毅，声音果断，"为了确保安全，我们工程局决定把这个工地上的器材、设备暂时移开。"

"需要多长时间？"杨光耀问。

"三天。"

商议后，决定三天后，也就是11月8日，正式用密码指令铜球出土。

---

① 《火箭飞入地下》，见《苏联》画报1977年第6期。

任思宏提出，这是一件考古史上罕见的大事，事先应通知一下新闻机构。

郭逸平反对道："地下是不是铜球，还没有最后证实。如果不是，不叫我们太难堪了吗？"

"铜球肯定是有的，但会不会有其他问题？万一出不来确实不佳。"黄敬之也不大赞成。

杨光耀想了一下，做出决定说："我们事先不能向外界公开宣布这件事，但作为内部情况，应该如实向有关单位通报一下。"

徐振宇悄悄地通知了谭太爷爷。

人们都在盼望着11月8日的到来。

24 "千呼万唤始出来"

11月8日终于来临了。

这一天，天气格外晴朗，考古队员们一早就来到了七号汉墓的原址。

在铜球预计出土地点的正上方，探测器的激光探头还放在那里。郭逸平看了看延伸到北面山岗的电缆线，拽起一段，折了一下，在探测器车的车把上牢牢地打了一个结。接着，又去检查激光探头。

在他东面5米远的地方，梁维舟蹲在一台原子辐射计旁，拿着一个带电缆线的插头，对站在身旁的黄敬之说："只要把这个插头插上，待会儿铜球出土后，您在那边小山岗上，就可以读到铜球原子辐射的数值。"

黄敬之蹲了下来，接过插头。

"梁工，我这台红外扫描计不知出了什么毛病？"徐振宇站在探测器西边5米远的地方，焦急地说。

梁维舟走到这台观察热象、测量温度的仪器前，仔细检查着，很快排除了故障。

任思宏在探测器南面5米远的地方，用铁锤使劲打着电声监听器的一根探棒。省科技博物馆实验厅主任张銮，扛着一架摄像机，急急忙忙走到任思宏这边。他把摄像机往地上一放，指着电声监听器，客气地说："对不起，我来晚了一点，没抢到好位置。为了我们的广大观众，你能不能把它换一个地方？从这个方向录像，效果比较好一些。"

任思宏两眼盯着他的络腮胡子，笑道："好吧，让给你！要不然得罪了广大观众，我可担当不起呀。可惜我白费劲了！"

"等一等，我来帮你。"张銮一边说着，一边把摄像机三脚架支了起来。

"我自己来，"任思宏用力把探棒摇晃了几下，拔了出来。他看了一下摄像机的四周：南面还有一台测震仪；北面是探测器；西面是工地上的一个构架；东面开阔一些，只有把电声监听器搬到那儿去才行。梁维舟过来帮忙，把电声监听器抬了过去。任思宏取来探棒和锤子，往下打了起来。

梁维舟这才走到归他照看的测震仪前，认真地复查着。梁维舟这会儿也真是够累的了。由于对这些仪器十分熟悉，干得并不忙乱。调试好测震仪后，他又把场地上的各种仪器检查一遍，然后才向大家宣布："撤离现场！"

场地上的这些仪器，各有一条电缆通到北面的小山岗上。他们一边走，一边查看着。

小山岗后面有一片松树林，小山岗上有一块不大的台地。队员们搬来几张桌子，把场地里那些仪器的显示设备放在桌上。岳静早就在这里，调整着微波发射机。从这里往南望去，是一片平坦的开阔地。地里的那些仪器、设备，虽然离得远一点，看起来仍然真切。杨光耀正在和特地从省里赶来的柯化谈论着什么。《考古学术研究》特派记者白丽祯和中南新闻社记者、国家电视台记者、《楚江日报》记者，在这里把杨光耀团团围住，抽空问长问短。

当梁维舟他们往山岗上来的时候，杨光耀好像看到了救星似的："记者同志们，很抱歉，我有些事情要和他们研究，失陪了！"杨光耀好不容易脱了身，快步去找梁维舟。

记者们又把目标转向柯化院长。柯化微微一笑，和蔼地对记者们说："你们是来采访的，我是来参观的，彼此彼此嘛！这里的一切工作都由考古队安排指挥，要问我有关铜球的事，除了对他们的工作表示赞扬和支持外，我可要说无可奉告啦！"

记者们并未失望，他们又各显神通，分头去寻找采访对象。

白丽祯和这些记者是今天早晨刚到的，她还没有见到任思宏。这会儿她一眼看见了他，把他叫到一个人少的地方，从"内线"继续采访去了。

徐振宇上了小山岗，在台地上走来走去，脸上常有的微笑不见了，显得有些焦躁不安。他又看了一下手表，已经记不清这是第几次了。手表指向9时10分，距播发微波讯号还有50分钟。他觉得这会儿地球转得特别慢，好像特意跟他作对似的。

工地上的许多休班工人，闻讯也赶来了。他们按照考古队的要求，站在小山岗的东西两侧。赵副总指挥、杨继先、张杰和谭太爷爷也在那里。他们的人不少，但秩序井然。

好不容易盼到了9点半，队员们在台地上各就各位。张銮拿着一个遥控盘，试着50米外的那台摄像机。电视记者在台地后面一块较高的地方，摇着自己身旁的一台摄像机，开始进行实况录像。梁维舟又到预计铜球出土的场地上，对各种仪器做最后一次检查。当他回来的时候，徐振宇又看了一下手表：9时45分。山岗上鸦雀无声，只听得微风摇动松枝沙沙作响。

"仪器准备！"杨光耀站在队员们的身后，庄严地说。

"激光地下探测器准备完毕！"

"电声监听器准备完毕！"

"原子辐射计准备完毕！"

《楚江日报》记者捅了一下张銮。张銮急忙按下遥控按钮，让远处那架摄像机自动录像，然后大声说："摄像机准备完毕！"

激光地下探测器显示出一组数字——013.32。

岳静坐在微波发射机前，显得有点紧张，心怦怦直跳。梁维舟在她身后小声提醒说："接通自动控制程序。"她打开了一个微型开关。现在，只要再按一下那个红色按钮，出土密码就可以播发出去。岳静神情紧张地说："微波发射机准备完毕！"

好像又过了一段很长的时间，徐振宇又看看表：9时57分……

10时整。

杨光耀目光炯炯，用一个手势加强语气，有力地说："开始！"

岳静用力摁下那个红色按钮。

"嘟，嘟——；嘟，嘟——；嘟，嘟——"

微波讯号在深藏着铜球的那片土地的上空荡漾，各种仪器开始工作，人们等待着人类历史上的一个奇迹再度出现。

小山岗上静悄悄的。

"深度显示13.3米。"郭逸平首先报告。

"铜球上升！"徐振宇坐在椅子上欣喜地补充道。

"震动仪有显示。"梁维舟说。

电声监听器的扬声器里传出了一阵阵窸窸窣窣的响声，像百十头山羊在落满树叶的林地里走过。但人们用耳朵还不能从地面上直接听到这个声音。

微波发射机继续工作着。

"深度显示13米。"

"深度显示12米。"

……

"深度显示7米。"

这时，任思宏不用电声监听器的扬声器，也隐隐约约听到了从地下传来的一个低沉的响声。他关掉了扬声器，只让电声监听器的录音系统继续工作。徐振宇情不自禁地站了起来。

……

"深度显示4米。"

那种低沉的响声变得十分清晰。

"红外扫描计有显示！"徐振宇站着说。他此刻心情振奋。只剩下4米了，一想到这里，他不由屏住气，凝神地看着远处那块场地。

……

"深度显示2米。"郭逸平的声音依然那么平静。

突然，显示器上数字跳动不定。郭逸平一看，远处的激光探头已经轻微摇晃起来。他急忙拿起电缆线使劲往回拽，小徐也过来帮忙，探头和车被拽了过来。

从地下传来的低沉响声越来越大，好像是远处的一阵阵闷雷声。

大地微微颤动，连站在50米外的台地上的人们都觉察到了。从山岗两侧的人群中，传出一阵不安的喧哗声。

测震仪的指针在剧烈地抖动着。

红外线扫描计的荧光屏上已经能看到一个热象，它像一截具有流线型顶端的圆柱。温度指示急剧上升。

地面上缓缓现出一个龟裂的土丘，好像土壤被发酵了似的。

徐振宇怔怔地站在那里，几乎是目瞪口呆。

突然，从土丘往外冒出一股青烟，大地嗞嗞作响。随即射出一道红光，直冲云霄。紧接着，又闪出一道令人炫目的白光，直奔苍天。在白光出现的瞬间，太阳黯然失色。台地上的考古队员们、记者们，以及两侧的观看者，都在这白光照耀下，拖着一条长长的黑影。相形之下，太阳影子却消失得无影无踪。大地、山岗、树林都被重重地抹上了一层异样的光彩。

徐振宇、任思宏和黄敬之仔细地研究过吕迁在竹简上的记载，熟知吕迁对古代铜球出土的描述，但和这时实际出土情况比较起来，竹简上的记载也过于简单了。现在，当他们朝思暮想的铜球即将破土而出的时候，他们也不能不被这个场面震惊。

人们全都怔住了。

还没等他们醒悟，在轰隆轰隆的低沉声响中，一个古铜色圆柱形的火箭从土丘里钻了出来。这火箭有半人高，直径不到1米，顶端像一朵含苞待放的荷花。

山岗上一片惊呼声，人们除了眼前的奇迹之外，几乎忘了一切。就连一向沉着冷静的教授、学者、专家，也难以压抑自己的激动。幸好，各种仪器都有自动记录装置，微波发射机还在继续播发着"嘟、嘟——"的出土密码，两位电视摄像记者一刻也没有忘记自己的职守。

徐振宇脸上有一种难以形容的、极度兴奋的表情。

倏地，这朵古铜色的"荷花"露出了两条细缝，从细缝中射出两道金光。

两片古铜色的"荷花瓣"慢悠悠地张开了，一个金光灿灿的铜球敞露其中，有如藏在荷花瓣中的一个金莲蓬。铜球上似乎镶着无数宝石，不停地向四面八方闪烁着蓝白色的光芒。

"铜球！"徐振宇惊呼道，英俊的脸上露出了宽慰的、振奋的笑容。

黄敬之下意识地看了一下原子辐射计，指针仍然一动不动地停在"0"上。

柯化走过来和徐振宇紧紧握手，热烈祝贺他的成就。徐振宇腼腆地说："这是我们考古队共同努力的结果。"

岳静把微波发射机关闭了。

正在他们欣赏这考古史、天文史上绝无仅有的、诗一般的奇观时，从山岗一侧观看的人群中，传来一阵喧腾。杨继先和张杰不断喊着"铜球出土啦"，越过警戒线，冲向山岗下面。许多青年工人也跟了下去，激动地、兴奋地向铜球奔去。几名记者也趁势跟了过去。另一侧的工人也一拥而下。赵副总指挥猛烈地挥动着手臂，企图制止他们，但毫无作用。杨光耀看到，竟是杨继先最先跑下去的，脸都气白了。他声嘶力竭地喊着，追了下去。赵副总指挥、任思宏和几名队员也赶到那里。杨光耀狠狠瞪了杨继先一眼，耐心地向大家解释这是很危险的。赵副总指挥严肃地命令他们立即返回小山岗。

人们顺从地退了回去。

杨光耀在台地上边的岗上，正在严厉地批评他的儿子。

梁维舟往上走了几步，对他说："我到下边去观察一下。"

"安全情况怎样？"杨光耀关切地问。

"没有放射线，其他情况正常。"

杨光耀和任思宏碰了一下情况，同意了梁维舟的要求。徐振宇、黄敬之、郭逸平和几名队员也向杨光耀提出要求，要和梁维舟一同去铜球近旁考察。经过商议，只同意徐振宇和他同去。

徐振宇几乎要唱起来。梁维舟背起对讲机，和他快步走到铜球旁。

梁维舟虽是航天飞行器的专家，但对这枚来自外星人的火箭却感到陌生。他绕着火箭走了两圈，蹲下来用手摸摸火箭周围的土壤，土壤还有点烫手。这火箭还有一部分在地下，露出部分约有半人高，直径将近1米。这些情况，他通过对讲机随时向任思宏报告。

徐振宇的目光紧紧盯着那个铜球，铜球上的大熊星座、猎户星座、大犬星座光彩夺目。它和古星图多么相似啊！这是一个十分奇特的天球仪，采用了整个银河系都可通用的银道坐标。徐振宇想，一定是吕迁按铜球上的星座，判别了位置，在古星图上画成了赤道坐标，为我们证认古星图打下了基础。想到这里，不由得对吕迁的学识肃然起敬。他用手触摸镶着宝石般星点的铜球，发现它是光滑的。他惊讶地说："你看，这些星星根本不是凸起的宝石，它们全是些幻影似的光点！"

梁维舟估测铜球直径约有80厘米。他在红外扫描计的支架上找来一根铁销钉，往铜球上敲了几下，铜球发出一种令人悚然的声音。

这个金光灿灿的"铜球"究竟是什么金属，一时还不得而知。

"这是外星人给我们送来的'天址'，把它抬下来好好看一看！"徐振宇脱下呢子制服，摊放在地上，跃跃欲试。

他俩使劲往下搬，铜球却纹丝不动，就好像是长在火箭里似的。

突然，古铜色的圆柱体发出一声异响，徐振宇急忙拽着梁维舟胳膊往后退了几步。圆柱形火箭顶上的"荷花瓣"渐渐收拢。对讲机里传来任思宏命令他们立即往回撤的声音。

地面上响起一阵连续的、低沉的轰鸣声，他俩迅速跑回小山岗上来。

铜球又被"荷花瓣"遮得严严的，火箭渐渐下沉。

黄教授在台地上焦急地问："怎么啦？"

梁维舟一个箭步跨到台地上，由于着忙，竟说起了广东话："小岳，继续发射微波！"

岳静连听带猜地明白了他的意思，重新摁下微波发射机的红色按钮，出土密码讯号又在峡谷里荡漾。

古铜色的火箭重新上升，"荷花瓣"又渐渐地张开，铜球复出。

"嘟，嘟——"的微波讯号继续发射着，一直发射到这枚一人多高的信息火箭完全出土。

梁维舟又要往下走，岳静忧虑地把他叫住："梁工，你等一等。"她关掉了微波发射机，道："这样也许更安全一些，反正火箭全都出土了。"

过了一会儿，铜球、"荷花瓣"、火箭的圆形外壳仍然一动不动。

梁维舟和徐振宇又下去试着把铜球拿出来。铜球已经和火箭自动分离了，他俩这回一点劲也没费，就把它取了出来，放在刚才脱下来的呢子制服上。梁维舟察看了火箭，仍然无法断定它的动力系统是哪一种形式。

他们回到了山岗台地上。队员们、记者们，以及群众都希望到近处看一看外星人的信息火箭。杨光耀同意了。人们鱼贯而行，在火箭和铜球旁绕过。

赵副总指挥站在铜球旁，握着杨光耀的手，热烈祝贺考古队的巨大成就；杨光耀对三峡工程局所给予的有力支持表示深深的感谢。

身材魁伟的柯化走过来，使劲地摇着徐振宇的手，兴高采烈地谈论着。

白发苍苍的谭太爷爷爱抚地摸摸铜球，颤巍巍地走过来，拉着郭副教授的手，眼睛里闪烁着泪花，高兴地说："小伙子，你们真的找到了金钥匙，挖出了金坛子。你们都是最有学问的人啊！"

郭逸平把黄敬之、徐振宇、任思宏介绍给谭太爷爷道："他们是最先想到地下有金坛子的人！"

说罢，郭逸平找到了《考古学术研究》特派记者白丽祯，把她请过来，当众宣布："鉴于新实体说所取得的成就，鉴于目前出现的事实，我宣布：正式放弃伪托说。今后，我将乐于为进一步研究铜球贡献微薄的力量！"

黄敬之整理了一下花白的鬓发，深邃的眼睛里含着真挚的目光，激动地握着郭逸平的手，铿锵有力地说："我们都是为了一个共同的事业！"

徐振宇也转过身来，热烈地握着郭副教授的手。

一个穿深绿色制服的邮递员，骑着一辆摩托车向这边急驶而来。摩托车在杨光耀身旁戛然停止，邮递员递给他一封电报。他接过来看了一眼，立即大声念起来：

"西陵峡考古队：欣悉外星人信息火箭出土，谨向你们致以热烈的祝贺！这不但是人类探索地外文明史上的重大成就，也是整个人类文明史上的重大事件。望你们再接再厉，深入研究外星人信息火箭，为发展我国的科学事业，为建立与地外文明社会的联系而继续努力！国家技术科学委员会，11月8日于北京。"

25　加急电话

考古队的工作虽然结束了，但对铜球——信息火箭的研究并未结束。为了工作的方便，那枚火箭被运到了103火箭试验场。这个火箭试验场坐落在我国西部的一个山区，它是华南航天研究所领导下的一个附属机构。梁维舟护送这枚火箭去那里进行深入的研究，这是理所当然的。可是，岳静提出，她也要去103火箭试验场，理由是在研究外星人火箭的过程中，将促进电子仪器的改革与创新。梁维舟当即表示，这项工作如果有岳静参加，一定会更顺利一些。杨光耀感到很为难，因为这超出了他这个考古队长的权限。但他又很理解岳静的心情，便用电话和广东电子仪器研究所、华南航天研究所联系，结果得到了批准。岳静兴冲冲地和梁维舟一同走了。

至于那个闪烁着满天星斗的铜球，作为外星人给我们送来的信息，黄敬之和郭逸平一致认为，应该进行更广泛、更深入的研究。他们仔细、慎重、牢靠地把铜球包装好空运到楚江市，暂时存放在南山天文台。至于什么时候才能送到省科技博物馆公开展出，那就要看研究的进展情况了。

考古队解散了。杨光耀把铜球星图研究任务委托徐振宇带回南山天文台继续进行。黄敬之欣然同意。

回到楚江之后的一个星期天下午，应杨光耀的邀请，徐振宇和黄敬之一同到他家去做客。杨光耀住在离考古所不远的住宅楼里，上班很近便。黄敬之特别感兴趣的是，这几幢住宅楼的自然环境十分幽静，湖光山色格外宜人。他在路上甚至对徐振宇说，他吸着这儿的新鲜空气，气管都松快多了。要是天文台的住宅不挤在闹市区里，也盖在南山山脚下，那该有多好。

到了杨家，徐振宇按了一下电铃。给他们开门的是杨继先。徐振宇问他："你怎么也回来了？"

杨继先告诉他们，三峡大坝合龙后，潜水作业已经完成任务。现在他在家休探亲假，不久就要回原单位——华南海难救助打捞公司上班。

杨家的客厅布置得简朴大方。房间的一头放着一个矮橱，上面有一台彩色电视机，墙上挂着一幅唐三彩的彩色照片。矮橱的侧墙下放着一对沙发，中间的茶几上有一盆山水松柏盆景，这盆景取意于一幅中国古代名画《松柏长青图》。客厅中间有一张紫檀色的方桌，四把椅子。另一端是写字台，台上左边立着一个精致的相框，里面是一张杨光耀和他的战友吴永刚在部队里的合影，照片早已泛黄。台上右边放着一台新型电话。靠着写字台的墙上挂着一幅新版世界地图。写字台前放着一把藤椅，杨光耀正坐在那儿看一本杂志。

黄敬之和徐振宇进来后，杨光耀立即站起来，把他俩让到沙发上，自己搬过一把椅子，也坐了下来。杨继先沏了一壶茶，给每人倒了一杯。他说："我爸最爱喝宜红，请你们也尝一尝。"

杨光耀手上还拿着那本杂志，很有兴趣地谈道："刚才我看到一个生物学家写的一篇文章，很有意思。他说，外星人信息火箭的发现，使他不得不考虑外星人的体形结构。但他承认，在这方面他和科学幻想小说家差不多，只能从现有的科学资料出发，做出一些设想。"

"我倒很愿意听听，他是怎样设想的。"黄敬之笑吟吟地说。

"他说，外星人不一定是人的形象。但作为一种高级动物，头部一定要高出躯体，并且应该在这一部分中生长着视觉、听觉、嗅觉器官。只有这样，才能有较好的视野，才能对外界做出迅速的反应。当然，为了缩短外界信息在体内传导的途径，神经中枢也应该生长在头部。"

"外星人的身体该是什么样的呢？"徐振宇听得津津有味。

"嗬，你猜他是怎么想的？"杨光耀一笑，脸上的皱纹似乎又多了。"他说，躯干必须具有伸缩性，要想自由活动，就得有伸展出体外的肢体。也许和我们一样，有两条腿，也可能有四条或更多。手也是这样，有两只或更多，才能拿东西，才能灵活地操纵工具，才能进行劳动。但不论是腿或是手，都应该是偶数的，要不然难以保持对称和平衡，以致妨碍运动。单数的肢体不大可能。"

"这不是和人类差不多了？"杨继先好奇地问。

"他不是这个意思，"杨光耀继续说道，"他说，在那些引力比地球大的行星上，动物只能生活在水里，因为水的浮力可以抵消掉一部分引力的影响。这种外星人的老祖宗很可能是蜥蜴类动物，它们一直住在水里，经过不断进化而成为外星人。他们可以住在华丽舒适、科学先进的水晶宫里。"

"外星人怎么会是大爬虫呢？"若以人的感情而论，杨继先简直无法理解。

"这还是比较现实的推测哩。以前，有一些化学家认为，生命并不一定以碳和水为基础。在具有巨大引力的中子星表面上，化学反应和地球上的根本不同，完全是另外一个样子。因而推测这种星球上的人是另一种理性的人，他们并不一定以物质为躯体，可能以人的形式而存在。①"

徐振宇脸上掠过神秘的一笑："这种推测，就更叫人无法理解了。"

"这篇文章还说，他并不排除在某个具有和地球类似生态环境的行星上，进化成和地球人类似的外星人的可能。但他认为，这种可能性实在太渺茫了。"杨光耀把这篇文章的主要内容都谈完了。

"这是谁写的？"黄敬之问。

"署名是，"杨光耀翻看了一下杂志，"方雨田，上海生物研究所的。"

"是方雨田？"徐振宇惊奇地问。

"你认识他？"杨继先在一旁插话。

"不但我认识他，黄教授、任思宏也认识他呢！"徐振宇笑道，接

---

① 新华社：《银河系中是否只有地球上有人类》，见《人民日报》1980年2月7日。

着，他把在"三峡号"气垫船上的邂逅对杨家父子说了一遍。他俩听了也大笑起来。

黄敬之回想着那一次和方雨田的谈话，从容地说："我记得，当时小徐还没有提出铜球来自外星人。这一次外星人信息火箭的出土一定给了他很大的震动，所以才研究起外星人的体形特征。"

电铃响了几下，杨光耀去开门，郭逸平来了。杨光耀要去搬藤椅，郭逸平指着中间那张方桌说："你不是约我们来打桥牌吗，人都够了，就上桌吧。"

"好！你们还记得吧，在西陵峡充气帐篷里，为了搜索短波讯号，我把你们从桥牌桌上拆散了。今天请你们来，就是要把那次没打完的桥牌补上。我还要跟小徐较量较量呢！"杨光耀兴致勃勃地说。

黄敬之欣然同意。徐振宇自然不甘示弱，说了声"较量就较量"，也坐到方桌旁。

杨继先给郭副教授端来了一杯热茶，又拿来一块白色台布，铺在方桌上。杨光耀从写字台里取来一副质地讲究的金边打蜡扑克牌，顺便拿了一张白纸和一支铅笔，在郭逸平的对面坐定。

徐振宇看看表，问道："任思宏怎么还没来？"

"他今天不能来了，所里临时决定让他去郑州，参加一个陶器文字研究的学术讨论会。"杨光耀解释说。

郭逸平从桌上把扑克拿起，请黄敬之洗牌。听到陶器文字的事，这位历史副教授红润的脸上浮起了骄傲的笑容。他说："这些陶器文字的研究成果，使我们中华民族的文明史上溯到六千年。"

黄敬之洗好了牌，郭逸平接过来，交给坐在他右边的徐振宇切牌。接着，郭逸平按顺时针方向，熟练地把牌分给每个人。

郭逸平开始叫牌，经过三轮之后叫成了，定约为四个黑桃，杨光耀成了明手，把牌全放在桌子上。这一局很顺利地完成了定约。杨光耀用铅笔在纸上记下了得分。

杨继先坐在徐振宇后面观战。打了几盘之后，他已看出郭副教授擅长叫牌，黄教授则精于计算。一个是胆大心细，一个是稳扎稳打。但他们二位的同伴水平不一，他父亲要比徐振宇略高一筹。几盘之后，黄敬之、徐振宇一方的得分渐渐被落在后面。

门自己开了，何宜静提着一个网兜走了进来。杨帆提一个旅行袋，有说有笑地跟在她后面。

徐振宇站起来，心中有些诧异："她们怎么也来了？"

杨光耀说："我来给你们介绍介绍。"

黄敬之说："我们都认识，你给郭副教授介绍一下就行了。"

"我们也认识，"郭逸平和何宜静握着手说，"那次我领着学生，在你们博物馆参观时见过面。"

"爸爸，那您只要给我介绍一下就行了。"杨帆笑道。

"怎么，他是你爸爸？"徐振宇惊愣地问杨帆。

"原来你们是一家子！"黄敬之看看杨光耀，又看看何宜静，也感到意外。

"咦，刚才你们不是说都认识吗？"杨光耀也惊奇了。

"我还以为她们也是来做客的呢，这真是'只知其一，不知其二'啊！"黄敬之笑道，他又把目光移向何宜静，"你这次回来也是探亲？"

"不，省里已批准我们新建博物馆的方案了，我是带着初步设计图纸来省里参加审定的。"何宜静高兴地说。

杨继先给妈妈送来一杯水。杨帆提着网兜上厨房去了。

何宜静兴奋地告诉大家，这个新博物馆可以说是专门为西陵峡七号汉墓出土文物而建的。新楼的地下室放置古尸，地上三层分别放置墓中丰富的出土文物，第四层为办公、研究、修缮之用。

"吕迁发现了铜球，并详尽准确地绘制了古星图。从吕迁的功绩来讲，在他死后的两千多年，能得到这么一个博物馆作为安身之处，也是当之无愧的。"徐振宇的话把大家都引笑了。

不一会儿，杨帆把一大盘蛋糕和一大盘肉馅酥点心送上桌来。何宜静为大家打来了洗手水。黄敬之尝了一块蛋糕，又松软又有浓郁的蛋香味，还是热的呢。他称赞道："这是你自己烤的点心？手艺真不错，我看比买的质量还要好。"

"我不大会做，这还是用老式远红外烤炉烤的。"杨帆高兴地笑了，嘴角旁现出了浅浅的一对酒窝。

徐振宇在一旁看着杨帆秀美的鸭蛋脸，忽然想起了白大姐在她家里夸杨帆会做菜的话，不禁脸上微微一红。好在大家都在品尝点心，并没有人注意这一点。

用过点心后，徐振宇让杨继先接替自己的位子，和他们继续打桥牌。一阵谦让之后，杨继先就上了阵。徐振宇拿过那本杂志，坐在藤椅上看起方雨田的文章来。

杨帆收拾停当之后，走到写字台旁，问徐振宇："你不想换一个地方坐坐吗？"

"上哪儿？"

"上我屋里坐坐吧！"

徐振宇跟着杨帆走进了她的屋里。

何宜静在沙发上无意看了女儿一眼，不由得想起，任思宏在峡口地区博物馆里曾说过他们是同学的事。从任思宏当时说话时神秘的表情来看，这里面说不定有什么奥妙。她不但善于从一笔一画之间分析竹简文字的含义，而且也善于从女儿的一举一动之中猜测姑娘的心。如果女儿真的和小徐相好，女儿的眼力也真不错。她拿定主意，等客人走后，要和老头子研究一下这件家庭大事。

这会儿在杨帆的屋里，徐振宇坐在椅子上，正在欣赏挂在墙上的那几幅名山大川的彩色风景照片。

"你的架子不小啊！"杨帆用白皙的手指整理了一下垂肩的乌发，莞尔一笑。

"这话从何说起？"徐振宇从风景照片上收回目光，凝视着她一双秀美的杏仁眼。

"这么多年，我请了多少次，你一次也没有来过，连我在哪儿住都不打听一下！"从她清脆悦耳的声音里听得出，她真的生气了。

"这不是来了吗！"徐振宇想宽慰她。

"亏你说得出！"杨帆笑了，"要不是我爸爸请你，你才不会来看我呢。"

"以后我会常来的。"徐振宇显得有点腼腆，把目光从她秀美的脸上移开，注视着桌旁那个书橱。

杨帆走到书橱前，把他叫了过来。

徐振宇看着玻璃后面的书籍。这些书多半是医学专著，中文版的、英文版的，精装的、平装的，整整齐齐地立在那里。他惊奇地发现，书橱里还有不少文学名著。

"你来，我给你拿一样东西。"杨帆白皙的鸭蛋脸上一片羞赧。

她弯下腰去开下面的橱门，乌黑油亮的秀发披落到肩前。不知是从她的头发里，还是从身上，散发出一阵淡淡的芳馨。徐振宇有一种异样的感觉，究竟是什么，他自己也说不清楚。他急于想知道的是，她要给自己拿一件什么东西呢？

杨帆拿出来的是一本硬皮的大笔记本，鼓鼓囊囊的，里面好像夹了许多纸片。她脉脉含情地递给了徐振宇："给。"

徐振宇接了过来。他急于想知道这里面写了什么，便用右手掀着封皮。一只白皙的、温暖而柔软的手敏捷地捂在他那只粗大的手上，一股暖流传遍了他的全身。

"现在我不让你看，拿回家再看。"杨帆并没有把手移开。她望着他，那对圆圆的杏仁眼就像明澈透底的湖水。此刻，湖面上荡漾着无限的深情。

房里一片寂静，时间好像凝固了。他俩默默地站着，谁也不知道过了多长时间。

一阵急促的电话铃声从客厅里传了进来。

杨帆放开手，从五斗橱中取出一个塑料袋，把那本厚实的硬皮笔记本装在里面，递到他手上说："别忘了，回到家里再看。"

门缝里传来杨光耀的声音："是我……什么？从103火箭试验场挂到所里来的电话？……哦，是加急电视电话？……好，我这就去……喂，这样吧，你请电话局把这个长途电视电话转到我家里来吧……那没关系，能听到声音也就行了。"

"走，咱们出去看看。"徐振宇对杨帆说。他拎起那个塑料袋掂了掂，似乎是在估量它的分量。

他俩走到客厅，只见杨光耀坐在藤椅上，手上拿着电话听筒。黄敬之、郭逸平、何宜静、杨继先围站在他的身后。

"是杨队长吗？哦，你看不见我，我是梁维舟哪。"电话听筒中传出一个细微的声音，这声音还带着一点广东味。

"我听出来了，你说吧。"杨光耀和蔼地说。

"外星人的信息火箭不是从别的星球发射来的……"

"什么？"

"……也不是从太阳系内的宇宙空间发射来的……"

"你说什么！"杨光耀从藤椅上唰地站起来。

"……它是在地球上发射的！"

徐振宇、黄敬之、郭逸平面面相觑。

"你们找到了什么根据？"杨光耀提高了嗓门。

"我们检查分析了火箭的结构和动力装置，结论十分肯定：它除了具有地下火箭的性质外，在宇宙空间里只相当于一枚洲际火箭！"

"这真是没有想到的事！"杨光耀感叹着。

"研究结果的详细情况我们已经打印出来，明天就用航空邮件寄给你们。"

"好。黄教授、郭副教授和小徐也在我这里，我代表大家向你们问好，你们辛苦了！"

"我也在这里，你们都好吗？"电话里传出了岳静欢笑的女高音，

"这回可把梁工累坏了，他都累瘦了！"

徐振宇接过电话："小岳，你给梁工做两碗猪红粥嘛，补养补养。"

"你也学会开玩笑了，我的天文学家！"电话中传来岳静不饶人的口气。

电话挂断了。

客厅里又静默下来，他们都在思考一个问题：这个新情况的出现，对他们来说意味着什么呢？

26 蛛丝马迹

在杨光耀家吃完晚饭，告辞出来后，徐振宇拎着塑料袋，送黄敬之回家。

天色已经黑了下来，林荫道上的路灯刚刚把道路照亮。这儿不是繁华的闹市区，并没有辉煌的灯火。漆黑的天幕上镶嵌着无数颗晶莹闪烁的宝石。徐振宇本能地抬起头来看了看星空，波江座刚刚从东方地平线上升起，猎户座还没有露面，这已经是秋末冬初的时节了。

在去汽车站的路上，徐振宇还想着梁维舟在电话里说的那件事。他意犹未尽地说："既然这枚信息火箭是在地球上发射的，那么，外星人一定驾驶宇宙飞船来过地球。"

黄敬之颔首道："也许，外星人到地球来探险的时候，我们地球上的人类还没出现。对地球进行考察后，在离开地球之前，他们巧妙地把他们那儿的星图显示在铜球上，埋藏在地下。让它不断地发射短波、微波讯号，提供可模仿的出土密码。它等待着后来形成的地球人类，去发现它，去揭开它的奥秘，去研究他们在宇宙中的位置，去获取他们的具体'天址'。"

"除了铜球而外，不知外星人还有没有为我们留下一点别的痕迹？"徐振宇脸上一副惋惜的神情。

"这就很难说了，"黄敬之对此也并无更多的了解，沉思许久后说，"虽然痕迹可能会有，但由于年代久远、沧海桑田，要识别这些痕迹就很困难了。据我所知，目前从事这方面研究的人并不多。以前，在报纸杂志上，偶尔也碰到过一星半点这方面的资料，可惜这方面的专著还很少。"

"我也见过一些，可惜没有收集起来。"

"要想从报纸杂志上搜集这些资料，得有相当的毅力，持之以恒。没有十年八年工夫，是很难收效的。"

他们走到汽车站后，没等两分钟，就来了一辆公共汽车。他们一直坐到市区繁华的解放大道。黄敬之的家离这个汽车站很近，徐振宇把他送到家门口，才又搭了一段路的汽车，回到自己家里。

母亲正在伏案备课。徐振宇没有惊动她，直接回自己屋了。也许是他一直思考着外星人曾来过地球的事，大脑不得空闲，也许是他向来恪守诺言，不愿违背杨帆的心意，总之，他到家以前，真的没有翻看过杨帆送给他的那个硬皮笔记本。此时一进屋，他就坐到桌前，急忙把它从那个塑料袋中取出。

这是一本装潢精美的道林纸笔记本。黑漆封面的左下角烫金印着一艘宇宙飞船，这艘飞船正沿着一条美术家拟定的阿基米德螺旋线，从地球飞向太空。右上角烫金印着郭沫若笔力遒劲的"宇宙"二字。

他轻轻掀开硬皮封面，杨帆写在扉页上的工整秀丽字体，立即映入他的眼帘：

振宇：

今天，当我听到你没考取的时候，我难过地哭了。后来我想，还是你说得对，可以一边工作，一边学习。

我知道你酷爱天文学事业，向往宇宙航行，关心地外文明。我能为你做些什么呢？我终于想出来一个好主意：从今天起，我要为你搜集有关地外文明的资料，积攒起来，供你日后研究之用。

晚上，我到商店去，特意挑选了这本印有"宇宙"二字的笔记本。我知道，这是一件旷日持久的工作。但当我从医学院毕业时，我相信，这本剪报一定能有一个相当的规模。毕业后，无论被分配在哪里，我一定会回楚江度过最后一个暑假。到那时，当你第一次到我家里来看我的时候，我就亲手把这本剪报送给你。你一定会高兴的。

振宇，你看我有多么可笑！在即将来临的、漫长的5年之内，你是看不到这封信的。但是，我还是在扉页上写了。可以说，我今天写这信，与其说是给你看的，不如说是自勉。在今后漫长的岁月里，只要一看到这信，我就会为你将搜集资料的工作坚持下来的！

杨帆

写于赴京入学前夕

徐振宇的眼睛湿润了，杨帆的字迹变得模模糊糊。他心里难过极了，他悔恨自己这些年来不该对她这样冷淡。他极力使自己心情平静下来，继续翻着那本剪报。

在扉页后面，每一页上都端端正正地贴着一张剪报。

前面的由于经历了较多的岁月，纸色早已泛黄；后面的大都依然如新，最后一张甚至还微微散发着油墨的香味呢。他贪婪地、激动地从第一页开始，一页一页读着……

莫非外星人在地球着陆前投放过探测器？

在我们居住的地球表面，特别是在非洲利比亚沙漠里，人们发现过不少奇特的玻璃陨石。这些玻璃陨石含有铝和铍的放射性同位素，通过同位素测定，确定它们是在近100万年之内产生的，并且是在极高温度和强放射性辐射条件下形成的。这足以说明，它们不是一般的宇宙陨石，因为宇宙陨石的年龄大大超过100万年。国外有些科学家认为，它们可能是外星人在地球上空投放的探测器碎片。据推测，外星人驾驶宇宙飞船以光速飞近地球。当距地球40000公里时，减速到每秒3公里，然后进入地球同步卫星轨道，像一颗同步卫星那样高高悬在地球上空。它投掷探测器，探测地球表面，然后选择地点着陆。考察结束后，又飞回他们的故星①。

---

① 新华社：《苏联科学家根据四件事大胆设想地球曾迎接过天外来客》，见《北京晚报》1960年2月12日。

可能是降落在湖中的外星人飞行器

据宋代科学家沈括记载："嘉祐（1056~1063年）中，扬州有一珠甚大，天晦多见，初出于天长县[①]陂泽中，后转入甓社湖，又后乃在新开湖中，凡十余年，居民行人常常见之。余友人书斋在湖上，一夜忽见其珠甚近。初微开其房，光自吻中出，如横一金线。俄顷忽张壳，其大如半席，壳中自光如银，珠大如拳，烂然不可正视，十余里间林木皆有影，如初日所照，远处但见天赤如野火。倏然远去，其行如飞。浮于波中，杳杳如日。古有明月之珠，此珠色不类月，荧荧有芒焰，殆类日光。……近岁不复出，不知所往。"[②]

上述记载中的"珠"，很像是外星人发射到地球上来的飞行器，也许就是用来和地球人进行联系的信息火箭，无奈当时人们对它发出的讯号还不能理解，自然无法建立什么联系了。

外星人曾在地球上步行考察过吗？

1959年，一支由我国周明诚教授领导的"中苏古生物考察队"，在戈壁沙漠中发现了一块十分珍贵的砂岩化石，上面带有波纹鞋底印的痕迹。它明显像现代人穿的鞋底。更为奇特的是，它竟与现代宇航员在月球上留下的鞋印十分相像。要知道这块

---

① 天长县：指现在的安徽省天长市。
② 沈括：《梦溪笔谈》第二十一《异事》第369条。

化石形成的年代是1500多万年前！除了外星人到地球探险时留下的，这个鞋底印又能从何而来呢^①？

这是天外来客在地球上建造飞机场的踪迹吗？

在秘鲁西南安第斯山脉的帕尔帕谷地里，有一座古城纳兹卡。在一块长约60公里、宽约1.5公里的平地上，铺了无数块像锈铁一样的石头。这块地方被当地居民叫作帕姆帕，其实是一个不毛之地。人们在飞机上一看，才能看出这些石头铺成的道路，构成了许多互相平行或互相交叉的巨大线条，它们一到某个地方就突然结束，很像是飞机场的跑道。

也许，它并非古代印卡人的道路，而是天外来客莅临地球期间启用的飞机场^②。

四千年前地外文明可能与半山人有过接触

20世纪20年代，瑞典地质学家兼考古学家安德森在我国甘肃考察期间，在宁定（今广河）购得几件新石器时代半山文化类型的陶塑半身人像。其中一件为圆头、长颈，下部切成齿状，并满饰彩绘。最值得注意的是，塑像额顶有两块对称的圆镜状饰物，极似一副护目的风镜。从整个头像观察，很像一位戴着头盔的宇航员，他很可能是在距今4500年前的某个时刻访问了黄河上游的

---

① 邸乃庸：《地外生命之谜》，见《航天》1981年第3期。
② 郎胜铄：《地球上没有天外来客吗？》，见《地理知识》1979年第3期。

大夏河——洮河地区，他们的形象由半山人用陶塑记录下来，并受到人们的顶礼膜拜[1]。

外星人离开地球前销毁了核燃料？

1947年考古学家在死海发现了内容十分丰富的远古文卷。在这些文卷中，生动地描写了索多姆和戈摩拉这两座古城遭受毁灭的经过。据这些文卷的记载，当时，当地人曾被要求离开即将发生爆炸的索多姆城和戈摩拉城，并被要求不要待在露天，不要观看爆炸的情形。据记载，那些没有按这一要求躲开的人，不是死了，就是瞎了。索多姆和戈摩拉这两座古城，也在爆炸声中被摧毁。

据此文卷，有的科学家推测，上述情况很可能是当时光临地球的宇宙探险家，在即将离开地球飞回他们的故星之前，在地球上销毁多余的核燃料而引起的爆炸[2]。

这是外星人离开地球时的发射场吗？

在叙利亚大马士革北部，有一块硕大的石台，每边长达19.8米，重约2000吨。据考证，它在远古时就已存在，而那时人类还不具备制作这么巨大的石器的能力。它被人们称为"神秘的巴尔贝克石台"。有的科学家认为，这个神秘的石台，很可能是外星

---

[1] 王仁湘：《中国史前时代的神像与天外来客形象》，见《飞碟探索》1982年第3期。

[2] 新华社：《苏联科学家根据四件事大胆设想地球曾迎接过天外来客》，见《北京晚报》1960年2月12日。

人结束对地球的访问后，从地球起飞返回时的宇宙飞船发射场[1]。

……

一口气看完最后一张剪报之后，徐振宇发现，在下一页纸上，又有一篇杨帆写的信。他细细地看着：

宇：

今天听我爸爸说，他要约几位同志到家里来打桥牌。当我知道其中也有你的时候，我是多么高兴啊！

我立刻想起，今天是把这本剪报交给它应有的主人的时候了。当我重新掀开扉页时，心里难受极了。我不晓得，如果当初我就知道，命运已注定你要在长达10年之后的今天，才第一次到我家来，我还能不能下决心为你搜集这份剪报……

扉页上那些自勉的话，始终对我起着作用。今天对我来说，可以说是结束这项工作的日子。今后，它应该由你继续下去。不过，不是用剪刀和糨糊，而是用你关于西陵峡七号汉墓古星图的最新研究成果！

帆

写于10年之后

---

[1] 新华社：《苏联科学家根据四件事大胆设想地球曾迎接过天外来客》，见《北京晚报》1960年2月12日。

徐振宇的心怦然而动，他有许多话要对她说。他再也坐不住了，冲出房门就要往外走。他母亲关切地问："你上哪儿去？"

"去杨帆家一趟。"徐振宇急促地说。

"她家在哪儿住？"

"省博物馆附近。"

"太远了。天又这么晚，明天再去吧。"

"好妈妈，我今天一定得去啊！"

母亲理解儿子的心情，不再劝阻。她用慈祥的目光注视着他那远去的背影。

27　神机妙算

在南山天文台的一间办公室里，徐振宇出神地看着那个金光灿灿的铜球。铜球放在一个不锈钢的三脚支架上，它的下面垫着一层猩红色的金丝绒。

徐振宇已去过省考古研究所，在那里仔细阅读了梁维舟从103火箭试验场寄来的打印材料。这些材料，以大量的试验数据和详尽的分析，有力地证明了铜球——信息火箭确实是外星人在地球上发射的。现在，徐振宇脑海里只想着一件事，那就是：这些外星人回到了哪里？

要想揭开这个秘密，只能从铜球上找。因为他们居住的"天址"信息，都在铜球上的这些星星中。

想到这里，徐振宇又轻轻地把铜球捧起来。这铜球的下面，有一块不大的底托。底托上看不到星星，四条交叉的直线把它分为八块扇形，扇形里面有长短不等的粗线条，样子倒很像中国的八卦图。谁也没有弄清，这铜球上的"八卦图"又是一种什么信息。

看到铜球上这许多已被证认出来的星星，徐振宇感到特别亲切。有了铜球，探索外星人确切"天址"的工作变得切实可行了。他回想起，在他刚刚推测出古星图是外星人星图的时候，他和任思宏就在一起估算过外星人来自何处。后来，他独自在图上推测出外星人来自波江座附近。那时，所能依据的仅仅是吕迁临摹的古星图，不可能搞得很准确。现在有了铜球，它本身就是一个极精良的天球仪，完全可以进行精确的计算了。

可是，用什么公式来进行计算呢？徐振宇通过图书馆网，找遍了他可能得到的国内外有关资料，并没有找到他所需要的那一整套公式。他终于发现，尽管在球面天文学方面的计算公式已经很完备了，但根据另一颗恒星上测绘的星图，来判断其位置的计算公式，还没有人研究过。既然没有捷径可走，只好自己动手推导这些公式了。

他把铜球轻轻放回支架的托盘上，从书橱里找出好几本书。他把这些书抱到桌上，伏案钻研着。有时，他专注地看着一本书；有时，他眉心紧锁，苦苦思索着一个问题；有时，他用铅笔在纸上疾书；有时，他把刚刚写完的一张纸撕掉……

下班了，他还在那儿演算；天黑了，他开了灯又去推导；夜深了，他还在思考。终于，他得到了一套计算公式。他高兴异常，马上在铜球上找了一颗星，把各种参数代到那套公式中去进行试算。天大亮的时候，他才得到结果，但这个结果却显然是错误的。他非常气恼，因为试算的结果说明这一整套公式都有问题。

门被推开，黄敬之走了进来。他看着徐振宇那双困倦的眼睛道："你又一夜没睡？也得注意身体啊。"

徐振宇说了句"我身体好，没事"，就把那一大堆计算纸拿给黄教授，向他介绍了推导过程，以及和实际不相符的情况。

黄敬之把脸一板道："你给我去睡觉，睡好了觉再来找我！"

徐振宇无可奈何地一笑，顺从地走了。

下午一上班，徐振宇就到了台长室。没等黄敬之问，他便主动说道："这一觉睡得真香！"

"这么说，我该和你研究推导公式了！"黄敬之微微一笑。

徐振宇坐到高脚式写字台前，黄敬之把他的计算草稿取出来，对他说："整个推导的路子还是对的，但在这里，在第三步运算时，应该把时间因素考虑进去，这才能反映出恒星也是在不断运动的。"

"啊！"徐振宇明白了，"这么一来，公式就要复杂得多，推出公式后，肯定得用电子计算机算了。"

黄敬之颔首道："你把流程图和程序也一道编出来。"

三天后，徐振宇拿着一叠写满了算式的纸，交给了黄敬之。黄敬之感到很惊讶："怎么干得这么快？"黄敬之举目注视着他，只见他眼窝深凹，眼球上布满了血丝，嘴角上挂着刚毅的微笑。

黄敬之一边看，一边啧啧称赞。看完后，他高兴地说："马上上机试算一下。"

黄敬之和徐振宇来到了天文台的计算室。这里虽然叫计算室，但并没有电子计算机。室内放着一台风琴模样的终端机，它通过专用线路和楚江电子计算中心联系在一起。

徐振宇坐在终端机前，心情很不平静。这一套公式究竟正确不正确，外星人究竟来自何方，就看这次计算的结果了！黄敬之慈祥地望着他，好像在说："你就放心大胆地算吧。"

徐振宇把事先准备好的流程图、用BASIC（初学者通用符号指令代码）语言编制的程序和计算用的数据一一放进终端机文字识别输入装置里。眼前一个红色信号灯立即亮起，计算开始了。在楚江电子计算中心，安装着一台每秒运算5000万次的电子计算机。尽管全市有许多单位同时通过终端机用它进行计算，但在徐振宇看来，这台大型电子计算机好像在单独为他自己服务似的。这道用手工计算需要一个月才能算完的题目，这台电子计算机8分钟就计算完了。

一个小绿灯亮了起来，从终端机的输出口里送出一张静电复印纸。徐振宇急忙接过复印纸，只见上面印着两行字：

铜球星图测绘地点：波江座天苑四星

铜球星图测绘年代：距今5100年前

他激动地对黄教授说："真没想到，外星人就是从天苑四星那儿来的！这天苑四星正是我研究多年的那颗星啊！"

黄敬之扬起宽阔的前额，深邃的眼睛里闪现着光芒。他兴奋地说："小徐，你的这套计算公式，扩大了天文学的计算领域。"

"这都是在您的指导下取得的。"徐振宇脸上挂着一丝腼腆的笑容。

28 新的起点

在省考古研究所的会议厅里，将要举行一次学术报告会。被邀请出席的人，已经陆续到达。这会儿，在会议厅的前厅里，有不少人三三两两地聚在一起。他们有的倚窗而立，有的择椅而坐，有的高谈阔论，有的低声细语。不用说，他们都是为了西陵峡七号汉墓出土的铜球而来。

在前厅东侧，梁维舟、岳静、白丽祯和郭逸平正围坐在四张单人沙发里。沙发前面有一张矮长几，上面放着梁维舟从103火箭试验场带来的几袋材料。白丽祯今天是以《考古学术研究》特派记者身份来的，她当然不愿失去任何一个寻根问底的机会。她指着这几个材料袋说："梁工，你今天学术报告的内容一定很丰富吧？"

"谈不上丰富，总共只有十几页。"梁维舟用不大地道的普通话简单地回答了一句。

"报告的题目是什么？"白丽祯继续追问。

"《外星人信息火箭的初步研究》。"

白丽祯估计再也问不出什么了，便把脸转向岳静道："你的学术报告是什么题目？"

"我是梁工的助手，偶尔也改装一两件仪器，没有什么好说的。"岳静解释道。

"我听说今天有你的报告呀。"

"我和黄教授用古磁全息检测仪发现了西汉钢剑电磁全息特征。会上让我说的就是这个。"

"郭副教授，您呢？"白丽祯把话茬转到历史学家身上。

"我就不说什么啦，我是来祝贺大家的。"郭逸平红润的脸膛露出憨厚的笑容。

项绪堃经过前厅往正厅里走，白丽祯一眼就看到了。她说了声"失陪了"，就跟了进去。郭逸平看了一下表，对他们三人说："开会的时间快到了，我们也进去吧。"

初冬的阳光透过钢窗上的大玻璃，照在会议厅正厅里，亮堂堂的。在讲台左边的挂图板上，挂着那幅裱制得非常考究的古星图。古星图上遮着一幅紫色的绒布帘。讲台右边放着一个不锈钢三脚架，架顶猩红色的金丝绒上面是那个金光灿灿的铜球。在它的旁边，还有两个和它一般大小的天球仪。一个天球仪上的星星用白点表示，另一个天球仪上除了白点星星之外，还有红点星星。

正厅里前排座席专门留给参加过西陵峡考古的人。梁维舟在边上找了一个座位，并向岳静摆摆手，让她也坐过来。杨帆也来了，白丽祯让她坐到前面来，她不肯，仍然坐在后排上。将近200个座位的正厅几乎都坐满了。今天来参加这个学术报告会的，除了省考古研究所外，还有省内外各有关单位的专家、教授、学者、研究人员、技术人员，以及国内各通讯社、各大报社驻楚江的记者。从与会者的神情来看，这是一个十分引人入胜的、意义重大的会议。

开会的时间到了，杨光耀稳步走上讲台。他把古星图上的紫色绒布帘轻轻拉开，用平稳的语调谈了召开这次学术报告会的目的和意义之后，接着又回顾了发现和发掘铜球的曲折经过。最后他提高了嗓音，铿锵有力地说："我们今天之所以能召开这样的报告会，能向大家报告有关地外文明的最新研究成果，能把这个深藏地下数千年之久的铜球展现在大家面前，不但是我们各有关专业人员协同配合、共同努力的结果，是三峡工程建设者们首先发现古墓的结果，也是我们祖先为我们遗留下极其丰富的文化遗产的结果。要是没有吕迁那样热爱科学的古代天文学家，要是没有我国古代关于新星、超新星的详尽史料，那就很难想象在今天能够取得这样巨大的研究成果。"

会场上响起了一阵热烈的掌声。

任思宏快步走上讲台，用手扶正那副宽边眼镜，情绪激昂地说："请同志们注意，放在大家眼前的这个铜球，经过多方面的研究，证实它并不是铜制品。但是，为了纪念吕迁的发现，我们仍然把它叫作铜球。"

"我们现在只知道，它是由含有铍和铝的一种特殊合金材料制成的，具有高强度、低比重、耐高温、抗腐蚀等许多优点。目前，我们还无法仿制这样的合金。"

任思宏走到铜球前，指着铜球上那些闪烁着宝石光辉的星星说："这些星星并非宝石，而是由铜球内部的许多激光束照射而成。我们做过实验，从外部用激光束照射铜球，也会产生同样的效果。遗憾的是，我们无法打开铜球，不能了解它的激光机制。"

"根据我所实验室对铜球进行的放射性同位素无损检测，"他从讲台上拿出一份实验报告，在空中晃了一下，"得出的结果是：铜球制造的绝对年代，距今已有5215年，误差正负值为50年。"

会议厅里传出了一片啧啧声，气氛突然活跃起来。白丽祯向前倾着身子，向坐在前排的郭逸平说："那时，我们还处在大汶口文化时期呢！"

"大汶口文化就是在黄帝之后的少昊文化，这个文化也是很了不起的！比甲骨文还早的陶器文字，在这一时期就已创造出来，并得到使用。郭逸平侧过脸来，红润的脸膛上流露出一种自豪的表情。

徐振宇站在讲台上显得格外魁梧，他那英俊的脸上充满了激动之情。他站在铜球后面说："大家很关心外星人来自何处，我现在就向大家报告，我们是怎样找到外星人的天址的。请看，这个铜球实际上就是一架外星人的天球仪，它上面的每一个亮点都是在外星人那里看到的一颗星星。"

"大家再看这架天球仪，"他指着铜球旁边那架只用白点表示星星的天球仪说，"这是我们地球人的天球仪，这些白点都是在地球上看到的星星。由于地球人和外星人在宇宙空间所处的位置不同，因此在这架天球仪上的星星和铜球上的星星的位置也不尽相同。为了便于比较，我们把这两个球体上的星星，按照同一坐标，分别搬到另一架天球仪上。"

徐振宇走到另一架天球仪后面，指着它上面红白两色的星星说："这白色的圆点代表地球人看到的恒星位置，这红色的圆点代表外星人看到的恒星位置。现在，我把代表同一颗恒星的两个相应的圆点——红点和白点，用黑线连接起来。"

徐振宇在看起来杂乱无章、数量繁多的红点和白点之中，迅速、熟练地把同一恒星对应的红白两点找出来，用一条球面上最短的黑色弧线把它们连在一起。座席上的听众对他这种娴熟的动作感到钦佩，不时传出啧啧的赞赏声。如果不是对古星图的透彻研究，如果不是对这些星星的位置了如指掌，要想这么迅速地把相对应的红白两点找到，简直是不可能的。徐振宇浓密的黑发散落下来，遮挡了他的眼睛。他用手把头发往上一掠，指着已经连好的百十条黑色弧线说："请看，我们把这些弧线向一端延长，就会发现它们分别相交在两点上。"

他又用黄色铅笔在天球仪上画着，果然大体交在两点上。他把其中的一个交点画了一个白圈，另一个交点画了一个红圈，然后激动地告诉大家："这白圈就是我们地球人看到的外星人那颗恒星的位置，而这红圈则是在外星人那里看到的我们太阳的位置。这两个位置正好在天球仪相反的两点上。由于铜球上是五千年前的外星人星图，所以结果有些偏差。但仍然能看到，这个画了白圈的交点基本上与波江座天苑四星相吻合。"

接着，他又把精确的计算公式向与会者做了详尽的介绍，报告了电子计算机计算的准确结果，这些结果和用天球仪图解的结果是完全吻合的，和放射性同位素年代测定的结果也是完全吻合的。

他走到了挂图板前，指着那幅珍贵的古星图，脸上浮现出一丝微笑，兴趣盎然地说："当初我们曾发现，在吕迁临摹的这幅古星图上，大犬星座里缺了天狼星，成了一条没有头的狗。这个狗头到哪里去了呢？经过这次计算，我们已经查明，这狗头被'室女'割了去！"

会场上一片轻快的笑声。

"你们看，"徐振宇指着古星图上的一个黑点，"在这儿，在室女座的西南角，离秋分点不远的地方，有一颗星。这就是那个狗头——天狼星啊！"

"你们再看，在古星图上没有天苑四星，但在它的对称点上，却有一个太阳星。这和铜球完全一样。可见吕迁治学态度十分严谨。这一点不能不令人佩服。"

在一片热烈的掌声中，他结束了自己的学术报告。

接着走上讲台的是鬓发花白、前额宽阔的黄敬之。他那清癯的面孔上，闪现着兴奋的光彩。他语气持重，有一种令人折服的威严。会场上立即肃静下来。

"徐振宇同志推导的一整套计算公式，经过实际运用，证明是完全正确的。它为我们编制太阳系以外的、其他恒星上的星图奠定了基础。这对今后的星际航行是十分必要的。"

"徐振宇同志还确定了，发射铜球的外星人是从波江座天苑四星来的。这就使我们和外星人进行无线电联系有了具体目标，为进一步研究地外文明开创了道路。"

黄敬之停顿了一下，神情严肃起来："我要借此机会向大家宣布：鉴于徐振宇在地外文明研究中所做出的贡献，在工作中所表现出来的实际能力和创造性，以及所达到的学术水平，现在省科学院已经批准了南山天文台的报告——破格提升徐振宇同志为我台副研究员。"

徐振宇在一阵极其热烈的掌声中深感不安。他腼腆地坐在那里，脸上感到热乎乎的。

坐在徐振宇后面的项绪堃向前伸出了肥胖的手，笑容可掬地和他握着。

"怎么，你也支持他那篇标新立异的论文了？"白丽祯在旁边问道，脸上带着揶揄的神情。

"我一向支持权威。"项绪堃笑了笑，并不介意。

后面的几位记者给徐振宇传去一张条子。

杨帆夹在热情的听众之中，露出了幸福的微笑。

会议快要结束时，徐振宇回过头来给杨帆使了一个眼色，示意她先出去。随后他赶到侧门外，恳切地对杨帆说："咱们上黄鹤公园去。"

他俩亲密地在一起走着。

"他们给你递什么条子？"

"记者要给我拍照。"

"那你为什么不等他们呢？"

"为什么要单独给我照呢？"

"还不是为了你的成就吗！"

"这并不是我一个人的成就。要是没有三峡工程，没有你弟弟和张杰发现古墓，没有思宏对古星图的初步分析，没有黄教授对古星图的深入研究和对我的悉心指导，没有你母亲发现竹简上的新线索，没有你父亲对我的关怀，没有岳静、梁维舟的配合，没有白大姐的帮助，没有组织上的支持，那么，我什么成绩也不会得到。他们都是在攀登高峰的道路上铺了一级又一级阶梯的人，我只不过是顺着他们铺好了的这些阶梯登上去，也像他们那样，又铺了一级阶梯而已。"

杨帆听了这些发自肺腑的话，心里对振宇更加敬佩。

他们信步来到黄鹤公园，登上了建造在江边上的楼台。挂在正厅圆柱上的一副对联写着：东望庐山云历历，西连三峡路悠悠。门外临江的廊柱上则有"黄鹤一去不复返，白云千载空悠悠"的诗句。当他们极目远眺之时，并无"白云千载空悠悠"的感觉。对他们来说，无论是两千年前的吕迁，还是当今的三峡工程，无论是茫茫宇宙深处的天苑四人，还是从地下出土的铜球，这些都是实实在在地存在着的。

他们在一起谈论工作，谈论生活，谈论人生。徐振宇看着这滔滔的长江水，不由得沉思起来：那些勇敢的天苑四人，随着时间的流逝，为什么没有再到地球上来了呢？从铜球里还能不能得到别的信息呢？

杨帆幸福地看着他，轻声问："振宇，你在想什么？"

徐振宇转过脸来看着她那秀美的鸭蛋脸，看着她那像湖水一般的眼睛，满怀信心地说："我想，这一切显然并未结束，而只是一个新的起点。"

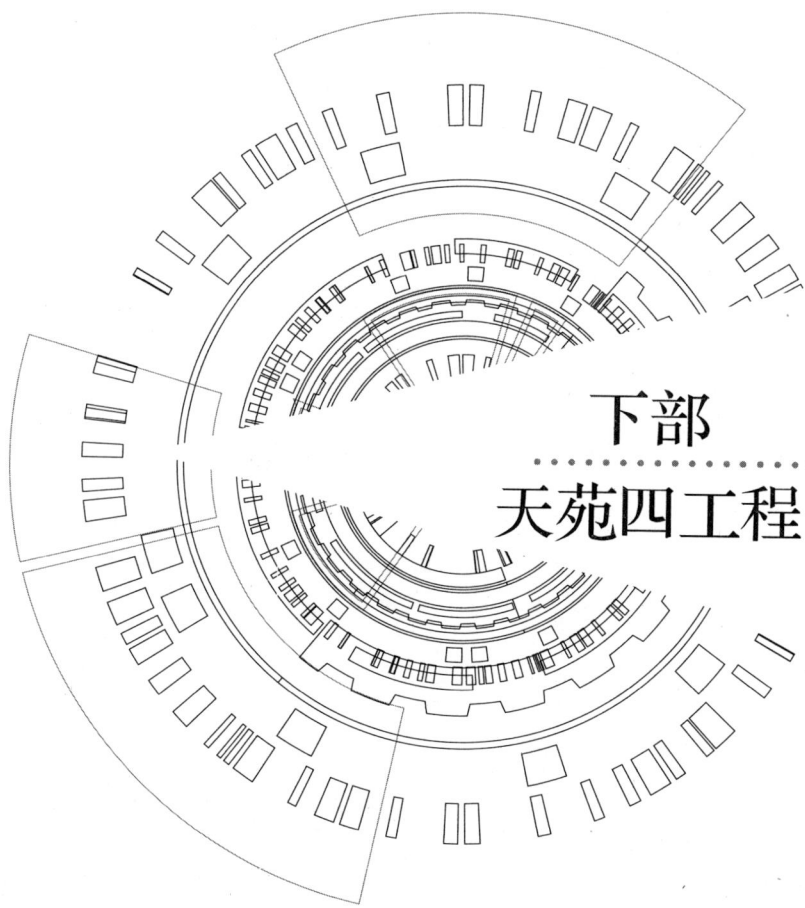

下部
天苑四工程

世界上没有不会发生的事情。

——马克·吐温

1　海洋之声

秋天的一个清晨，杨继先像往常一样，起身后就到救捞站的运动场上去锻炼身体。

救捞站设在海南岛的榆林港，是华南海难救助打捞公司的一个分支机构。杨继先从三峡工程局回到这里后，已经有三个年头了。他深深地吸着海岛上清新的、带着咸味的空气，真是心旷神怡。锻炼后，他想读一会儿书，便向办公楼走去。

学习室设在办公楼的三楼，在走廊的尽头。当他走过报务室的门前时，一阵急促的滴滴滴、答答答、滴滴滴的声音，从虚掩着的门里传了出来。他一听到这熟悉的声音，心里不觉一怔：这不是紧急呼救信号SOS吗！

他轻轻推开报务室的房门，走了进去。"泰山号"拖轮的陈船长和救捞站的葛站长正站在报务员身旁，关切地等待着报务员和遇难船只联系的结果。报务员熟练地按动着电键，询问对方方位、难情。虽然天气并不热，但报务员的额头上却沁出了细碎的汗珠。

"我国科学考察船'徐霞客号'在西沙永乐群岛北礁附近，遭到强台风袭击，触礁遇难。"报务员向葛站长报告道，"他们的方位是：东经111度43分，北纬17度01分。"

葛站长把电报接过来，交给陈船长，一字一顿地说："立即启航！"

来自加罗林群岛的强台风，穿过菲律宾，肆无忌惮地席卷着南海海面，掀起一个又一个巨浪。可是，20000马力的全天候拖轮"泰山号"，却顶风破浪，不顾自己的安危，以21节的全速向"徐霞客号"遇难地点——北礁驶去。

三小时后，在雷达上发现了"徐霞客号"；又过了三个多小时，在"泰山号"的驾驶室里已经能看到它的轮廓。突然，一个罕见的巨浪，比三层楼房还要高的巨浪，向"泰山号"扑来。"泰山号"被巨浪高高地掀起，又重重地抛下，驾驶台上的茶杯、海图、铅笔全都滑落到地板上。陈船长稳住身体，看了一下倾斜指示计，船已倾斜了50多度。他沉着、刚毅地向舵手下令道："保持航向，继续前进！"

"泰山号"安然穿过巨浪，前面隐隐约约看到了北礁。在北礁的外侧，"徐霞客号"正在风浪中颠簸，它的艉部已经半沉在水中，艏部在水面上翘了起来。在它周围的海域里，有一条小救生艇，许多人已经落水，在水中挣扎着。

"泰山号"的船舱里、甲板上，六短一长的警铃声和汽笛声混成一片。水手们和随船的潜水员、捞工听到救生警报后，纷纷奔向甲板，准备救人。

两条救生艇放下了，水手和潜水员从舷梯下到救生艇上，冒着狂风急浪，抢救落水人员。一小时以后，他们把海面上遇险的人都救到了"泰山号"上。准备收艇时，正在用望远镜搜索的陈船长忽然发现在300米外的海面上有一个上下浮动的黑点，好像是一个人在那里挣扎。杨继先乘坐的那条救生艇，立即向海面上那个黑点驶去。

不一会儿，杨继先在救生艇上看到那个黑点果然是一个人。海浪推着他，时而浮出水面，时而沉没水下，处境相当危险。小艇急忙驶向他的身旁，不料一个大浪又把他推到几米之外。杨继先眼明手快，立即拿起一个救生圈，用尽全身气力，准确地把救生圈抛到了那个人的身边。

那个人在水里挣扎着，一会儿用右手划两下水，一会儿用右手够一下救生圈。杨继先这才看到，那个人的左手始终抱着一个方包不放。杨继先大声喊道："救生圈，救生圈！"

那个人使劲一够，刚刚把救生圈够到手，不料左手上那个方包滑落下去。他急忙用双手捞起那个方包，可是救生圈又漂到远处去了，他又在水中上下沉浮着。

救生艇靠了过去。杨继先心想，这人也不知抱了一包什么珍宝，在生死攸关的时刻，宁可放弃救生圈，也不肯丢下那个包包。他纵身跳下水去，用力向那个人划去。那个人约莫40多岁，看来有一点水性，但在水中挣扎了几小时，已经筋疲力尽了。杨继先想把他的方包接过来，不料他却紧紧抱住不放，嘴里还断断续续地说："我……不能……给……"杨继先只好用一手托着他的腰部，一手用力划水向救生艇靠拢。船上的水手使劲把这位落水者拽了上来，他倒在救生艇里，怀里还紧紧抱着那个裹了塑料布的方包。杨继先和水手们把他护送到船舱，交给那儿的随船医生。

那个人在迷茫之中问道："我的包呢？"

"在你枕头旁边。"杨继先说。

"船呢？"

"正在抢救，不会沉的。"

他微微一笑，闭上眼睛，不再说话。其实，"徐霞客号"在继续下沉，舣部快要没入水面了。"泰山号"到达后的一个多小时内，千方百计地在"徐霞客号"舱内堵漏，结果失败了。陈船长果断下令，让潜水员进行舣外堵漏。杨继先顾不得休息，到工具间找出脚蹼、压铅、氧气背瓶、面罩等那一套轻潜装具，以及一套水下焊枪，和另外几名潜水员乘了一条工作船，上到"徐霞客号"上。他坐在一块吊板上，潜到水中，在舣外把一块钢板堵焊到被礁石撞漏的船板上。他们几个潜水员轮流下水，终于把洞堵住。几小时以后，船舱里的积水被抽尽，"徐霞客号"科学考察船得救了。经过检查，机器出了点毛病，需要回港检修。

第二天一早，"泰山号"拖着"徐霞客号"向珠江通穗新港方向驶去。

吃完早饭，杨继先来到船舱里，看望被他救上来的那个落水人。幸好，那个人昨天只是疲劳过度，经过一夜的休息，身体已经恢复。他躺在床上一眼认出了杨继先，椭圆脸上充满感激之情。他坐起来笑道："昨天幸亏你来搭救我，要不然……"

"这是我们应该做的。"

"……要不然这包资料早已沉到海底了！"那个被救的人笑着指了指枕旁的那个塑料方包。

杨继先脑海里立即浮现出昨天这位落水者死抱包包不放的情景。他忍不住好奇地问："这包里装了什么贵重物品？"

"是用声呐装置跟踪鱼群的记录图，我们辛辛苦苦在海上干了三个月的结果啊！"

"哦！原来如此。"杨继先不无敬佩地问，"你们是哪个单位的？"

"我们是从好几个科研、教学单位抽到'徐霞客号'上，共同进行南海海洋生物科学考察的。让我们来认识一下吧，我叫方雨田，上海生物研究所的。"这位落水者自我介绍道。

"我叫杨继先，榆林港救捞站的潜水员。"杨继先一边热烈地和方雨田握手，一边若有所思。这个名字似乎在哪儿听说过，但又记不真切。他想啊，想啊，突然惊呼道："我想起来了，原来您就是方雨田！"

"你认识我？"方雨田满脸诧异的神态。

"三年前我在家里听徐振宇谈起过您，他参加西陵峡考古工作时，在一条船上见到过您。"杨继先解释道。

"哦，说起来已经是三年前的事了！那是南山天文台的徐振宇，还有一位黄教授，以及搞考古工作的任思宏。"方雨田准确地说着他们的名字，兴致盎然，"你快坐下！啊，我和他们是老相识了，他们的研究成果唤起了我对地外文明的热情。他们还在研究那个铜球吗？"

"我很久没和他们联系了，只是听说研究工作早已告一段落，铜球也移放到省科技博物馆，可能已公开展出。"杨继先坐到方雨田的身边道。

"你能马上和他们联系上吗？"方雨田两眼闪着激动的光芒。

"可以。您有什么事情？"

"在我们遭到台风袭击之前，我从声呐装置的记录图上发现水下有一个超声讯号源。这讯号很有规律，每次三组，每组一短一长。可惜我们无法听到超声，如果能把它变换成音频讯号的话，那么它就是'嘟、嘟——；嘟、嘟——；嘟、嘟——'的响声了。"方雨田说得有些激动。

"那不是和铜球出土密码一样了吗？"杨继先惊奇了。

"我也很惊讶，因为我以前从《考古学术研究》上读到过关于铜球出土密码的详细报道。我怀疑，是不是海底还有一个铜球？"

"当时你们船在什么位置？"

"很遗憾，我还没来得及测定方位，台风就把我们吹离了航向，倒霉地撞到了这个北礁上。"方雨田愁眉苦脸地说，"我只知道，当时船是在七连屿北面一个什么地方。"

"离七连屿有多远？"

"说不准。"

"我马上发一封电报给徐振宇，把这个消息告诉他。"说罢，杨继先起身就要往外走。

"等一等，"方雨田把那个裹得紧紧的塑料包打开，在一大堆记录图中，找出了记录着那个超声讯号振荡曲线的那一段，撕了下来，交给了杨继先，"你把这段记录图也用传真电报发给他吧。"

杨继先奔上驾驶甲板，把那一段记录图和一份电报送到电台室里。

电波通过一组专用天线，射向停在东经70度赤道上空我国的一颗同步通信卫星上[1]，卫星迅即把它转播到大陆去……

---

[1] 杨锦航：《1983年国际航天活动展望》，见《航天》1983年第1期。

2　"犹抱琵琶半遮面"

　　这天早上上班不久，徐振宇在南山天文台接到一封传真电报，打开一看，是杨继先从南海"泰山号"拖轮上发来的，便细细读了一遍。

　　这封传真电报不看则已，一看大吃一惊。他那英俊的脸上浮过厚厚一层疑云。三年来，他一直在苦苦思索铜球是否还储存着别的什么信息，并常常为找不到答案而苦恼。今天，他真没有想到，是方雨田提供了新线索，而且竟然是从南海海底得来的。他又仔细看了一下那张记录着超声振荡曲线的记录图，没错，这超声讯号的模式和铜球的微波讯号完全一致。这么说，方雨田的猜测也许是对的。

　　既然海里的铜球和陆上的铜球在讯号的模式上相同，那么这两个铜球会不会一样呢？如果一样，这陆上的铜球不是也应发出超声讯号吗？再追问一步，这超声讯号会不会就是启动铜球里储存的另一种信息的密码呢？

　　徐振宇从办公室里出来，走到台长室门前。他举起手来想敲门，犹豫了一下，又把手放下了。他想，黄教授经常告诫他，在没有充分根据以前，不要过早宣布结论。这一次为什么不慎重一些呢？想到这里，他悄悄地离开了台长室，下山坐公共汽车去了省科技博物馆。

　　省科技博物馆坐落在市内一条繁华的街道上，是一座现代化的展览馆建筑群。在沿街修剪得很整齐的冬青树墙里面，有一个绿草如茵的小广场，广场中央矗立着中国古今著名科学家和发明家的大理石塑像。徐振宇并没有去欣赏这些雕塑艺术和建筑风格，而是径直向展览大厅走去。在他匆匆登上一排石阶的时候，一群中学生兴致勃勃地从展览大厅的厅门里迎面走出来。他费力地从他们中间穿过，走进了展览大厅。

在展览大厅的正中央，有一个半人高的六边形的大理石柱台，柱台上铺着一块深红色的金丝绒，宽大的边角半垂在柱台四周。举世闻名的铜球就放在这个柱台上，金光灿灿，光彩夺目。在柱台正面刻着一段简要说明，字上还刷了金漆。

一个梳短发的女学生，正愣愣地看着铜球，出神地在想着什么。看来，她和刚才走出去的那一群中学生是一道来这里参观的，只是看铜球看得入了迷，流连忘返。

"晓英！"徐振宇叫了一声。

原来，这女学生就是任小英。只是上了初一之后，她爸爸任思宏说："孩子都上中学了，还是把'小'字改为'晓'吧。"

从此，她的名字就改为任晓英了。听她爸爸说，别看她今年才11岁，比班上大多数同学都小，在期中全市数学统考时，还得了第一名呢！

任晓英听到有人招呼她，便转过脸来。她不像小时候那样胖了。一双乌黑的眼睛，又大又圆，眉宇间显得异常聪慧。那俊美红润的脸蛋上充满着小姑娘的稚气。当她看到是徐振宇时，便兴冲冲地迎过来："徐叔叔，您也来参观啦！"

"我来联系一件事。"徐振宇说，"刚才你在想什么？"

"您看，这铜球下面的底托好像是一个八卦图。"任晓英指着铜球底部说。

"是挺像的。"徐振宇也有同感。其实，他在三年前研究铜球星图时，就已经注意到这一点。

"徐叔叔，我读过一本叫《趣味数学》的书。书里说，世界上最早的二进制就是中国的八卦，这还是德国大数学家莱布尼兹说的呢[①]。"她天真地一笑，"我刚才想，这八卦就是二进制的000、001、010、011、100、101、110和111，也就是十进制的0、1、2、3、4、5、6、7，它会不会是天苑四人的八个密码呢？"

"密码？"徐振宇为之一震，他立刻想起了铜球出土前的一些事情，盯着柱台正面的贴金字说明，"铜球的短波讯号是'嗞，嗞——；嗞——，嗞；嗞——，嗞——'，如果把短声'嗞'换成0，长声'嗞——'换成1，就成了01、10和11。它不也是二进制的吗？还有，铜球出土密码的微波讯号'嘟，嘟——'也是二进制的01，它是不是还有10和11这两个微波密码？我们以前只用过01指令铜球升出地面，可是10和11都没有试过啊！"

说罢，徐振宇高兴得拉着任晓英的手道："走，我们去实验厅！"

他们穿过一条长廊，来到了实验厅。这实验厅是科技博物馆最精彩的组成部分，它专门向观众和科学爱好者提供各种科学实验手段，还可以进行必要的指导。

徐振宇找到了实验厅主任张銮。

"小徐，你又来啦！"张銮一见到徐振宇，就大声招呼着。这位主任40岁开外，一脸络腮胡子，是一个热心肠的人。在铜球出土录像时，他对

[①] 袁幼卿、章振业：《神机妙算》39页，河北人民出版社出版。

徐振宇就有一个很好的印象。铜球公开展出后，徐振宇差不多每个月都要来这里一两次，他们渐渐熟悉起来。徐振宇很珍视张銮的热心帮助，而张銮又很敬重徐振宇不断探索的精神。三年后的今天，两人早已成了知心朋友。尽管徐振宇在国内很有名气，在世界上也是个知名人士，又有副研究员的头衔，张銮仍然亲切地称他为小徐。

徐振宇向张銮说明来意。张銮十分爽快，一口答应下来。

张銮把一个铜球的仿制品放在一台胶轮台车上，推到了展览厅。徐振宇和任晓英跟着他，也到了展览厅。张銮从那个柱台上把真铜球抱下来，放在胶轮台车上。接着，又把车上的仿制品放到柱台上，并挂上一个"仿制品"的牌子。几个参观者用好奇的眼光看着他们。他们小心翼翼地把真铜球推到实验厅内的一间实验室里。

徐振宇把方雨田提供的超声振荡曲线记录图递给了张銮。张銮搬来一台超声波发生器，按照记录图上的模式，操纵着它。徐振宇坐在墙下，神情紧张地等待着可能出现的某个情况。任晓英站在徐振宇身旁，好奇地打量着张銮的一举一动。

张銮按图上的模式，反复发出了二进制01、10、11三种超声讯号。结果什么也没发生。

"你再试一试八卦上的那八种讯号。"徐振宇说。

张銮又依次发出了八种超声讯号。任晓英一对大圆眼睛盯住铜球不放，结果还是什么也没发生。

"用微波试一试吧？"张銮问。他搬来了一台微波发射机，把发射旋钮调到了波长21厘米的微波频率上。徐振宇站了起来："我来试一试。"

张銮把位子让给了他。

徐振宇用微波发出了八卦上的那八个讯号，每个讯号都反复试好几次。可是，依然没有结果。他紧锁眉心，一言不发。

"徐叔叔，您还没有试10和11这两组密码呢！"任晓英执拗地说。

"试试吧。"徐振宇不抱什么希望了，"我先试10这组密码。"

他按着电键，微波发射机里传出了几组"嘟——；嘟"之声。

一件意想不到的事情终于发生了：铜球外面发出一团柔和的紫光，接着，这紫光一层套一层地向外扩展着，渐渐弥漫在整个实验室里。

他们三人惊讶极了。

接着，不知从什么地方传出了一阵阵奇特的乐曲声。这乐曲刚劲有力，富于节奏感。它的音色、格调都是他们有生以来不曾听到过的。它有一种难以用言词形容的异星情调，使听了它的人有一种落入宇宙深渊之感。

"我害怕！"任晓英脸色发白，失声叫道。

徐振宇急忙把晓英拉到自己面前，用双手扶住她的肩膀。他定睛一看，骤然大惊失色道："这是什么地方？"

刚才还在他们身旁的铜球、仪器、工作台以及实验室的窗扇、墙壁统统消失得无影无踪。他们甚至不知道自己是不是还在原来的地方，是不是还在地球上。

张銮坐在那里也惊呆了。他和徐振宇你看我，我看你，半天说不出一句话。

眼前茫茫一片黄沙，一直延伸到大地的尽头。地平线似乎比往常更加遥远，苍天也比往常更加高深。天际灰蒙蒙的一片，偶尔飘着几朵黄云。一阵狂风吹得飞沙走石，任晓英不由得用双手把脸严严捂住。

在离他们不远的地方，一根粗大的通天缆绳笔直地伸向云霄，缆绳的下面是宇宙电梯的地面站。

"你们看！"张銮喊起来。

一辆磁垫车向宇宙电梯地面站疾驶而来。

一幕雄壮的宇宙航行悲剧展现在他们的面前……

3 "别了，我的埃波斯纳！"

在天苑四的行星埃波斯纳上，一片黄沙一直延伸到大地的尽头。地平线是那样遥远，苍天是那样高深。天际灰蒙蒙的一片，偶尔飘着几朵黄云。一阵狂风过后，把人地吹得飞沙走石。

眼前，一根粗大的通天缆绳笔直地伸向云霄，缆绳的下面是宇宙电梯的地面站。

一辆磁垫车向宇宙电梯地面站疾驶而来。在磁垫车后面的公路上黄尘滚滚。公路两旁，栽着一种整齐、呆板的行道树。这些行道树随着公路一直延伸到远方。

磁垫车在宇宙电梯地面站前停了下来。天苑四的一位颇有声望的登天器总设计师索格肯，领着他的独生女儿，全球动物中心的饲养员皮洛西，和她的亲爱者、著名的宇航员尼柯罗，从磁垫车里匆匆走出来。

索格肯穿了一件深绿色的连裤衣，身后披着一件紫红色斗篷，除了头和手以外，再也没有敞露的部分。连裤衣看上去天衣无缝，既挺括又柔软贴身。当他伸开手臂时，在衣袖和上身之间，有一衣片相连，就像蝙蝠的翼膜一样。他的眼眶很大，一对深邃的大眼睛，躲藏在突出的眉峰之下，机警地注视着周围的一切。在梳得很整齐的棕红色的头发下面，宽阔的前额十分显眼。相比之下，嘴显得小一些，但嘴唇异常宽厚。两颊和下颌长满了红色胡须，给他增添了一种威严之感。这一切又是那么恰当地结合在一张古铜色的面孔上，使他显得格外刚毅和聪慧。他走到地面站门口，从身上一个暗袋里，取出三块金属牌，投到一个缝隙里。他们三人鱼贯而入。

在地面站里，一部宇宙电梯像一列竖起的火车车厢，正从井穴中一节一节地停靠和爬升。它的后面就是那根粗大的通天缆绳。登天旅客们按着次序，走进一节节车厢。索格肯是这个星球上很受尊敬的人，因此他们三人被单独安排了一节电梯车厢。他们坐在三张样式奇特的躺椅上，静静地等着。

一阵悦耳的乐曲声响过后，宇宙电梯缓缓上升了。它穿出了地面站，速度越来越快。这时，宇宙电梯内微微有些摇晃。

皮洛西穿着一件鲜艳的、翠绿色与藕荷色相间的连裤衣，披着一件乳黄色的半截斗篷，兴高采烈地望着窗外。视野越来越广阔，地面的景物越来越矮小。她摁下一个按钮，躺椅自动旋转了一个角度，正好对着尼柯罗。她看到尼柯罗古铜色的脸上有不安的神色。

"亲爱的，你怎么啦？"皮洛西问道。

"我总觉得坐宇宙电梯不如乘火箭来得安全。"尼柯罗担心地说。

"不会出事的。"皮洛西毫不在乎地说。

"你这个宇航员也太守旧了。依我看，在能够登天的交通工具中，宇宙电梯是最安全的。"索格肯笑了笑,宽阔的前额上堆起了波浪形的皱纹。

宇宙电梯已经达到上升的最大速度,不再加速,电梯内感到十分平稳。

索格肯躺在那里,心里十分安然。他作为宇宙电梯总设计师,曾亲自主持了这项宏伟工程的设计与建设工作,对这一工程每一环节的安全可靠程度都了如指掌。

宇宙电梯的通天缆绳的底部,通过地面站里的一套复杂的结构,和大地下面的岩基牢牢地黏结在一起。即使岩石被拉断,也不会从黏结处分离。而岩石是不可能被拉断的。要知道,为了在赤道线上找到这块节理发育完好的巨大岩石,他几乎把赤道线通过的陆地都跑遍了。

这条粗大的通天缆绳的顶端,和一颗卫星牢牢地拴在一起。这颗卫星,是人们按照他的设计方案,用航天飞机在行星际空间捕捉来的一个小天体。现在它在高于同步卫星轨道之上做同步运转。它所产生的巨大离心力,足以把这条十来个人手拉手才能合围的缆绳拉得笔直。

多年来,这宇宙电梯从埃波斯纳的地面往悬在高空的中间站输送了无数物资和旅客,从未发生过任何事故,又有谁能说它不安全可靠呢!

索格肯考虑的不是安全问题,而是另一个与他今后命运密切相关的问题。他站了起来,走到窗前,俯视着灰黄色的大地。他凝视着、沉思着,脸上掠过许多种互不相容然而又交织在一起的复杂表情。谁也说不上这表情是怨恨,还是留恋;是惆怅,还是犹豫;是憎恶,还是向往。

宇宙电梯以极高的速度继续向中间站爬升着……

一天以后,宇宙电梯到达中间站。在电梯各节车厢里的旅客依次下到中间站里。索格肯还要在中间站里办一个手续,皮洛西和尼柯罗手挽手先走出了中间站，来到空中平台上。皮洛西是第一次来这里，感到周围的一切都很新鲜。

这是一个硕大无朋的空中平台，靠着两组粗大的金属桁架悬挂支撑在通天缆绳上。这儿离埃波斯纳的地面已经很远很远了，空气异常稀薄。在中间站平台上罩着一个巨大透明的半球形天罩，远远看去，就像扣着的半个乒乓球似的。在天罩里面，空气保持着地面上的正常压力，旅客无须穿宇航服。

"亲爱的尼柯罗，你快过来看呀！"皮洛西站在通天缆绳附近的观察井旁喊道。

尼柯罗穿着一件米色的连裤衣，披着一件猩红色的长斗篷，显得十分英武。他精神抖擞地走到皮洛西这儿来，紧紧挨在她的身边。

他从透明的观察井向下望去，下面就是他们世世代代赖以生存的行星——埃波斯纳。天苑四发出耀眼的光芒，把埃波斯纳上的海洋、大陆、山脉、大河、沙漠的轮廓照得十分清晰。

她抬起头来仰望天空，在这里只能看到通天缆绳笔直地向上空延伸，但看不清在缆绳上端拉着它的那颗卫星。天空里，无数晶莹的星辰与耀眼的天苑四并存，构成一幅奇异的景象。在室女星座里有一颗亮星，那就是天空中最亮的天狼星。

索格肯办完了手续，走到他们跟前说："我们该去火箭发射场了。"

由于空间平台上埃波斯纳的引力要比在地面上小得多，因而从这里发射火箭也要容易得多。所以这儿成了天苑四人开发外层空间的空中仓库和轨道站，大多数宇宙飞船都是从空间平台上的火箭发射场发射的。

他们站在自动人行道上，迅速向前移动着。各种仓库、实验室、宇宙工厂、生活娱乐设施在他们两旁闪过。火箭发射场到了，圆球形的"探险

189

家号"宇宙飞船闪耀着金黄色光芒，耸立在延伸到天罩外面的空间平台的尽头。门前的电子守卫挡住了他们的去路。

登天器总设计师索格肯和宇航员尼柯罗，是奉了埃波斯纳全球航天指挥中心的命令，前来检查"探险家号"控制系统的，他俩都有特别登船工作证。皮洛西另有打算，坚持要跟他们一块登船，索格肯不愿使自己的独生女儿受到任何委屈，就依了她，事先从指挥中心那儿为她弄来了一张特别登船参观证。他们三人把证件一起投给了电子守卫，顺利地进入通向天罩外面的气密甬道。

在甬道中，他们三人全都穿上了白色的宇航服。跨出气密门，走向发射架，一台升降机把他们一直送到"探险家号"宇宙飞船的驾驶舱旁。他们从对接着的通道里钻到驾驶舱内，随即关闭了飞船上的气密门，脱掉了宇航服。

这是一艘最先进的、速度最快的宇宙飞船，埃波斯纳全球航天中心打算让它首次飞到恒星际空间，进行一次探险。如果今天的检查一切正常的话，按计划明天就要发射。当然，届时将由另外三名宇航员来操纵。

驾驶舱里有一排操纵台，操纵台上安装着各种各样的仪表、计数器、信号灯和荧光屏。皮洛西看着它们，顿时感到眼花缭乱。操纵台前有三张弹性座椅，可坐、可躺、可卧，随意调节。她往上一坐，忽悠忽悠地颠了好几下，高兴地说："真舒服！"

索格肯把自动检查仪接入控制系统，一个小荧光屏上一项一项地显示着检查的结果。尼柯罗取来一件仪器，协助索格肯检查驾驶舱内的每一个机件。

忙了大半天之后，总算检查完了：一切正常。听到这个消息，皮洛西高兴得唱了起来。在埃波斯纳，有一个很久以前的传说，在遥远的宇宙深处，有一颗绿色的星球。在那儿，高山森林密布，丘陵繁花似锦，大地绿草如茵，江河清澈透底，天空一片蔚蓝。她早就向往着飞向宇宙，寻找这颗绿色星球，但没想到机会来得这样快。皮洛西得到了亲爱者的支持，说服了父亲，假借参观之名，登上了"探险家号"宇宙飞船。现在一切正常，她兴奋极了。只要她父亲一点头，只要亲爱的尼柯罗往起飞按钮上一摁，她就成了一只自由的小鸟，永远离开埃波斯纳，在茫茫太空任意飞翔。

尼柯罗是多年的宇航员，习惯于在太空中来回穿梭。何况这一回是为了自己的亲爱者，他自然心甘情愿地陪她去冒一次险。

"赶快离开埃波斯纳吧，我一刻也忍受不了啦！"皮洛西央求她的父亲。

索格肯在沉思，深藏在眉崤之下的一对大眼睛，露出一丝犹豫的目光。他在埃波斯纳这颗行星上度过了大半辈子，熟悉这里的一切，过惯了这里的生活。但他疼爱自己的女儿，特别是在皮洛西的母亲早逝后，他更视女儿为心上的珍珠，不愿让她有一丝一毫的不快。他看着女儿，女儿像她母亲一样美丽。他想起她那可怜的母亲，只好依从了她的要求。

他"霍"地站了起来，按动一个开关，驾驶舱舷窗以上的环形舱壁立刻变得透明，舱外的景色看得清清楚楚。漆黑的苍穹上布满了星辰。那颗最亮的天狼星出现在室女星座。在茫茫太空里光帆飞船来来往往。乍一看去，还以为这些景象真是透过舱壁直接看到的呢！其实，它只是一种先进的环幕映象装置。

"好好看一看我们的故乡吧，我们这一辈子怕是再也看不到它了。"索格肯激动地说。

从舱壁上看到了埃波斯纳的大地，大地上各种奇形怪状的设施，索格肯主持设计建造的宇宙电梯……

索格肯半卧在座椅上，闭上了眼睛。他向尼柯罗轻轻挥了一下手，用几乎听不到的声音说了声"起飞"。

尼柯罗摁下一个大按钮。

"探险家号"腾空而起。

飞船脱离了埃波斯纳的引力之后，尼柯罗打开了人造引力发生器。这样，他们在失重的飞船上，借助人造引力，就能像在地面上那样自由行动。

"他们会来追我们吗？"皮洛西不安地问。

"这是当今速度最快的一艘飞船，他们派什么飞船也追不上了。"尼柯罗笑道。

索格肯睁开眼睛，凝视着舱壁外，大动感情地说："别了，我的埃波斯纳！"

为了寻找那绿色的星球，"探险家号"向茫茫的宇宙深处疾驶而去……

4　绿色的星球

"探险家号"仍然在茫茫的宇宙里飞行。

皮洛西坐在驾驶舱的弹性座椅上，看着她的父亲。父亲紧锁双眉，额上的皱纹更多了；又看看他的亲爱者，亲爱者眼角上也有了细碎的皱纹。

她深有感触地说："父亲，您老多了。还有尼柯罗，你也见老啦！"

"我的孩子，我们在宇宙里飞行了那么多年，怎么能不见老呢！"索格肯慈祥地说。

"亲爱的，我是不是也变老了？"皮洛西问尼柯罗。

"没有，"尼柯罗看着她的面孔，嘴角上挂着幸福的微笑，"亲爱的，你还是那样年轻、美丽。"

"你骗我！"皮洛西娇嗔地说。

她走到操纵台前，迅速摁下一个按钮，舱壁上现出她现在的立体映象。她又摁下另一个按钮，在舱壁上那个映象旁边，立刻又现出一个她在"探险家号"出发时的立体映象。

"他们会来追我们吗？"她在出发时的映象中不安地问。

"亲爱的，我是不是也变老了？"她在现在的映象中望着尼柯罗问。

这两个映象虽说都是古铜色的，但年龄上显然有些差异。

尼柯罗坐在弹性座椅上，看着她现在的映象说："你不能这样比较。"

"尼柯罗说得对，"索格肯语气沉凝，"科学不能代替感情。"

"可我们还没有找到绿色的星球。"皮洛西的声音有些凄婉。

"我们一定能找得到，"尼柯罗神情很坚定，"眼前这个恒星就带有行星，说不定就是绿色的星球呢。"

索格肯按动一个开关，舱壁变得透明了似的。漆黑的天幕上布满了星斗。当初烈火炎炎的天苑四，如今成了波江座里一颗不引人注目的小星星。在埃波斯纳上不被重视的小小星点——太阳，如今高悬在"探险家号"宇宙飞船的前方，强烈的光芒超过了天狼星不知多少倍！除了太阳之外，恒星之中最亮的还要数那颗天狼星。只不过此刻的天狼星看起来已经不在室女座里，它几乎移动了四分之一天穹，落到了大犬座中。

"探险家号"已经飞临太阳系。

尼柯罗把飞船上一台天文望远镜接通电源，舱壁上立刻出现了太阳系里几颗被放大了的行星。其中有一颗绿色的行星，周围还有一层蔚蓝色的光晕。

皮洛西和尼柯罗几乎同时喊了出来："绿色的星球！"

驾驶舱里的气氛顿时活跃起来。

皮洛西哼哼唧唧地唱起了埃波斯纳的民歌，手舞足蹈地跳着。尼柯罗跟过去，陪伴着她。他俩兴高采烈地围绕着操纵台，沿着舱壁转圈。

索格肯眉心舒展开来，嘴角上挂着宽慰的笑容，自言自语地说："此行总算没有落空……"

"探险家号"飞入太阳系，依次穿越了冥王星、海王星、天王星的轨道。

土星橙黄色的圆面和里外两层美丽的光环，从"探险家号"侧面掠过。

木星和它的十四颗卫星出现在宇宙飞船的前方。木星上色彩斑斓，许多彩色条斑和带纹交错地排列在硕大的球面上，十分壮观。

天苑四人的飞船越过火星轨道，朝着绿色的星球——地球飞去。

好些天以来，地球一直高高悬挂在"探险家号"宇宙飞船的侧前方。飞船里的人们，早已沉浸在一片欢乐之中。

皮洛西对月亮产生了浓厚的兴趣，她羡慕地说："要是埃波斯纳也有这么一个黄色的卫星该多好呀！"

"你想埃波斯纳了吗？"尼柯罗问。

"没有，我永远不会再想它了。"皮洛西脸上浮现出一种厌恶的神色。

皮洛西对月球越来越感兴趣。在她一再要求下，索格肯同意从月球上空绕过去，然后再进入地球。尼柯罗熟练地计算了轨道参数，把新的指令输入电脑。

宇宙飞船从月球上空飞过，月面上是一片灰色的世界。当皮洛西从舷窗里亲眼看到月球上如此荒凉的景象时，她失望了："又是一个寸草不生的星球！"

"探险家号"把月球远远地甩在后面。

当飞船准确地进入地球轨道后，尼柯罗关闭了发动机。皮洛西、尼柯罗和索格肯不再依靠舱壁上的映象，而是在舷窗里贪婪地看着这颗绿色的行星。他们全被地球的雄壮、美妙和绮丽惊呆了。

太阳当空，中间是一团蓝白色的光焰，人们不敢直视。天上的亮星落到地平线时，特别引人注目。起初，它们光彩闪闪；霎时间，又变得暗淡无光；完全落入地平线以前，又光华重现。就好像这些星辰在地平线那儿穿过一层薄雾一样。

阳光照射在大陆上、海洋里，水陆轮廓非常清晰。朵朵白云在地球上空飘浮着，十分美丽。在太平洋上空，有一阵巨大的暴风雨。闪电就像云层中的灯光，忽明忽暗。在天气晴朗的地方，高大的山脉郁郁葱葱，宽阔的河流宛如玉带，澳洲的原野一片嫩绿，亚欧非的平原处处金黄。

太阳渐渐落下去了，一组绮丽的色彩展现在他们眼前。橘红、金橙、深黄、淡绿、浅青、暗紫交织在一起，从太阳两边映照着大气层。

"啊，真美！"皮洛西高兴地喊了起来。

飞船进入地球阴影，夜空里一轮明月高照。月光倾洒在云层上，有一种虚无缥缈的神话意境。

"真叫人难以忘怀啊！"索格肯情不自禁地说。

在黑暗中，尼柯罗惊呼："你们看，地面上有火光！"

索格肯和皮洛西都凝视着舱壁，果然看到地面的某个地方，有许多星星点点的火光。索格肯若有所思地说："这是地球上人类活动的证据！"

"马上着手准备选择降落点？"尼柯罗激动地问。

索格肯点点头。

"我要到绿色星球上生活了！"说罢，皮洛西又唱起来。

尼柯罗在操纵台上打开了航天遥感器。地面上的地形、地貌、地质情况立即出现在舱壁上，自动选拍的假彩色遥感照片[①]不断地从操纵台一个窄缝里吐出来。

尽管飞船上黑夜和白昼的交替要比地面上快得多，但这并不妨碍航天遥感器的工作。没有很多天，尼柯罗就把整个地球普查了一遍。他选出四张可以做着陆地点的遥感照片说："你们看，在哪儿着陆更好一些？"

这些照片是澳洲中部平原、亚欧非大陆东南部平原和西南部高原以及北美中部平原。他们细细比较了一番之后，索格肯指着亚欧非大陆东南部平原那张照片上的一个地点说："就在这儿着陆吧！"

"好。我们在轨道上再飞几圈，等下次通过这个地区时，再进行一次详细的探测。"尼柯罗说。

---

① 假彩色遥感照片，所谓假彩色是相对真彩色而言的。在假彩色遥感照片上，地物所呈的颜色，并不是自然色彩，而是人为给定的颜色。用这种人工着色的办法来突出某些目标，能更有利于对影像的识别。

他们三人都很高兴，就像是在欢快的节日中。

尼柯罗小声哼着曲子，指令电脑重新测算飞船现在的轨道和可能的着陆路线。接着，又检查了手动操作系统是否正常。然后，他又从驾驶舱的一个旋梯走到下面去，检查了控制舱、食品舱、生活舱、发动机舱。他回到驾驶舱后信心十足地说："这一次着陆准能成功。"

皮洛西笑了笑。她正在暗自思忖，等会儿在绿色的星球上着陆后，一定要尝一尝绿色星球上动植物的滋味。可是，这个陌生的星球上的菜该怎么做呢？到时候，反正会有办法的。不过，在哪儿住的问题不能不考虑。住在飞船上又不方便，又不可心，是不是让父亲想法造一幢房子，就像自己在埃波斯纳住的那种式样。唉，还提埃波斯纳干什么，在这个绿色的行星上生活该多惬意啊！

阳光从舷窗照进来，从索格肯的脸上迅速移过去。索格肯正在考虑如何把一些仪器、设备从飞船搬到地面上，如何在地面上建设一个生活基地，如何与地球人交往……

皮洛西看到舷窗以上的舱壁突然自动变得透明，不觉一惊。她知道，只有在出现紧急情况时才会这样。

"父亲，您看！"皮洛西失声喊道，脸上的古铜色陡然变成粉红色。

舱外，英仙座流星群向飞船方向扑来。

从透明的舱壁上，索格肯看到有一颗头颅般大小的流星径直向"探险家号"撞来。

"快把宇航服穿上！"索格肯从容地说，"不过，不会出什么问题的，只要流星一接近飞船，自动激光炮就会把它击毁。"

他们迅速穿好宇航服，注视着舱外。

当那颗流星接近飞船的时候，飞船立即发出一束强烈的激光，那流星顿时化作一股青烟，一命呜呼。

谁也没有料到，当激光炮刚刚把那颗流星消灭，紧跟在它后面的另一颗稍稍小一点的流星接踵而至。它不偏不斜击中了"探险家号"宇宙飞船。

随着雷鸣般的一声巨响，宇宙飞船剧烈地摇晃着。

索格肯被这意外的事故惊呆了。皮洛西摔在座椅上，惊慌失措，脸色非常难看。

经验丰富的尼柯罗镇定自若。他迅即抓住手动操纵系统的操纵杆，尽力控制住飞船的飞行态势，使飞船稳定下来。这时操纵台上的事故信号灯闪闪发光，警笛发出一种令人发怵的尖叫声，手动操纵系统和自动驾驶系统都失灵了！尼柯罗出了一身冷汗。

人造引力发生器损坏了。他们稍有动作，就从座椅上飘浮起来。

"皮洛西在这里继续监视，尼柯罗跟我到下面去检查！"索格肯从惊愕中清醒过来。

尼柯罗跟在索格肯后面，向旋梯方向飘游过去。由于突然失去了人造引力，他们在失重状态下很不自然地移动着，好不容易才从旋梯飘到下面的控制舱里。

"很严重呐！"透过透明的面罩，索格肯苍老的脸上显得十分严峻。

流星的袭击给他们带来的后果是灾难性的。它击穿了宇宙飞船的外壳，在控制舱的舱壁上撕开了一个半人高的大窟窿，好像是被一个威力巨大的炸弹炸开似的。控制舱内的主控制设备和放在它旁边的后备控制设备全被砸烂了，通信设备也被破坏。那颗流星并没有就此罢休，它又在地板上炸开了一个洞，这洞几乎可以钻过去一个人。

他们用手抓扶着栏杆移动着，又从旋梯飘游到下面的控制舱下面去。在这一层，一间最大的工作舱和一间生活舱被击穿。最后，那颗流星在生活舱的外壁上留下了一个头颅般大小的孔，孔的边缘像锯齿一样。

在他们检查了发动机舱之后，尼柯罗说："发动机一点也没受损伤。"

"控制设备全毁了，这些发动机也就成了死家伙！"索格肯无可奈何地说。他已经预感到，这一次灾难对他们来说意味着什么。

尼柯罗身体不自然地悬在空中，把这几个被击穿了的舱室的气密门重新关严，并把事故螺栓全都拧紧。

当他们飘游回驾驶舱里的时候，皮洛西已经测出了"探险家号"被撞后新的运行参数。她在埃波斯纳的时候，曾在高等学府里攻读过自动控制理论；这些年来，在飞船上又实地学习了不少自动测试仪器的使用方法。现在，她已经能独立工作了。

"我们现在的运行高度下降了，运行速度加快了。"皮洛西脱下了宇航服之后，向他们报告道。

"飞船的运行轨道？"尼柯罗一边问，一边也脱去了宇航服。

"仍然在卫星轨道上，但轨道半径比原先小得多。"皮洛西答道。

"空气分子密度有什么变化？"索格肯脱去宇航服之后问。

皮洛西把探测器的取样数据递给了他，他那皱纹密布的脸上又掠过一片愁云。

"这样大的空气分子密度，足以使飞船逐渐减速，最后……"索格肯没有再说下去。他本想说，最后将要坠毁在这颗绿色星球上，但他又怕女儿受不了这个打击，就住了口。

"父亲，您不用瞒着我，我什么都知道了。"皮洛西忧愁地说，"刚才我已经测算过，如果按地球年算的话，再有……"

皮洛西伸出手来，和所有的天苑四人一样，她手掌上只有四根手指。她把手心一正一反地翻了三次，然后说："在三个四年内，我们的飞船将作为地球的一个卫星运行着，它既不能飞离，也不能着陆。最后，时间一到，飞船就要坠毁。"

"在这三个四年内，我们也许还能想出自救的办法……"尼柯罗安慰她说。

皮洛西的眼睛湿润了，两颗晶莹的泪珠从脸上滚落下来。她泣不成声地说："我不该把你们引到这条危险的道路上来……"

"我们终于看到了绿色的星球，这已经很值得了。"尼柯罗宽容地说。

索格肯冷静地说："你说得对。在我们作为这个星球的卫星运行的那一段时间里，还可以做许多对科学有利的工作。我们可以把我们的重要发现告诉埃波斯纳上的人们。"

"这已经不可能了，船上的通信设备坏得没法修复。"尼柯罗提醒道。

"在这三个四年内，我们可以用还没有损坏的仪器设备研究这颗行星，我们可以把许多有用的资料留给这个行星上的人类，将来他们也许会和埃波斯纳建立起联系。"索格肯继续说。

皮洛西不再落泪了，她被父亲的这种为科学献身的精神深深感动。尼柯罗也受到了这种气氛的感染，心里热乎乎的。

索格肯扬起宽阔的额头，铿锵有力地说："已经无可挽回的事情，就不要再去想它，我们永远要把精力用于未来。"

皮洛西从悔恨、惧怕、萎靡中振作起来。她和尼柯罗、索格肯一道，在受了严重损伤、失去了动力的"探险家号"上，用航天遥感器等多种仪器探测了地球的种种信息，研究了地球人类的分布和活动。他们有一次甚至还在亚欧非大陆的东南部拍到了一张彩色照片，照片上有许多黄肤色的人正在仰望着他们这艘飞船。

5 成名以后

当徐振宇从铜球所展示的映象中看到，天苑四人拿着的一张彩色照片上，有许多黄种人在惊奇地注视着他的时候，他从惊愣之中想起了自己的同胞，想起了黄敬之、任思宏，想起了他们并非大功告成的研究工作，他坐不住了，他想把这个异常重要的情况马上告诉他们。

他推了推还在愣愣坐着的张銮："我这就去找黄教授和任思宏，然后我们再一同商量对策。"

"看完了再去不好吗？"

"不啦，还是先找他们要紧。你先往下看吧，但这件事暂时还要请你保密。"

张銮点点头说："我明白，你尽管去吧。"

任晓英听说要去找她爸爸，高兴地嚷着："徐叔叔，我也要去！"

徐振宇心想，先找任思宏也一样，便告别了张銮，领着任晓英，一同去了省考古研究所。

在省考古研究所里，徐振宇站在党委书记办公室门前，轻轻敲了几下。任思宏立刻迎了出来，把他让进屋里去。晓英自不必说，一溜烟自己跑进去找了个座位坐下来。原来，这个所的前任党委书记杨光耀在去年离休了。离休后，他迁居到峡口，听说还被峡口地区博物馆聘请为顾问了呢。这之后，任思宏被选为党委书记，搬到了这间办公室。徐振宇一进屋就看到，在任思宏的办公桌上放着许多古籍和一些考古专著。他立刻想起，任思宏以前对他说过，要当一名不脱产的书记。最近又告诉他，打算写一本《中国考古史》的专著。看来，这一定是在为这本专著收集资料呢。

任思宏把他让到沙发上去坐，徐振宇不等坐定，就急着说："我们看到天苑四人了！"

"什么？"任思宏听了徐振宇的话，犹如晴天霹雳。

"天苑四人走到科技博物馆的实验室来了。"任晓英在一边笑嘻嘻地替徐叔叔解释。

任思宏更糊涂了，瘦瘦的脸上掠过一种不可思议的神情。他对女儿说："晓英，你先别说，让徐叔叔把事情说清楚一点。"

"本来就是到实验室来了啊！"任晓英把嘴一噘，不再作声了。

徐振宇这才把事情原原本本地说了一遍。

"原来是这样。"任思宏激动地扶正眼镜，镜片后面一对又黑又亮的眼睛里闪烁着兴奋的光芒，"马上去看看！"

"你先别急，我还没去告诉黄教授呢。还有，白大姐是一位热衷铜球研究的特派记者，你替我请她也去。"徐振宇说。

"我还要去看天苑四人，徐叔叔！"任晓英噘着嘴说。

"好，你也跟你爸爸一块儿去。"徐振宇一口答应了。

"你真是新官上任三把火。"任思宏笑道，"昨天下午当的官，今天上午就把地外文明的知识普及到我们全家来了！"

徐振宇听到这话，简直是丈二和尚——摸不着头脑。他英俊的脸上现出一种莫名其妙的神情。

任思宏看到他这副模样，急忙把桌上的一份《楚江日报》递给他，开玩笑道："别装糊涂啦，你自己仔细看看吧！"

徐振宇接过《楚江日报》，在本省新闻栏里看到一条消息说，他已经被选为省科普协会天文分会的副主任委员了。他满脸委屈地说："我刚才真的不知道，我又多了这么一个头衔。"

"我是说笑话。"任思宏看到他这么认真，便宽慰他，"他们大概是工作太忙，还没来得及通知你。"

"前年要我当省天文学会的理事，去年又被选为市人民代表，这你都是知道的。早些日子，《天文季刊》来了一位副总编，一定要我当他们刊物的顾问，我一再推托。那位副总编再三解释，自从我那篇关于其他恒星上星图计算的论文发表后，他们先后收到许多有关恒星际宇宙航行方面的论文，务必要我协助审核。我这才知道，我的论文已经给他们的刊物带来了麻烦，再加上他的盛情难却，我也只好应承了。"

"占用的时间多吗？"任思宏关心地问。

"加在一起也不少。我怕以后会议之类的事越来越多，把搞科研的时间全挤零碎了，到那时就很难再出什么成果啦！"

任思宏无可奈何地摇摇头。他看看表，已到午饭时间，便留徐振宇在所里食堂用过午饭再走。任晓英高兴地说："徐叔叔，我领你上食堂去。"

饭后，徐振宇匆匆忙忙赶回南山天文台。

黄敬之在台长室告诉徐振宇："省科学院项副院长的一位秘书上午来找你。"

"什么事？"

"院里想让你担任学术委员会的特邀委员。他还说，等下一次选举时，很有希望成为正式委员。"

"我的学术水平不高，基础也还不够扎实，怕不合适吧。"徐振宇真诚地说。

黄敬之很理解他的心情，同情地说："我也觉得，你现在的头衔多了一点。你还年轻，要把主要精力放在科研上才好。"

"我不当行不行？"

"我可以找他们谈一谈。"黄教授又从桌上拿起一个打着英文字的大信封，递给徐振宇，"那位秘书还带来一封信。"

徐振宇打开信封一看，原来是国际地外文明研究会来函邀请他担任通讯会员。

"至于这个邀请，我看你还是接了吧！"黄敬之劝道。

"也只好这样了。"徐振宇把信收起来。接着，他又把上午在科技博物馆发生的事情讲了一遍。

黄敬之听了非常振奋，脸上容光焕发。他问："你看这是一种什么机制？"

"现在还不清楚，也许是一种全息电视吧。"

"应该把它录下来，进行深入研究。"

"对，我这就去给科技博物馆挂电话，让张主任准备录像、录音。"

他掏出一个笔记本，查看一个电话号码。笔记本中夹着的一张入场券露了出来，这是杨帆昨天送来的，约他今晚去参加音乐会。他犹豫了一下，还是给科技博物馆打了电话。

晚上，徐振宇在音乐厅广场等到了杨帆。徐振宇向她说明原委，歉意地一笑："今天晚上，我不能陪你听音乐了。"

"我可以陪你去看天苑四人啊！"

徐振宇高兴极了，和杨帆一道赶往科技博物馆的实验厅。

黄敬之和任思宏坐在一间实验室里谈天，任晓英在白丽祯身边问这问那。徐振宇向张銮介绍了杨帆。

"录像机、录音机都准备好了，这些设备我来操作，你还是启动微波发射机。"张銮对他说。

"现在就开始吧？"徐振宇看看黄敬之和任思宏说。

他俩点点头。徐振宇坐在微波发射机前，调整好发射频率，按着电键，发出了几组"嘟——；嘟"的密码。

上午在这里发生过的事情，又重新展现在他们面前：天苑四人飞出埃波斯纳，他们的飞船飞临太阳系，天苑四人进入地球卫星轨道，飞船突然遭到陨石袭击，天苑四人拍到一张地球上黄肤色人注视他们的彩色照片……

张銮轻轻拽了一下徐振宇的胳膊："下面的事你还没看到呢，太悲壮了！"

徐振宇点点头，专注地看着……

6　遇难

在"探险家号"宇宙飞船的下面，亚欧非大陆的东南地区，缓缓向东北方移动着。

黄河中上游高原碧绿一片，长江上下景色苍翠，珠江流域郁郁葱葱。阳光直射在珠江上，北半球的夏季又来临了。

多年的失重状态，使皮洛西习惯了在飞船里"游来游去"的移动方法。她穿着鲜艳的两色连裤衣，披着乳黄色半截斗篷，像飞天的仙女，轻飘飘地移到了父亲索格肯身边："父亲，您看，今年这片地区庄稼的长势还不错呢。"

索格肯从多光谱扫描计里取出了一张假彩色遥感照片，看着它说："看来，又是一个丰收年。"

尼柯罗也"游"了过去，和他们一道谈论着。

一片白云在下面飘过，挡住了珠江流域。

杨帆情不自禁地把身子往前倾倒，想从白云的边缘向下面多看一些珠江流域的景色。自从看到飞船遭受撞击、处于失重状态以后，她的四肢不知放在哪儿才好。她和坐在身旁的徐振宇说：我好像变轻了，刚才似乎也要飘起来。"

"不知怎么搞的，我也有这个感觉。"徐振宇也感到奇怪。

飞船越过了印度洋，钻进了地球的黑影里，夜幕降临了。

黑暗给天苑四的探险家们带来了伤感。尼柯罗从仪表上得知，飞船的高度越来越低了。他重新进行了测算，结果是令人惊恐的：再有一圈，他们的"探险家号"飞船就要在地球上坠毁。

英武的尼柯罗脸上有一种难以言状的表情。他作为一个宇航员，有过许多出生入死的经历。特别是在地球卫星轨道上的这些年，早已把生死置之度外。对于即将发生的事，他并不感到恐惧。他们冒着极大的危险，历尽千辛万苦，终于在茫茫宇宙中找到了这颗神话般的绿色星球，并且在它的轨道上生活了三个四年，但在大地上连一个脚印都没能留下，就要坠毁了。他悲痛地说："我真不甘心啊！"

索格肯比刚到地球上空时又苍老了许多。在这生命最后的时刻，他不由得又怀念起埃斯波纳。他的表情却依然那么刚毅，用一种视死如归的神态说："我的孩子，留给我们的时间不多了，再看一看这绿色的星球吧！"

皮洛西再也忍不住了，两行泪水从美丽的眼眶里簌簌往下流。

飞船又从地球的黑影中钻出来，北冰洋出现在它的下面。

杨帆有一种感觉，好像是由于自己爱莫能助，飞船才处于绝境似的。她不由得也流出了眼泪。

徐振宇低声安慰她："别难过了，这已经是几千年前的事啦，现在看到的可能是一种全息电视录像。"

说到录像，徐振宇忽然想起张銮不知录得怎样了，就走到他那边去："录像效果好不好？"

张銮忙得满头大汗，用一种莫名其妙的神态说："活见鬼！从开始到现在，一点儿也没录上！"

"怎么回事？"

"你看！"

张銮把一盘已经录完了的录像带重新放出来，荧光屏上除了来回跳动的横线以外什么也没有。从喇叭里传出的只是轻微的沙沙声，偶尔有一两句任晓英、杨帆等人的惊呼声。

"会不会设备出了毛病？"

"录像、录音设备都正常，我都检查好几次了。"

黄敬之和任思宏也过来了。

任思宏两只黑眼珠在眼眶里转了两圈，颇有信心地说："看来铜球播放的并不是全息电视录像，也许它是直接作用在大脑皮层上的。"

"可惜我这里没有脑电波检测仪。"张銮苦笑着说。

他们无可奈何地回到了自己的位子上。

"探险家号"飞船下面是西伯利亚原野。

飞船剧烈震动了一下，立即被一团火球包围住了。尼柯罗热得满头大汗，尽最大努力试图手动操纵已受到损伤的制动系统。飞船像流星一般，以无情的速度向下坠落着。皮洛西学着索格肯的样子，把自己固定在弹性座椅上。

长江中下游平原出现在飞船的前下方。

　　任晓英怕自己随着天苑四人掉到大海里，从座位上站起来就往外跑。白丽祯有一种剧烈的晕船感觉，让任思宏扶她到门口去了。黄敬之情不自禁地紧握椅把，好像这样就可以幸免于难似的。徐振宇和杨帆不约而同地站了起来。杨帆感到身体在下坠，仿佛要掉进万丈深渊，紧紧依偎在徐振宇的身上。

　　地面上的景物越来越清楚。

　　华南沿海……海南岛的近镜头……西沙群岛的特写镜头……

　　天苑四人闭上了眼睛。

　　……西沙的珊瑚岛……一片汪洋……狂风卷起巨大的海浪，铺天盖地压了过来……

　　飞船溅落在大海里，激起一股几十米高的水柱。

　　天苑四人遇难了……

　　杨帆惊惧地转过身来，闭上双眼，把脸贴在徐振宇宽阔的胸膛上。她听到他的心在怦怦地跳着。

　　铜球渐渐恢复了原来的面目，宝石般的星点在金光灿灿的球面上闪烁。

　　"振宇，得赶快去援救他们！"杨帆猛然抬起头，焦躁不安地说。

　　徐振宇毕竟是第二次看了，笑道："我不是提醒过吗，这是几千年前的事了！"

　　大家又重新围拢过来。白丽祯圆胖的脸上挂着无限惋惜之情，感慨地说："当时要是有人把他们救上岸来就好了！"

"这是不可能的事。如果他们上了岸，我们的历史进程大概不会是今天这个样子。"任思宏说。

黄敬之把眼镜摘下来细心地擦着："我们地球人类靠自己的智慧和力量，发展到当代这种科技水平，不也很值得骄傲吗！"

"我们原以为他们飞回去了，没想到竟英勇牺牲在地球上！"徐振宇感慨万分。

窗外万家灯火，不远的地方有一处霓虹灯在闪烁，灰蒙蒙的天空繁星点点，一阵晚风吹得树叶沙沙作响。这一切，足以使人确信，他们还是在这个现实世界之中，并没有随着天苑四人葬身海底。

但是，他们今晚所见的一切却是终生难忘的。

7　跟踪追迹

张銮和他的实验小组忙了整整一星期，总算弄明白了铜球显示图像的机理。果然像任思宏推测的那样，它是用发射脑电波的方式，直接作用在大脑皮层的视觉中枢和听觉中枢，使人感到它所显示的图像和伴音的基本含义。由于它是直接作用在大脑皮层上，作用强度又是被放大了的，因而具有一种震撼人心的力量，一种极易引起共鸣的力量。为了区别于电视，张銮还给它起了一个名字——"波视"。他甚至乐观地设想，将来运用波视原理研制"波视机",一定会备受欢迎。

他们还发现,当外加一个微波讯号"嘟——;嘟——"之后,铜球显示的波视图像立刻变成"定格"。这时既可录像,又可摄影。张銎的实验小组用这种方法拍了许多珍贵的彩色照片。

徐振宇得到这些彩色照片的时候真是喜出望外。他对飞船在南海坠毁时的一组照片,进行了仔细的分析、计算,得到了"探险家号"在最后的时刻所经过的海域,以及所处的不同高度。他用电子计算机处理了这些繁杂的数据,算出了飞船坠落的轨迹。

他把这条轨迹标到了一张五十万分之一的南海海图上。这是一条接近直线的曲线,大体呈东北—西南走向。徐振宇拿着海图去找黄敬之。"飞船坠落轨迹算出来了,"徐振宇说,"它从汕头上空飞越,穿过海南岛和东沙群岛之间的海域,朝着西南方向,在西沙群岛一带坠落。"

"坠落点在什么地方?"黄敬之问。

"考虑到计算的误差,可能的坠落点是一条狭长的海域,它在永乐群岛的北礁和宣德群岛的赵述岛之间穿过,止于甘泉岛。这条海域长约170公里,宽约10公里。"

"要想在这1700平方公里的海域内探测出飞船的具体坠落位置,那还得费一番功夫呢!"

徐振宇把杨继先从"泰山号"拖轮发来的卫星传真电报放到海图旁边。

"方雨田在七连屿北面不远的地方,发现海底有一组超声讯号,他认为这可能是海下另一个铜球发出的。"徐振宇把前额的一绺头发向后一掠,探索的眼睛里闪动着光彩。"从海图上看,这七连屿是一个礁盘,赵述岛就在这礁盘上。把这件事和铜球里显示的波视图像联系起来，可以推测，方雨田发现的可能并不是铜球，而是飞船的残骸。"

"这就是说，飞船并没完全毁坏，至少还能发出超声讯号。它还意味着坠落点可以缩小到赵述岛以北的海域，这样一来，需要探测的面积只有1000平方公里了。"黄敬之说。他像取得一项科研成果那样欣喜。

"我们一定要把飞船的残骸探测并打捞出来。"

"你抓紧时间起草一份建议书，给省科学院送去。"黄敬之对他说。

探测、打捞天苑四人宇宙飞船的建议书写好后，黄敬之、任思宏、张銎和徐振宇都签了名。大家一致推举徐振宇给省科学院送去。

自从三年前在西陵峡考古现场和柯院长分手之后，徐振宇一直没有再见过他。徐振宇忽然想起那次冒雨到省科学院去找他时，借他的一套工作服还在家里，何不趁这个机会送还给他。徐振宇找出那套工作服，带着建议书，去了省科学院。

在柯化原先那间办公室里，徐振宇碰到了项绪堃。他好像又胖了一些，国字脸下出现了双下颏。徐振宇向他说明来意后，他笑容可掬地说："你这位副研究员的消息也太不灵通了，他早已调到国家技术科学委员会去啦！"

"做什么工作？"

"是科技发展局的局长。"

"现在我应该找谁呢？"

"你就交给我吧。"

项绪堃把报告大概看了一遍，问："你能肯定海下超声讯号是从飞船残骸里发出的吗？"

"这个超声讯号在组成、长短和时间间隔上，都和铜球微波讯号完全一致，它不能不和天苑四人的飞船有关。"

"如果无关呢？"

"就算无关的话，铜球波视图像也能证明飞船落在西沙。"

"这就是几千年、甚至是几万年前的事了，长期海水侵蚀、泥沙沉积，也许化为乌有，也许无法找到。"

"铜球波视图像录制年代不会早于铜球制造年代，所以，飞船坠落年代不会早于5215年前。信息火箭的外壳和铜球在地下埋藏了这么长的时间毫无腐蚀损伤，按道理，坠落海底的飞船残骸也不会有太大变化。如果能探测打捞出比较完整的残骸来，甚至从中发现一两件仪器、物品、资料的话，它的科学价值就更大了。"

"如果没有比较完整的残骸呢？"

"即使只剩下一些残渣碎片，也有很大的价值。"

"对于这件事嘛，我倒是应该支持。不过，现在我们的经费有限，省里四化建设中急需解决的科研项目，有的还安排不上，哪能把经费花到地球之外的项目上去？况且这个计划十分庞大，就是要搞，也不是我们一个省所能承担的。当然啦，等院长回来，我们还可以把这个计划再研究一下。至于能不能批准——这样吧，你先等一段时间看看。"

徐振宇无可奈何地告辞了。

项绪堃把他送到门口，并要他给黄教授带个好。

在回来的路上，徐振宇想到最好在这个台风季节一结束，马上就开始海洋探测。如果顺利的话，在明春打捞是最合适的，但院里什么时候能批下来就很难说了。如果要涉及外省，时间一拖，就会错过打捞季节。他想，不如直接去找柯化，也许能快一些。

黄敬之他们都支持他去北京。

第二天，杨帆一直把他送到楚江机场停机坪。徐振宇满怀壮志，热情而恳切地说："如果建议被采纳的话，我决心去参加这次海洋探测。"

"到那时，我也去送你，祝你探测成功！"杨帆妩媚地一笑，嘴角旁露出一对浅浅的酒窝。

"不，我希望你能和我一同去。

"我去干什么呀？"

"这一次的探测、打捞工程规模很大，时间较长，一旦批准下来，肯定需要配备随船医生。"他期望地凝视着她那秀美的杏仁眼。

杨帆躲过他的视线，低声道："到时候跟你去就是了。"

广播里催促旅客赶快登机。徐振宇快步上了飞机。

飞机缓缓地在跑道上滑行，徐振宇坐在弦窗前深情地看着她。她轻轻挥动着手臂，喊着什么，渐渐地退到后面。

到了北京之后，徐振宇在国家技术科学委员会大楼的四楼找到了科技发展局。在局长办公室的外间，一位工作人员正在整理文件。

"请问，柯局长在吗？"徐振宇很有礼貌地问他。

"不在！"他头也不抬，继续整理文件。

徐振宇感到无法再问，犹豫了一会儿，从手提兜里取出那套工作服，递给那位工作人员："同志，请您把它转交给柯局长。"

那人这才把头抬起来，把他从上到下打量了一番，似乎要判断他和局长是什么关系。他问："你是公事还是私事？"

"公事！"徐振宇理直气壮地说。

"放这儿吧。"那人一听说是公事，又埋头整理他的文件去了。

徐振宇气恼地离开了科技发展局，往楼下走去。

"小徐！"后面传来了一个浑厚有力的声音。

他回头一看，正是身材魁伟的柯化，便高兴地迎了上去："不是说您不在吗？"

"刚才我看到那套工作服，知道一定是你来了，急忙追下来。"柯化方正的脸上挂着一丝歉意，"快上屋里坐。你和黄教授近来都好吧？"

在柯化办公室外间，那位工作人员还在忙着，似乎没有看到他们进来。

徐振宇向柯化详细谈了关于探测、打捞天苑四人宇宙飞船的建议，并交给他一份建议书的副本。柯化对科学发展前沿很敏感，听了十分感兴趣。他深谋远虑地说："你反映的这个情况很重要，这份建议书很具体，很有价值。当今谈论地外文明的很多，但真正发现地外文明的，恐怕还只有我们这一起。就是将来，再遇到这样的机会也是不容易的。你是知道的，银河系里有1500亿颗恒星，在这里边假如有100万个文明星球，并且都掌握了宇宙航行技术，每年各派一艘宇宙飞船，对银河系里十分之一的恒星进行重点考察的话，那么平均每隔15000年才有一艘飞临太阳系，可谓凤毛麟角了。因此，我们一定要想尽一切办法，尽最大努力，把飞船残骸找到，打捞出来。哪怕只捞到了一星半点，也将涉及许多学科的最新理论，也可能为我们提供广阔的研究领域，这必然是对发展现代科学技术的重大贡献。"

柯化喝了一口水，和蔼地说："这的确是一项规模宏大的工程，光靠一个省的力量难以进行。我想，就列入我们局的重点科研项目，把有关省组织起来，参加的单位可以广泛些。这毕竟还是一件考古工作，而且是铜球考古的继续。所以，可以由国家技术科学委员会委托省里的考古研究所去筹备。"

徐振宇把要尽快开始的想法谈了。

"从时间上讲，的确要抓紧。现在省里可能刚刚研究，即便研究完了，公文到这里还得一段时间。我准备把建议书交给局里研究一下，再打电话找有关省及有关单位商量。一旦做出决定，就立刻通知你们。"

说罢，他思索片刻，提起一支毛笔，在那份建议书的副本上写了五个大字——"天苑四工程"。

8 人才荟萃

十月里的一天，广州的天气依然十分炎热。

排水量为2800吨的科学考察船"郑和号"停泊在珠江通穗新港的一个码头上。船上升起了"欢迎"的旗语，还挂了许多彩旗。精力充沛的李船长和提前到达的任思宏站在船舷旁，热情地迎接来自各地的科学工作者。

一辆小轿车在码头上停下，黄敬之穿着一件白色的短袖衫，满面春风地走下车，杨帆和徐振宇紧紧跟在后面。通过栈桥时，杨帆想去扶黄敬之，黄敬之却自己健步登上了"郑和号"。

在甲板上一见到任思宏，黄敬之便急着问："郭副教授上船来了没有？"

"他没有参加天苑四工程。"任思宏说，顺手接过黄敬之手上提的一个旅行箱。

"太遗憾了，太遗憾了。"黄敬之喃喃说道，"我还有个历史问题想向他请教呢！"

"您又在研究什么新课题？"

"暂时还要保密。"黄敬之压低了嗓门又说，"天苑四人坠海遇难之后，古人固然不可能去援救，但未必无人看到。我想，史料中可能有记载。几经查找，果然有了眉目。"

"我在为《中国考古史》搜集资料时，无意中也发现了一点这方面的线索。以后有空整理出来时，还要向您请教呢！"任思宏走进他的房间，把旅行箱放在地上。

杨帆十分敏捷地替黄敬之整理好床铺，收拾了房间。徐振宇陪杨帆去了她的房间。

房门上的名签上除了杨帆的名字外，还有岳静。杨帆问："她是不是发明了古磁全息检测仪的那一位？我记得你在西陵峡时，曾写信向我做过介绍。"

"正是她。我在名单上看到，她现在已经是工程师了。"徐振宇道，"航天专家梁维舟也被邀请来了，他和方雨田在一个房间。"

放下旅行箱后，徐振宇和杨帆到甲板上散步，正好看到梁维舟和岳静站在码头上。在他们后面，一位白发苍苍的广东老太太，抱着一个又白又胖的小男孩，大约有两周岁左右。

岳静笑着对孩子说："西陵，让妈妈亲亲！"

小西陵伸过像红苹果一样的小脸蛋。岳静亲热地亲着他。

"西陵，让爸爸亲亲！"岳静又说。

小西陵又把小脸蛋伸到梁维舟那边，梁维舟也亲了亲儿子。

"西陵，要听奶奶的话！"

"西陵听奶奶话。"小西陵嘟嘟囔囔地说。

"和爸爸妈妈再见！"奶奶贴着他的耳朵说。

小西陵伸出了胖胖的小手，向岳静和梁维舟使劲地摆着。他们和儿子招招手，关照奶奶保重身体，便登了船。

他俩在甲板上看到了徐振宇和任思宏。老朋友久别重逢，格外亲切。又是握手，又是问候，高兴极了。徐振宇还主动向他们介绍了杨帆。

"你们二位动作真迅速，办喜事怎么都不给我们捎个信？"任思宏笑道。

"我们的婚礼很简单，谁也没通知。"梁维舟歉意地一笑，还是那一口不大地道的普通话。

"岳静，七花凉茶这回该喝得惯了吧？"徐振宇打趣道。

"你别拿我开心好不好？"岳静不好意思地一笑。

"广州人结婚喜欢在门楣上贴上'天作之合'四个字，你们可是真正的天作之合了。"任思宏说。

"这话怎讲？"梁维舟问。

"你们是在研究'天'苑四人的工'作之'中结'合'的呀，这不是天作之合吗！"任思宏扶扶眼镜，慢条斯理地说。

大家都笑了。

杨帆要领岳静到房间里去，任思宏"啊"了一声，歉意地说："我不了解你们的情况，房间安排有些问题。等我找船上的事务长给你们调整一下再去。"

"你不用去找了，把我的床位腾出来让梁工住好了。"杨帆明白了任思宏的意思，热情地说。

"别麻烦了，我们是来工作的，又不是旅行结婚。"梁维舟不同意。

"那怎么行，就按杨帆讲的那么办。"

任思宏又对杨帆说："你先领他们去，我这就去给你安排住处。"

大家这么热心，弄得岳静怪不好意思的。但又不好再推让，就跟着走了过去。

杨帆帮他们安排停当之后，任思宏来了，要她和女服务员住一个房间。她拿着自己的东西，高兴地搬了过去。

在走廊上，她看到了张銮。他和他的助手住在梁维舟隔壁。

"你是早到的吧？"杨帆问。

"我和他们昨天就上船了。"张銮指着他后面几个房间说。他所说的"他们"，就是天苑四工程海洋探测组的其他几名组员。

自从国家技术科学委员会批准天苑四工程，并拨出一笔可观的经费之后，科学考察船"郑和号"就调给了该工程指挥部的海洋探测组。最初，上级打算委任黄敬之担任组长，老教授不肯，极力推荐徐振宇。后来，上级同意了他的推荐，正式委任徐振宇担任组长。在船上，徐振宇和担任指导员的任思宏又住到了一起。此刻，他俩正在房间里研究明天"郑和号"启航后的工作计划。

一阵敲门声之后，项绪堃出乎意料地进来了："把我找得好苦！"

徐振宇请他坐下，递给他一杯茶："有什么事吗？"

"让你马上出国！"项绪堃一边擦汗，一边说。

"出国？"徐振宇诧异了。

"国际地外文明研究会在日内瓦召开年会，邀请你去参加。"

"日内瓦是个好地方！你一次也没出过国，这倒是个好机会。"任思宏说。

"项副院长，你先打个电话来多好，何必专程跑一趟。"徐振宇没有直接说出自己的想法。

项绪堃心里想，要是打电话的话，只怕你不肯去。他说："我是来广州参加南方十省科研协作会议的。在会上接到省里转来的通知，我怕电话里说不清楚，时间又紧，下周就要从广州出发，所以特地来找你，你也好有个准备。"

徐振宇感到很为难。他把头发往后掠了掠，眼睛里有一种捉摸不定的神情。他犹豫了片刻，终于说道："我是通讯会员，倒是应该去的。不过眼前的工作实在丢不下来，您就替我请个假吧。"

项绪堃笑了起来，两颊上的胖肉起了堆："哪有不参加国际会议，光顾忙工作的道理！再说，你可以把工作交代一下吗。"

"工作上的事您倒不用操心。"任思宏说。

徐振宇并不是认为这次海洋探测没有他就不行。他只是预感到，他们正处在重大突破的前夕。此刻，作为一个地外文明研究者，哪能不亲自参加探测呢？他说："请您替我致函日内瓦，告诉他们，我们现在所从事的研究，正是对该会的最大支持。"

项绪堃摇摇头，看望黄教授去了。

晚饭后，黄敬之、徐振宇、任思宏送项绪堃下船。在码头上，方雨田提着一个旅行箱，汗涔涔地赶来了。他一见黄敬之就高兴地说："三年不见了，您还是这样硬朗！"

"精神已不如以前啦。"

"这回我们还在一个房间住吗？"

"不，我们是邻居。我领你去吧。"

徐振宇提起他的旅行箱，跟在他们后面，一直送到方雨田房间的门口。他打了个招呼，便和任思宏回房研究明天的工作。

方雨田看到门上名签有梁维舟的名字，问黄敬之："他还没上船吗？"

"上了。"黄敬之把原委说了一遍。

方雨田对这位航天工程师很感兴趣，一定要见见他。于是黄敬之陪着他到隔壁房间去。

杨帆也在这里，正绘声绘色地给岳静和梁维舟讲述铜球波视图像的内容，以及她的亲身感受。黄敬之为他们做了介绍之后，她又继续讲起来。方雨田听得出神，几乎忘了他来的目的。

故事刚一讲完，岳静笑得前仰后合，说："真没想到，这几个天苑四人的图像，竟把你们这些专家、教授折腾得坐立不安！"

"你先别卖乖，等你亲自看了，只怕还不如我们呢！"

思维敏捷的岳静马上想到了自己的责任。她收住笑，认真地说："等天苑四工程结束了，我一定去楚江亲自看看。我想弄清楚它的原理，然后再研制一种波视机。它的优越性是电视机所不能比拟的，不但临场感超过了百分之百，而且能为盲人复明提供一条新的途径。"

方雨田黑里透红的脸上有一种惋惜的神态："多么勇敢的宇航员，多么遥远的星际航线，偏偏在我们地球的大门口出了事，真令人痛心！他们为了寻找我们这个文明社会，付出了巨大的代价！"

"在改造自然的过程中，在向宇宙进军的道路上，肯定是要付出巨大的代价的。这种代价，当然也包括像流血牺牲这样的事情。不光天苑四人是这样，我们地球人也是这样。"平时比较沉默的梁维舟，也很感兴趣地谈论着。

方雨田正要刨根问底，不料船上的广播喇叭响起了李船长的声音："请全体船员和科学工作者注意！本轮将于明天上午九时启航，请做好一切准备工作。"

方雨田还想说些什么，而黄敬之不愿影响他们休息，站起身来告辞。方雨田也只好意犹未尽地与黄敬之一同离开了。

9　生物学家和航天工程师

"郑和号"起航后，沿着珠江向东南方顺流而下。两岸农田锦绣，庄稼和蔬菜绿茵茵的，土地十分富饶。在上甲板上，科学工作者三三两两地凭栏眺望，欣赏着祖国南方水乡泽国的美好景色。

江上的船只很多，来往十分频繁，就好像城市里繁华街道上的汽车一样。轮船驶过之后，在江面上拖起一条长长的浪花。和我国的长江、黄河、淮河相比，这条江的江水可以说是最清澈的了。难怪方雨田看着这一江清水，又在对站在他身旁的黄敬之大发感慨："真清哪，这大概要归功于珠江上游林木茂盛了。"

梁维舟和岳静这时也从房间里走到上甲板上。他俩对沿江景色早已习以为常，并不在意，他们感兴趣的是生物学家方雨田。梁维舟在上甲板上一见到方雨田，便兴冲冲地说："走，我们去你的房间聊聊！"

这个建议正中方雨田下怀。他一面说着"好、好"，一面把他俩让到自己的房间。岳静一进房门，便"啊"了一声，不由得向后退了一步。梁维舟不知发生了什么事，急忙跟进去一看，原来桌上放着一具头骨。方雨田闻声后，迅即进去把那具头骨收拾起来，同时歉意地说："对不起，让你们受惊了。快坐吧！"

其实岳静并不是害怕，只是刚才没有思想准备，吓了一跳。她随手把桌上放着的一块画板拿起，夹在画板上的纸上有一个没有画完的头像。他的前额陡直，嘴唇突出，让人看了很不舒服。她奇怪地问："你为什么画这么一个人像？"

"怎么，不顺眼吗？"方雨田并不在乎，用眼睛往那具收拾起来的头骨上一瞟，"谁让他的额结节长得这样明显，谁让他的上颌齿槽突和牙齿拼命往前伸？"

"哦，"梁维舟明白了，"你是在给这具头骨画复原像吧。"

"画它干什么？"岳静白净的圆脸上掠过一片迷惑不解的神情。

"先不告诉你。"方雨田微微一笑，"昨天梁工谈到我们地球人在向宇宙进军的过程中也付出了巨大的代价，可到底遇到了哪些问题，付出了什么代价，他还没有谈呢。你说，我和梁工是不是还按先后次序回答为好？"

"哎哟，你还卖起关子来了！"岳静笑道，"维舟，你就先谈吧，正好我也想听一听哩。"

"好，我先说。"梁维舟情不自禁地侃侃而谈，"我们地球人在宇宙航行的初期，也就是在20世纪60年代和70年代里，就出现过许多这样的例子。让我说几个给你们听听：

"1961年7月21日，做亚轨道飞行试验的'水星号'飞船，当它在海面上按预定计划溅落时，接应船只还没到达，这时由于舱门的爆炸螺栓突然失误爆炸，因而使座舱的舱门提前打开。海水一下就灌进了飞船，'水星号'上的宇航员慌忙游出座舱，漂泊在海上，而他们就这样眼睁睁看着飞船沉入海中。后来，在海上搜索的直升机发现了宇航员，这才把他们一一救起①。

"1965年3月19日，'上升2号'在即将返回地球时，飞船自动控制返回的机构忽然失灵，不能工作。在这种情况下准备改用手动操纵，可是由于错过了预定的降落位置，只好让飞船在轨道上再飞一圈。等到下一次到预定降落位置时，宇航员总算通过手动操纵把飞船降了下来。然而，手动终究不如自动，飞船降落在乌拉尔山西坡一片被大雪覆盖的森林里，离预定着陆点竟然相差了800多公里。在预定着陆点附近的回收部队，经过几小时的寻找，才发现了飞船的位置。由于这孤僻的森林交通十分不便，他们又花了一天时间，才用雪橇把宇航员接了出来。"

"人类进军宇宙的道路也真是不顺当。"岳静把脸转向方雨田，"这回该轮到你来介绍复原像的事了吧！"

"你别着急吗，到时候我自然要讲。现在梁工还没说完哩！"方雨田仍不罢休。

别看梁维舟平时不大爱说话，可今天这个话题很对他的胃口，所以他二话没说，又如数家珍似的谈论起来：

---

① 桦堡：《载人航天飞行的安全和救生技术》，见《航空知识》1977年第12期。

"1966年3月16日，正在轨道上运行的'双子星座8号'飞船，由于宇航员操作失误，开错了一台姿态控制发动机，飞船姿态顿时失去控制，在太空中翻滚不止。接着，又发生了两件倒霉的事：发电机电路短路，手动控制系统失灵。由于这些故障，这艘原来预定运行三天的飞船，只飞了十个半小时，就不得不提前返回地面。

"1971年8月7日，'阿波罗15号'在着陆前也遇到了麻烦。那时，它在排除失控发动机的剩余燃料时，把三具主伞中的一具烧毁了。幸好其余两具主伞还照常工作，才保证了安全着陆。"

方雨田一直很注意地听着，这会儿他像发表感想似的说："这些事例中的宇航员都得救了，他们比起天苑四人，算是十分幸运的了！"

外面，人们陆续离开房间去餐厅吃午饭。梁维舟起身说："他们哪里还用和远道而来的天苑四人比较，只要和地球上的另外一些航天事故中的宇航员比一比，也是十分幸运的人了！我还有几个这方面的例子，你要是感兴趣，我们下午再聊。"

岳静对着方雨田先是一笑，然后纠正道："他讲的那些，我可不管你感不感兴趣，反正我是来听你讲人像复原的。"

午饭后，方雨田又陪着黄敬之在甲板上散步。此时，"郑和号"已经驶过狮子洋，到了虎门一带，江面陡然开阔。驶出虎门以后，按水域来讲，已经是珠江口了。在这里，两岸之间约有二三十公里，站在船上看两岸景色，已经是朦朦胧胧的一片。在甲板上欣赏沿江景色的人们，陆续回舱休息。

在回船舱的路上，方雨田告诉黄敬之，梁维舟下午还要上他的房间，谈一些很有兴趣的问题，要黄教授也来听听。黄敬之欣然同意了。

14时许，从"郑和号"左舷向外，隐隐约约可以看到黄茅岛，这是万山群岛西北角上的一个小岛。

方雨田见梁维舟、岳静来了，便把住在隔壁的黄敬之也找了来。

梁维舟是实在人，一见人齐了，便要开门见山地往下讲。岳静示意梁维舟等一下，随即对方雨田说："这一回维舟讲完了，你可不能再推托了！"

"小岳，你放心吧，你的那一位一讲完我就讲。"方雨田保证着，"梁工，你再给我们谈谈吧。"

梁维舟看到方雨田和黄教授都这么感兴趣，谈兴立刻上来了。他说："好，我再谈几件曾付出牺牲代价的事例。1971年6月29日，号称三座的'联盟11号'，由于座舱容积狭小，安排了三名不穿宇航服的宇航员入舱驾驶。不幸得很，在他们开始返回前，当座舱和轨道舱分离时，发生了密封插头漏气的故障。结果飞船里的空气全部漏到太空里去了，三名宇航员因爆炸性的减压而丧生。从此以后，这三人座舱就改为二人座舱了，再也不敢不穿宇航服上天了。①"

说到这里，梁维舟流露出一种十分痛惜的神情。方雨田给他递过来一杯茶，他喝了一口，又谈起了另一件事："1967年1月27日，'阿波罗4号'安装在'土星'运载火箭顶端。有两名老宇航员和一名新宇航员正坐在里面进行模拟试验。突然，一星电火花把充满了纯氧的座舱弄得满舱大火。这时无论是从舱内，还是从舱外的发射架上，都无法迅速打开舱门，三名宇航员被这场意外的大火活活烧死。②"

房间里并没有人抽烟，可是不知为什么，黄敬之有一种沉闷感。他提

---

① 桦堡：《载人航天飞行的安全和救生技术》，见《航空知识》1977年第12期。

② 桦堡：《载人航天飞行的安全和救生技术》，见《航空知识》1977年第12期。

议到上甲板上去换换空气，他们便一同离开了房间。

船已驶过万山群岛，进入了美丽的南海。上甲板上的人渐渐又多了起来。要知道，这些参加天苑四工程的科学工作者，除了方雨田之外，都还是第一次在南海上航行呢。这一会儿，海上风平浪静，海水像一面镜子一样平整光滑。这是多风的秋季里少有的好天气。"郑和号"掀起的水波，恰似洁白的雪花，漂浮在湛蓝湛蓝的海洋上。向前望去，则是一望无际的汪洋大海。远处，水连着天，天连着水，水天一色，茫茫一片。看到这种蔚为壮观的景色，无人不称赞海的伟大。

岳静望着这无边无际的大海，想着刚才梁维舟讲的那些事件，感慨地说："在大海面前，在大自然面前，人显得多么渺小啊！"

黄敬之不同意她这种说法："人的身躯固然不能和大海相比，不能和大自然相比，但人用自己的智慧和劳动，正在改造着海洋，改造着自然，迈出了向宇宙进军的步伐。从这个角度看，人是最伟大的。"

"您简直像个哲学家！"岳静说罢，急忙用手捂住自己的嘴，生怕在黄敬之面前咯咯大笑起来。

黄敬之并不介意，平静地说："不懂哲学的人，是搞不了科学的。"

不多时，他们又回到房间里，听梁维舟继续谈论："1967年4月24日，'联盟1号'飞船由于降落伞伞绳缠绕，在预定着陆前打不开主伞，老资格的宇航员柯马洛夫当场摔死，飞船也坠毁了。[①]"

"这些宇航员死得真惨！"岳静的声音也有些凄凉。

"其实，这些还不算最惨的。"梁维舟的目光变得深沉起来，"1960

---

① 桦堡：《载人航天飞行的安全和救生技术》，见《航空知识》1977年第12期。

年10月，正当火星离地球最近的时期，也就是在所谓火星的'发射窗'打开的时刻，某国准备试发飞往火星的宇宙飞船。当发射命令下达后，按下发射按钮，点火装置却没有起动。按照安全条例，必须先把燃料取出才能进行检修，但这得花费很长时间，他们没有这样做。一声令下，各种工作台、梯子都移向火箭，几十名航天工程师和火箭专家打开了复杂的火箭系统各个部位。突然，点火装置又起动了，燃料疯狂地燃烧起来，火箭跳起来又倒下去，整个发射场一片火海，在场的百十名专家、技术人员和士兵都被烧死。[①]"

方雨田的宽脸庞上有一种若有所思的神情，语气沉凝地说："人类探索太空的道路也真够多灾多难的了。"

黄敬之微微眯着眼，似乎在思索着、总结着："在人类攀登科学高峰的道路上，有许许多多这样的事例。每当一项新的理论出现时，马上就有人去实践它。尽管开始时，技术并不成熟，还有这样那样的问题，甚至有一定的危险，但只要存在着成功的可能，就有许多勇敢的人不怕牺牲，大胆地去实验。过去，航海方面是这样，航空方面也是这样。现在，宇宙航行方面还是这样。"

方雨田凝视着舷窗，自言自语地说："这样看来，天苑四人在我们地球的大门口失事牺牲，也就不奇怪了。"

窗外，几只信天翁在高高的蓝天里自由飞翔，一群海鸥在低低的海面上疾掠而过。视线所及，完全是一片汪洋。自从进入南海之后，"郑和号"已经加快了航速。现在，正向着西沙群岛方向驶去。

---

① 艾科：《苏联太空灾难事故揭秘》，见《科学与未来》1981年第11期，地质出版社出版。

太阳渐渐下沉，西边的海水被染成了血红色。在太阳余晖之下，海面上波光粼粼，就像一幅熠熠闪光的锦缎。

"老方，你老往舷窗外面看呀，是不是想赖过去？"岳静一边说，一边不住地笑。

"赖什么？"方雨田愣了一下，马上明白过来，"现在我就来告诉你，我为什么要画复原人像。其实也没有什么，只是好久不画了，有点儿生疏啦，所以拿来一具头骨，练练手法。"

"这和我们这次天苑四工程有什么关系？"岳静问。

方雨田微微一笑，用一种坚信不疑的语气说："等以后找到天苑四人的遗骨时，我要给他们画复原像。"

"不是说他们的外貌在波视图像中都有了吗？"岳静又问。

"通过复原像，可以验证铜球波视图像，这不是也很好吗？"

"你想从飞船残骸里找到一具遗骨？"梁维舟深表怀疑。

"完整的遗骨我倒不敢奢望，"方雨田并不愿意去做那些没有可能的幻想，"你们如能把飞船残骸找到，捞上来，我就有希望找到部分遗骨。"

"时隔几千年，只怕是早已溶解在海水中，化为乌有了吧！"梁维舟不假思索地说。

"只要天苑四人所在的那间密封舱没被破坏，总是有希望保留下部分遗骨的。"方雨田仍然信心十足。

"有了几块骨头，你就能复原出天苑四人的形体来吗？"岳静嘴角上挂着一丝笑意。看她那神态，似乎还是不大相信。

"这不成问题。我们可以先从铜球波视图像上观察他们的形态，然后用得到的遗骨做基础，根据'器官相关定律'逐步推断出全身骨骼的形状、大小、位置。"

"那只是一幅骨架图。"梁维舟当即指出。

"你别着急嘛,"方雨田坦然地说,"人体的肌肉都是靠肌腱附着在骨骼表面的,而且每块肌肉都有各不相同的、特定的附着点,它的强弱大小又影响到骨骼外表的结构。所以,我们根据骨骼外表结构的特征,就可以反推出肌肉的大小强弱,以及附着点位置。有了肌肉的形状,体形也就不难描绘了。"

"为什么天苑四人和地球人的形态如此相似?"

听到岳静提出这个问题,方雨田笑了,这笑中含有一种迷惑不解的神态。因为他原先一直认为,其他天体上的高级智慧生物,由于所经历的进化道路各不相同,几乎不可能和我们地球人类雷同。昨天,杨帆却明白无误地告诉他,天苑四人和我们极其相似!但他是个生物学家,对于她的问题总得给出一个解释才行。他略加思索道:"这可能只是一个偶然的巧合,但深究下去,也并非毫无道理。我们人能劳动,首先得归功前肢和后肢的分工。没有这个分工,就不会有真正的劳动,就不会创造出人类的文明。天苑四人既然是另一个文明社会里的成员,那么他们必然也要有这个前肢和后肢的分工,正如铜球波视图像中所显示的那样。至于为什么都是两只眼睛、两个耳朵,这也并不奇怪。要想听到声音的方位,就得有两个以上的耳朵;要想看到物体的立体形象,就得有两个以上的眼睛。而大自然在创造生命直至人类的过程中,总是用最少的器官去获得最佳的效果。因此,进化的结果都成了两只眼睛、两个耳朵,还有两只手、两条腿。"

他们就这样热烈地谈论着,连吃晚饭的时间都错过了。

第二天拂晓,人们又来到甲板上。

东边的天际一线鱼白，几缕暗红色的云彩飘浮在上空。天色渐渐地亮了。从浩瀚的大海中，微微吐出一线红焰。不多时，这一细微的红焰变成半个火球，在海水中燃烧，海水似乎在沸腾。又过了好一会儿，这个火球才慢慢地从海水中挣脱。一轮上圆下扁的红日，从大海的尽头冉冉升起。

早餐时，李船长向大家宣布，上午9时许可望到达西沙。

9时一过，年轻的不用说，就连鬓发花白的黄教授也兴致勃勃地登上驾驶甲板，遥望着南方。

一阵北风刮来，海上掀起层层微浪。

还是徐振宇那双探索宇宙的眼睛来得敏锐。他首先看到在南方的大海上，有一条白色的带子。他兴奋地叫道："西沙，那就是西沙！"

大家向他指的方向看去，果然是涌浪击拍珊瑚岛形成的白色浪花。这说明，天苑四工程的基地——西沙的兴华岛已经不远了。

不多时，岛上的棕榈树和麻枫桐已隐约可见。

兴华岛终于到了，"郑和号"停泊在它的码头上。任思宏和徐振宇首先下船，他们将要和当地人民政府、驻岛部队和气象站商定建立基地的事。

10 南海寻古

"郑和号"在西沙群岛一带，苦苦搜寻几千年前沉没大海的飞船，已经有好几天了。

在"郑和号"的主甲板上，有一间宽阔的探测舱。各种海洋探测设备，诸如侧向扫描声呐、海底摄影机、磁探测器和氩离子激光水下电视系统，以及形形色色的荧光屏、示波器、电子仪表，都陈设在这间探测舱中。这些设备都是日夜自动控制、自动记录的，人们只需在白天对这些记录进行检查、分析和处理。

张銎和他的助手站在磁探测器的示波器旁，仔细地检查一盘盘记录磁带。他们异常认真地观察着示波器上那些绿莹莹的、变幻莫测的曲线，生怕漏掉了任何一个有用的信息。梁维舟、岳静一直在这里和他们一道工作，观测着水下电视系统。他们忙了大半天，仍然什么结果也没有。

"这种探测方法也太慢了！"岳静抱怨道。

"你还嫌慢？"张銎把目光从示波器上移过来，"这条船的设计探测能力是每24小时8平方公里，现在我们每天实际探测10平方公里，都超过了设计能力。"

"那怎么不慢呢，按照你这个指标干下去，这1000平方公里的海域就得用三个多月。"

"在这么大的海域里去找一艘沉没的飞船，就像在你们的越秀公园里找一根绣花针。"张銎长满络腮胡子的脸上微微一笑，"如果在三个月内真的找到了飞船，那也就算是快的了。"

一向爱说爱笑的岳静，轻轻地叹了一口气。

第二天，也就是10月18日的下午，海上又刮起了大风。尽管"郑和号"是一艘大型科学考察船，但还是被巨大的海浪捉弄着。海浪不时扑打在甲板上，船在摇摇晃晃地前进着。船上的科学工作者们在这种恶劣的自然条件下，仍然坚持着海洋探测工作。

岳静以前乘江船时并不晕船，她以为乘海船也不会出大问题。不料海上的风浪和江、湖里的情况完全两样，三晃两晃她已经受不了啦。她感到一阵恶心，实在控制不住自己，呕吐了出来。她看到自己在水下电视系统的主机前吐了一地，很不安，便挣扎着要去收拾。梁维舟赶忙放下手中的活儿，走过来让岳静坐下。他先取来一杯温水，让岳静漱漱口，之后才挂了一个电话，请杨帆来一趟。这时，张銮已经取来簸箕和笤帚，准备收拾。梁维舟急忙抢过来，收拾去了。

不一会儿，杨帆、徐振宇、任思宏都到探测舱里来了。杨帆问了岳静的情况，歉意地说："原不知道你也晕船，不然早些用药就好了。"说罢，照料岳静服了药，还取出几贴风湿止痛膏，关照岳静一会儿贴在肚脐上，准保好使。她要岳静回自己房间休息，说着便搀扶着岳静往外走。

徐振宇安慰了岳静几句，见梁维舟这会儿忙得团团转，额上都渗出了汗珠，便对他说："你也去照料照料她，这儿的工作由我来顶着。"

到了傍晚，风浪停了下来。岳静休息了一夜，症状消除了，第二天一早又到探测舱工作了。

时间一天天地过去了，"郑和号"在浩瀚的南海上航行着，探测着，搜索着，飞船残骸的踪影却一点也没有。时间一长，海上的生活就显得有些单调。岳静甚至觉得，要不是有这么一个宏伟的目标在支持着她，她都要坚持不住了。

一天上午，为了察看全船人员健康状况，杨帆从甲板路过。海面上忽然蹿出一大群飞鱼，它们展翅飞翔的样子真像一架架小飞机。有三条飞鱼不知怎么一下子飞落到甲板上，发出咚咚的响声。杨帆被吓了一跳，看它那样子，还以为是小炮弹呢。这飞鱼身子是圆形的，大约有一尺来长。她拾起这三条飞鱼，送到了厨房。

午饭时，厨师给他们加了一个菜——烤飞鱼，谁也没想到它的味道这样好。梁维舟连连称赞："这海味真鲜！"

事有凑巧，饭后梁维舟在后甲板上走过时，一只海鸥偶然撞到锚机上的一块篷布里。他三下两下就把它捉住了。他刚要往厨房里去，李船长从里面走出来，见他捉了一只海鸥，便问："你捉它干什么？"

"中午杨大夫请大家吃了烤飞鱼，晚上我要请大家尝尝红烧海鸥的滋味！"梁维舟高兴地说。

"海鸥性格很倔强，被人捉到后，不吃食也不喝水，一直到死。"李船长笑着摆摆手，停了片刻又说，"海鸟是我们海员的朋友，我们不主张吃。"

梁维舟笑了："既然是你的朋友，那我尊重它的自由。"

说罢，他把手一松，那只海鸥霍地飞了出去。它在"郑和号"上空盘旋片刻，似乎是向他们表示感谢，随即向蓝天飞去。

然而，飞鱼和海鸥毕竟不是船上的常客，这件事情一过，人们又重复着先前那种单调的生活。岳静看到，任思宏还是那样乐观，徐振宇还是那样坚定不移，黄敬之在这种动荡不定的环境中还照样钻研他的古籍，方雨田好像回到了自己的家……船上的人都在恪尽职守，顽强地工作着。她觉得，似乎只有她一个人开始感到有点受不了……

"嗨，总想这些干什么呢？他们能坚持，我也能坚持。为什么不能坚持呢？"岳静心里这样想。

一艘货轮从南边驶了过来，当它靠近"郑和号"的时候，鸣起了汽笛，向"郑和号"致敬。"郑和号"上也响起了低沉有力的汽笛声，向货轮答礼。在茫茫大海上看到了轮船，就好像渺无人烟的草原上来了客人，显得格外亲切。岳静、杨帆和许多人一道登上甲板，向北去的货轮挥手致意。

岳静看着货轮，看着北方，忽然想起小西陵来了。也不知道小西陵是不是听奶奶的话，饭吃得香不香，闹没闹病？想到这里，她从上衣口袋里取出一张照片，照片上面是又白又胖的小西陵。

"你想孩子啦？"杨帆低声问。

"嗯。"岳静并不掩饰，"杨姐，等你们结了婚，有了孩子，你也会想的。"

杨帆的脸唰地红了……

晚上，杨帆到徐振宇房间里来，把岳静在船上不大适应，以及思念小西陵的情况告诉了他。任思宏也在房间里，他对徐振宇说："我们应该和她聊一聊，给她鼓鼓劲。"

徐振宇说了一声"对"，就沉思起来。他想起了杨光耀，想起了自己当初在发掘铜球遭到失败而思想沉闷时，杨光耀亲自跑到三峡大坝上找他谈心，用自己在解放战争中的亲身经历鼓励他，用浅显明白的语言使他悟出了深刻的哲理，终于和大家一道找出了铜球。

徐振宇把自己的体会说了出来，任思宏若有所悟："明天我去和她聊一聊。"

翌日，任思宏早餐后在甲板上碰到了岳静："这两天还晕不晕船了？"

"最近老天爷照顾，风平浪静，让我安生了几天。"

"在海上生活，也是一个适应问题。只要坚持下来，就会习惯的。"

"我怕是适应不了啦。"

"我相信你会适应的。人的最大长处就是拥有适应自然、适应环境的能力。人类是在陆地上起源的，但并没有被陆地限制住。就拿眼前的这一片海域来说，我们祖先在汉代就已经到这里来进行过航海活动了，那时人们管南海叫涨海。后来，我们祖先又发现了西沙群岛和南沙群岛，他们管西沙群岛叫万里石塘。①"

"真没想到，早在2000年前的汉代，我们的祖先就在这一带航行了。"

"其实，这只是有史料可查的年代。实际上，我们祖先在南海进行航海活动的开始年代，可能远在汉代以前。根据现有的考古发掘和历史文献，我们祖先早在7000年前就有了木桨，随后有了独木舟和筏（古时叫桴），在三四千年前就出现了较为成熟的船舶了②。有人甚至考证，早在公元前一两千年前，我国东南沿海居民的船队就发现了南美洲和北美洲③。所以，我根据当时的造船能力和航海技术水平来推断，最晚在三四千年以前，我们祖先已在这一望无际的南海上航行了。他们不但适应了海上生活，而且从那个时代开始，就一代接一代地、辛勤地开发着这美丽富饶的南海。"

"看来，我们的天苑四工程也是我们世代开发南海的继续啰。"

"可以这么说。"任思宏赞同道，"我想，我们正处在这样的时刻，

---

① 林金枝：《西沙群岛和南沙群岛自吉以来就是中国的领土》，见《人民日报》1980年4月7日。

② 《航运史话》编写组：《航运史话》，上海科学技术出版社出版。

③ 石钟健：《古代中国船只到达美洲的文物证据》，见《思想战线》1983年第1期。

只要坚持下去，我们是一定能取得胜利的。"

正说着，甲板上的广播喇叭响起来："任思宏同志，请马上到探测舱来，有重要的事找你！"

任思宏先是一愣，马上猜到，一定是他们发现了什么，便三步并做两步跑到了探测舱。岳静也跟了过来。

在舱壁上，挂着一幅一米多宽的彩色平板电视，它是由氩离子激光水下电视系统控制的。由于氩离子激光器发射出的激光束在海水中具有很好的穿透性能，因此电视显像十分清晰、逼真。通过它，人们把海底世界看得一清二楚。

这会儿，在平板电视前已站满了人，大家热烈地议论着。从电视屏幕上可以看到，海底躺着一个似圆不圆的物体，在这物体上积满了松散的沉积物。

徐振宇对任思宏说："你来看一看，这像不像飞船残骸？"

"其他探测方法有什么结果吗？"

"有。"张銎把磁探测器测得的结果告诉他，"这件水下物体的主要成分是铁，深度为120米。"

"铁？"梁维舟感到很惊讶，"天苑四人不至于用铁来造飞船吧？"

方雨田到底有一次海洋考察的经验，他对张銎的一位助手说："快把海图找来！"

那位助手很快找出"郑和号"当前所在位置的那张海图。仔细一看，他们"发现"的这个物体在海图上早已标出，原来是早年沉没的一具锅炉……

10月26日，海上又刮起了大风，"郑和号"在巨大的海浪上颠簸着。

岳静现在有了经验，一见风浪起，便迅速回到自己的房间，服好晕船药，往肚脐上贴好风湿止痛膏，卧在床上休息。不料海风越刮越大，海浪越卷越高，"郑和号"摇晃、颠簸得更凶了。岳静哇地一下，把刚才吃的药全都吐了出来。起初，她吐的是黄水，到后来，黄水中夹带着血色。她的脸色变得很不好。

梁维舟回到房间见到这般情形十分心疼，立刻请来了杨大夫。不一会儿，徐振宇、任思宏先后都过来看她。任思宏见她形容憔悴，同情地对徐振宇说："把她先送到兴华岛去休息，等过了这个多风的季节再上船。"

岳静听到他们的谈话，有气无力地摇摇头，低声说："不要把我送走，我要坚持到底。"

到了第二天，也就是10月27日，他们遇上了一个风平浪静的好天气。

傍晚，岳静感觉好多了，由梁维舟陪着到后甲板上来散步。一位炊事员提着一桶鱼下水，倒在海里。一群大青鲨从远处嗅到了这股血腥味，很快就追了上来，尾随着"郑和号"。

岳静轻轻对梁维舟说："鲨鱼，你看这些鲨鱼！"

梁维舟大声招呼起来，他想让大家都来见一见。

任思宏、方雨田、徐振宇、杨帆先后走了出来，扶在后甲板栏杆上。乍一看去，鲨鱼的样子就像一枚鱼雷，长的有八九米，短的也有五六米，体重少说也有三五百公斤。这些鲨鱼张着嘴，露出了好几排大而尖利的牙齿，就像是谁把锋利的锯条装在了它的嘴中。

大青鲨在船后尾随一阵子，没再捞到什么油水，灰溜溜地游走了。

北边的天际上，出现了一团黑影，向"郑和号"移动着。这黑影渐渐变成了一片密密麻麻的灰点，当它临近的时候却是一片白色。岳静看出来了："海鸟，海鸟！"

方雨田告诉她："这是红脚鲣鸟，这里的渔民都管它叫导航鸟。"

"怎么，鸟还能导航？"

"能，怎么不能呢？它们白天成群飞到海上觅食，晚上又成群飞回海岛。当地渔民摸透了它的脾气，白天就跟着这些鸟扬帆下海，晚上又跟着它们驶回海岛。"

就在他们说话的当儿，成千上万的红脚鲣鸟已经飞抵"郑和号"的上空。它们在一望无际的海面上自由地飞翔，真是千姿百态，好看极了。不一会儿，这些美丽可爱的海鸟，又向西南面永乐群岛方向飞去。

梁维舟听了方雨田的这一番谈论，看着这黑压压一片导航鸟，眼睛倏地一亮。他心里想："这些海鸟都能给渔民导航，为什么不让卫星为我们导航呢？"

他和岳静说了一声，便到船舱里找张銮。他问张銮："为什么不让海洋资源卫星帮助我们找一找呢！"

"听说以前考虑过这个方案，目前卫星上的多光谱扫描仪只能看到几百米以内的海底，而这里有不少地方水深超过了这个限度，所以没有采用。"张銮说。

"我看还是值得试一试。如果卫星能在浅水区里测出最好，如果测不出，我们就可以把力量集中到深水区去。"

梁维舟和张銮一同去找徐振宇。他们商定后，立即给国家技术科学委员会发了一封电报，请求安排海洋资源卫星协助查找。

239

11　万绿丛中一点红

10月28日上午，杨帆拿着一封电报找到了徐振宇："报务员要我交给你。"

徐振宇接过电报一看，正是他盼望的回电：

"郑和号"科学考察船，

天苑四工程指挥部海洋探测组：

　　来电收悉，同意你组方案。现已指令我国海洋资源卫星遥测该海域，结果将由海南地面站转发给你们。

国家技术科学委员会

徐振宇很高兴，拿着电报找梁维舟和任思宏去了。

晚上，船上的卫星通信室给徐振宇送来四张假彩色遥感照片，他立刻把照片拿到探测舱里。科学工作者们闻讯也都赶来了。张銮如获至宝地端详着这些照片。要知道，它们可来之不易呀！

在今天白天的时候，国家海洋资源卫星飞越西沙群岛上空，在离地面910公里的卫星轨道上，用多光谱扫描仪（MSS），把这一带海域的详情给记录了下来。

设在海南的海洋资源卫星地面数据接收站，把卫星上发射来的电压数据，一丝不差地记录在视频磁带上。随即又把它转变成准确的图像，录制在四个波段的黑白透明片上。然后，再转印成一组假彩色遥感照片。

海南地面站又通过位于70°E赤道上空、离地35810公里的通信卫星，转发给"郑和号"。

张銎仔细地看着这些照片。它们都是经过精制处理的，每一张都能反映出一片3000平方公里的海域。他心里盘算着，需要搜索的只是北礁和赵述岛之间1000平方公里的海域，这在照片上只不过占三分之一而已。因此，他对资源卫星的探查能力十分赞叹。

张銎挑选了一张MSS7波段的假彩色照片，指着隐藏在一片深绿色之中的一个红点给大家看："这儿有一个相对高温点，喏，就在这个海域里。"

徐振宇问张銎："MSS7用什么波段工作？"

"近红外。"

"这个深色小点比周围海域高几度？"

"高0.2度。"

"地理坐标呢？"

岳静把照片拿过来，放进一台判读仪里。

"112°16′E，17°06′N。"岳静说。

"能不能看到海底的情形？"徐振宇又问。

张銎很惋惜地说："在蓝绿光波段MSS4上，可以看到几百米深。可惜这张照片上并没有什么飞船的迹象。"

梁维舟觉得这一海域出现的这个局部高温点很奇怪，虽然它只比周围海域高0.2度。他甚至怀疑，这是否意味着飞船残骸里的动力装置，至今还散发着热量？徐振宇同意他的看法，主张首先对高温点附近的海域进行调查，看看它和飞船残骸有没有联系。

"郑和号"依靠雷达测定方位继续前进，不多时就到了112°16′E、17°06′N。张銮的助手在探测舱里把声呐装置打开了。他要和梁维舟、徐振宇在这里轮流值班，随时监视、检查声呐装置的工作情况，看看方雨田提供的超声讯号是不是从这儿产生的。

这天晚上，他们发现声呐装置在船舷上的一个接收器被海浪打得松动了。徐振宇打开了舱部的探照灯，从舷梯上爬下去，紧固了那个接收器。当他上来的时候，梁维舟看到海水里有一个黑锅似的东西一闪。他招呼道："你看那是什么？"

徐振宇往下看去，水很清，在探照灯光下可以看到十来米深，但并没有什么东西。过了一会儿他才发现，是一只乌贼在灯光下窜来窜去。在稍远一些的地方还有两个大水母在水中跳舞，姿态十分优美。黄敬之、任思宏都没有看过乌贼和水母，闻讯也都过来观看。

一连几天都没有收到海下超声讯号，他们甚至怀疑方雨田那次是不是弄错了。

方雨田十分坦然地说："没错，肯定没错！"

11月1日夜里，徐振宇终于在声呐装置的记录纸上发现了那个超声讯号。他还测出，这个讯号源就在停船位置的南偏西方向。他取出当初那份传真电报核对，结果完全一样。方雨田也带来了记录纸原件，经过核对也是完全一致。这不但肯定了方雨田提供的情况是正确的，而且为海下有飞船的推测提供了新证据。

一个新的探测行动就要开始。"郑和号"在11月2日清晨返回兴华岛基地，事务长在岛上弄来几担新鲜蔬菜和几筐石斑鱼。大家也下了船，在岛上痛痛快快地休息了一天。

11月3日，"郑和号"又从水温较高的那个点向南来回巡航，同时用氩离子激光水下电视系统直接探测这一带的海底情况。

虽然舷窗外海浪起伏不止，海风呼啸不停，但在探测舱内，人们照常工作着。他们一连找了好几天，仍然没有测到讯号源的具体位置。

11月8日，船上的科学工作者又像往常那样，一早就聚集到探测舱来。他们专注地看着舱壁上的平板电视，电视里的海底是平静的，又是陌生的。

突然，一头大乌贼闯入了镜头。也许是激光电视摄像机把它吓了一跳，乌贼放出一股浓浓的墨汁，把海水染黑，电视屏幕上一片黑雾。过了好一会儿，海水才又清澈了。就在这时，大家几乎同时看到，有一个物体嵌在海底厚厚的沉积物里，露出的部分像个圆球。在它上面附着许多叫不上名字的贝类动物，顶上还有一层松软的沉积物。沉积物上，有许许多多小孔，好像是由一些小虫子钻成的。虽然半球体上也有不少敞露的地方，但仍难以分辨究竟是什么东西。

这时，张銮过来告诉徐振宇，磁探测器探明这个半球体是一个含磁性的金属物体。他还说，用水深测深仪测得的水深是912米。经查海图，在此位置上并无特殊记载。

徐振宇打了一个电话给李船长，李船长立即让船就地停泊。一艘工作艇从"郑和号"上吊放下去，载着几名海员和海洋探测组的几个组员向远处驶去，进行人工爆炸作业。过了一会儿，工作艇那边的海面上喷出一个巨大的水柱，随即传来了水下爆炸的巨响。张銮通过声呐系统，及时记录下从海底反射回来的人工爆炸声波。经过综合分析，得出初步结论是，沉没的物体是一个空心球形体，直径约有20米，表面有破损。它已经有一半被海底软绵绵的沉积物所掩埋。

李船长打来电话，告诉徐振宇："现在的坐标是112° 15′ E，17° 03′ N。"

徐振宇取来那张海图，在那个坐标上画了一个红圈。这个位置在海面高温点的南面，大约相隔3海里的样子。

岳静看了，觉得很奇怪："为什么和那个高温点不一致？"

"这儿有一股由南向北的海流。"方雨田道。

看来，这就是天苑四人飞船的残骸了！

船上的工作者和船员们异常兴奋，他们互相握手祝贺，热烈地谈论着。

12 远古轶事

天苑四人飞船残骸沉没地点被海洋探测组发现之后，"郑和号"奉命在兴华岛稍事休整。

岛上的主人热情地把他们安排在一家线条明快、热带风味颇浓的招待所里。这家招待所在兴华岛的西边，面临大海，背靠公路，被一片枝丫交错、茂密壮观的麻枫桐包围着。白天，这里可以看到栖息在树上的许多美丽奇异的海鸟；夜晚，这里可以听到海浪拍岸的歌声。这儿简直就是一座最美妙的自然公园。

一清早，年轻人就簇拥着方雨田到海边看渔民捞梅花参。杨帆本想利用这个时间，继续修改她的博士论文，但她看来看去总好像缺点什么材料，自己很不满意。她一时写不下去，也跟方雨田走了。黄敬之觉得岛上空气特别清新，精神大振，想在屋里读点书，就没有去。他在走廊上发现任思宏的房门虚掩着，便进去坐坐。

"你怎么不跟他们到海边去玩玩？"黄敬之看到任思宏埋在古书堆里，关心地问。

"难得有一段空闲的时间，我想把《中国考古史》尽快写出来。"任思宏把手上的一本线装书放到桌上。

黄敬之听到他提起《中国考古史》，立刻用深邃的目光注视着他道："对了，在通穗新港上船时，听你说过，关于古人是否看到过天苑四飞船的事，你已经发现了一点线索？"

"这是我在研究考古史时无意中发现的。"任思宏从抽屉里取出一本笔记本，递给黄敬之，"经过初步研究之后，我做了笔记。有一些脱节的地方，还做了些推测和补充。请您给提提意见。"

黄敬之接过笔记本，擦了擦眼镜片，津津有味地看起来。

这是发生在远古时代的一件事。

夏天的一个清晨，太阳刚刚升起。在我国南方沿海的黎族部落里，有一个腰上裹着兽皮、光着上身的壮年男子，从一间极为简陋的竹屋里走出来，伸了一个懒腰，大口吸着清晨的新鲜空气，抬头仰望着天空。

当这个壮年男子在东方的低空里，看到一轮弯眉似的新月的时候，他高兴地喃喃自语道："啊，新的月牙，又一个新的月牙出来了！"

他急忙走回竹屋，从里面拿出了一把精心凿成的、锋利的石斧，走到竹屋外面山墙旁。在那儿，立着四根齐肩高的木桩。前三根木桩，每根上都有十二道深深的刻痕，最后一根木桩上，只有七道刻痕。那个壮年男子用左手扶住第四根木桩，用右手拿着石斧，在原有的刻痕下面又深深地砍出一道新痕。他数了一下刻痕，连这一道在内，已经有八道了。

这时，又有几个青年人走过来。他对他们说："从冬天天最短的那个月算起，现在已经是第八个月牙了！啊，咱们得告诉大家准备收获庄稼呀。"

一个青年人说道："是啊，历伯说得对，这已经是第四根木桩上的月份了。我们在这里住了三年多，哪一年的庄稼长得也没有今年的好啊，可得好好收获。"

原来，这位壮年男子是这个部落的酋长。按照惯例，他的任务是掌管年份、时节，以及记录部落的大事。正因如此，人们称他为"历伯"。这个部落当时还没有自己的文字，一切需要记录的事情，都是靠历伯的木刻和结绳完成的。木刻、结绳记事的方法，要比单靠口耳相传好得多。

当历伯刻完木桩后，又像往常那样，抬头看向那刚升起的新月。这时他惊异地发现，在东北方向，有颗十分明亮的星星挂在半空。它显然不是那颗橙黄色的启明晨星，因为启明晨星没有它这么亮，也没有这么白。像历伯这样眼力好的人，甚至看到这颗亮星竟然像月亮那样有明显的缺！并且向西南方走得还很快！

历伯当酋长以来，还不曾见过天空中出现这么明亮的星星呢，甚至从老人那里，也没有听说过这类事情。他迅速回到住处，拿出一根绳子，在上面打了一个结，挂了起来。从此以后，他每天观察天象时，都要看看这颗最亮的星星有没有出来。

时间飞逝着。历伯竹屋山墙旁的木桩已经不是四根，而是十六根了！在这一年的秋天，庄稼长得特别好。历伯感到自己年迈体衰，坚决要让位。部落里的人再三劝阻不成，已商定在今晚推举新酋长。傍晚，人们聚集在部落边的一个小山岗上，围坐在一堆篝火旁。老酋长坐在当中，身前放着一块木板，木板上画着一只猛兽。这猛兽头上生着两只角，耳上长着硬如剑戟的硬毛，凶猛得很。这就是象征他们部族的"图腾"。

天色渐渐暗了下来。一颗十分明亮的星带着耀眼的青白色从东北方缓缓升起，慢慢穿过长空，向南方的大海里落了下去。

历伯摆摆手，示意大家静下来。人群安静了，他恳切而又真诚地向大家说："我钉了一个又一个木桩，自己的年龄长了一岁又一岁。我年迈啦，身体也不行啦，还是另外推选一位新酋长吧。前些时候和大家说，今天晚上让大家聚到这里来，就是要推举一位比我年轻的、有能力的新酋长。"

山岗上鸦雀无声。这位老酋长看了看坐在斜对面的一个壮年，接着讲道："我要向你们推荐一位新的酋长，这就是我们的农叔。他精力充沛，身强力壮。他能说、会刻、识数，是我们部落里最有学问的人。他是一个种庄稼的好手，又懂节令，还善于打猎。我看他当酋长是很合适的。不知各位有什么意见，请提出来。"

在场的人，七嘴八舌议论着，男女老少都表示赞成老酋长历伯的意见。

历伯说完，大家就站起来欢呼着，把农叔簇拥到老酋长附近。老酋长拿起那块画着猛兽就图腾的木板，迈着蹒跚的步子，把它郑重其事地交给了农叔。农叔接下了这块木板，向老酋长和周围的人们作揖行礼。

老酋长对新酋长语重心长地说："今后，历法就交给你管了！"

新酋长推举出来了，人们欢乐地跳起了庆贺的舞蹈。

那颗走得很快的亮星又出现了。

不一会儿，人们发现，那颗星越来越大，越来越耀眼，瞬即像一团火球，把夜空照得通明。它划破长空，向西边大海冲了下去。

部落里的人惊慌了，向四面散去。

为了永远记住这件事，农叔找出那根记录十二年前亮星出现的绳子。现在，那根绳子上除了有一个表示亮星出现的大结外，还有历伯逐年加上去的十二个小结。这每一个小结代表一年，也就是说亮星出现了十二年。这会儿，农叔又在那根绳上依次打了两个大结，头一个结表示那颗亮星的陨落；后一个结表示他在这一天被推选为新酋长。

几个月之后，有本族外部落入到农叔部落里来，顺便谈起在几个月以前，他们部落里有人在南方大海里的一个小岛上，看到有一颗亮星落入西边海中，在西海上像一条船一样漂浮着。他们甚至看到了有几个神仙从里面出来！傍晚，在海岸上，还能看得到从那条船上射出的耀眼的光芒，最亮的时候，连日月之光都显得暗淡了。

农叔听到这个消息，马上把那根已经打了三个大结、十二个小结的绳子拿出来，在下面又打了一个新的大结。

又过了几个月，农叔部落的五个姑娘要嫁到北边黎族的另一个部落里去。临行前，农叔拿出一根绳子，照着那根旧绳子的样子，打了一个大结、十二个小结，接着又打了三个大结。他把这条打了结的新绳子交给了要出嫁的姑娘们，并对她们说："你们要牢牢记住这件事，把这个消息带到你们丈夫的部落里。"

姑娘们告别了自己的酋长，踏上了去北方的艰辛路程，把消息带到了她们丈夫部落里。后来，这消息又传到更北面的部落里，亮星落海的事就这样一步一步、一年一年地在黎族人的各个部落之间传播开来。后来，甚至远在长江流域的黎族部落也都知道了这件事。

十几年之后，长江洪水暴涨，淹没了许多黎族人的村落。有一位黎族老人被洪水冲走了。只是因为他抓住了一棵树桩，才幸免于死。他被冲到很远很远的地方。有一位好心的炎黄族壮年酋长，把他搭救起来，收留了他。

在一间简陋的茅屋外面，这位壮年酋长穿着粗布衣裳，正在和这位黎族老人谈心。黎族老人很感激他，从自己身上掏出一根有四个大结、十二个小结的绳子："这是十七年前的事了……"

这位壮年酋长掐指算了一下，自言自语道："十七年前正好是帝尧登位三十年啊。"

那黎族老人接着把这个故事从头至尾说了一遍："农叔就任酋长的那一年，有一条巨船从天上落到西海，在海上漂浮着。晚上，船上灯火齐明，忽明忽暗。亮的时候，连日月也变得暗淡无光了。这条巨船在天上已经绕行了十二年，落水之后还有人看到仙人从里面出来呢。"

酋长听了很感兴趣，摆摆手关照手下的人道："带他去吃饭吧！"

黎族老人走后，酋长把管史料的老头找来，要他把这件事记载下来。当时，居住在中原的炎黄族文化比较发达，已经有了自己的陶器文字，它是一种比甲骨文还要早得多的原始文字。因此，在他们的部落里，已经有专人做文字记载工作。

不一会儿，那个管史料的老头找来一只大陶罐的陶坯，用石刀在上面熟练地刻写着，把刚刚听到的飞船落海的故事记载在陶坯上。接着，这个陶坯被送到窑上干燥、烧制。

公元281年，也就是西晋武帝年间，汲郡有一个叫不准的人，在盗挖战国魏襄王墓时，得到好几十车竹书，合计有十几万支竹简。这批竹简，全是用漆写的古体蝌蚪文，当时的人已很少有认识这些字的。这件事很快报告到晋武帝那里。

晋武帝急于要知道，这批用古体文字写的竹简，上面到底记载了什么？于是，他召见了著名的学者卫恒，命令他整理竹书，翻译古蝌蚪文，改写成当时通行的楷书。

由于这些竹简早已散乱，加上字意难辨，所以整理、翻译工作进行得很慢。直到卫恒死时仍未完成。后米，经荀勖、束皙、和峤等人继续进行，才得以完成①。

在整理翻译工作快要结束的时候，发生了一件事：那天，荀勖的助手对这批已经整理出来的竹简，进行最后的校对。在搬竹简的时候，发现竹简架最下一层的角落里，还有十几支竹简。取出一看，竟然是遗漏下来未经整理的。几天之后，荀勖的助手整理出它们的次序，译出原文，便拿着这些竹简去找荀勖。

---

① 范文澜：《中国通史简编》（修订本），第二编294页，人民出版社出版。

荀勖接过竹简，只见上面写着：

> 周穆王游行四海。一日，行至大江中游某地，有一学者前来献古陶罐，罐上尽刻远古文字不可辨。学者自称认识古文，周穆王令其译之，学者当即照读如流。古文曰：尧登位三十年，有巨槎从天而落，浮于西海，有仙人出没。夜里灯火通明，亮光忽大忽小，大时日月之光如暝。落海前，已在天上周游十二年矣！

荀勖拍案叫奇，连连赞叹。助手征求他的意见："你看这一部分还编不编进去？"

"这么精彩的记载，怎么能不编进去呢？"荀勖兴致勃勃地说。

"要编的话，应该编进《穆天子传》才好。不过，它已经编完了，再往里穿插会很困难。"

"那不要紧，以前我们还有几个遗漏的段落，正可以和它编到一起，另列一个《穆天子传补遗》，不是也很好吗？"

"高见，高见！就这么办吧。"

又过了许久，这十几万支出土竹简全部整理、翻译完毕，他们把《穆天子传补遗》和《竹书纪年》《易经》《国语》《穆天子传》等十六部书，用好几十辆车运到了朝廷图书馆保存。

八九十年以后，有一个叫张颉的晋朝人，是当朝史官的助手。有一天，他在朝廷的图书馆里看到了晋武帝时荀勖等人整理、翻译出来的战国竹书抄本。他对竹书《穆天子传补遗》中关于天上巨槎落海的事特别感兴趣，便把有关段落抄录下来，带回家去。后来，他的一些朋友都看过他所抄录的笔记。

　　"这就对了！"黄敬之惊喜地说，"我从晋朝人王嘉著的《拾遗记》中找到一篇记载，讲的正是尧三十年时有一艘飞船溅落大海的事。但只知道作者王嘉和一个叫张颉的人关系密切，并不知道它的由来，所以我一直不曾公开宣布过。"

　　任思宏得知他找到的线索和黄教授的发现衔接上了，非常高兴。他说："这太好了，王嘉著的《拾遗记》您带来了吗？我想看看。"

　　"昨天晚上老方借去看了。"

　　午饭后，任思宏和方雨田说要看一下《拾遗记》，方雨田便回房间去取。过了好半天，方雨田满头大汗地来了："我在房间里都找遍了，也没找到。不知被我放到哪儿去了。"

　　"你别着急，一会儿定下心来再说吧。"任思宏安慰着他，心里不知怎么忽然想起方雨田那次看错船票日期、误了报到日期的事，不由得暗暗地笑了。

13　"大力士号"

　　11月16日上午10时许，"郑和号"上的科学工作者盼望已久的打捞船"大力士号"和拖轮"泰山号"终于在北方的海面上出现了！

"郑和号"立即从兴华岛起航，迎了上去。当三船相遇时，汽笛齐鸣，相互致敬。

"大力士号"是南海舰队派来支援天苑四工程的。它是一艘长140米、宽32米、排水量15000吨的深海潜艇打捞工作母船。这次为了打捞天苑四人的飞船，临时突击改装了它的巨型机械手——"巨手"，使它那只专门抓梭形潜艇的大钢爪，在抓球形飞船的时候，不至于使飞船从大钢爪的两头滑脱。在这条工作母船的后面，还拖着一条潜水式驳船，"巨手"就放在这条驳船上。和"郑和号"相比，"大力士号"俨然是一个老大哥了。

在离"郑和号"北面200米的水面上，"大力士号"和"泰山号"相互间保持着一定距离，缓缓地停下来。这个位置，恰好在飞船残骸上方附近。

一条工作艇从"大力士号"吊放到海面上。艇上有四个人，其中两人穿着海军服。他们驾着小艇到"泰山号"接了一个人，然后又向"郑和号"驶来。

驶至近处，徐振宇一看，欣喜地说："柯局长来了！"

柯化热情地向大家摆摆手。当小艇停靠之后，柯化和穿着海军军官服的"大力士号"的舰长、打捞工程师，以及"泰山号"的陈船长从舷梯登上了"郑和号"。

作为天苑四工程总指挥的柯化，正在主持一个会议。在这个会上，他们已经为即将开始的打捞工作制定了一个详细的方案，反复推敲了每一个细节，充分估计了可能出现的种种意外，以及应该采取的应急措施。与会者已从不同的角度毫无保留地发表了自己的见解。看来，会议已接近尾声了。

会议室里有点闷热，柯化脱去了制服，把白衬衫的袖子挽了一节。他的目光沉毅，语音浑厚有力："从现有的考察资料来看，在我们脚下躺着的球状金属物体，极有可能就是我们千方百计要寻找的宇宙飞船。而这艘飞船对我们人类的科学发展来说，是极为重要的。因此，这就给我们这次打捞工作提出了非常严格的要求。它要求我们在整个打捞过程中保持天苑四人飞船的原样，绝不允许扩大它已有的损伤。这样一来，对于'大力士号'来说，最重要的问题，就是要保持自身的稳定。请同志们按照今天会上商定的方案，互相配合，协同动作。我们一定要出色地完成这项任务！"

徐振宇、梁维舟和那位打捞工程师又补充了一些意见。

散会后，"大力士号"舰长、打捞工程师和"泰山号"陈船长迅速走出船舱。甲板上也很闷热，天上布满了乌云。他们迅速地上了小艇，赶回自己的船去分头准备。在"郑和号"的驾驶舱里，柯化、徐振宇、任思宏在李船长的陪同下，正在观察"大力士号"的定位作业。根据天苑四工程指挥部的要求，它必须准确地停泊在飞船沉没点的正上方。无论是海浪海流的影响，或是狂风暴雨的威胁，它的移动量都不允许超过十米。

"大力士号"依靠导航卫星定位，缓缓驶到预定的位置上。"郑和号"上的水下电视系统也已投入工作，张銮在"郑和号"上测定了它的方位，确认它现在就在飞船沉没点的正前方。他在探测舱里打电话，报告了柯化。柯化立即用高频电话通知了"大力士号"。

"大力士号"自己的测定结果，也证实了这一点，舰长立即命令把船上的动力定位装置打开，使它始终保持在飞船正上方。

潜水式驳船的储水箱阀门自动打开了，海水从四面八方涌了进去。两小时后，它像一艘潜艇那样，完全没入海水之中。"大力士号"卷收拖缆，把驳船拽到了它的船底下面。

杨继先领着三名潜水员，穿着轻潜装具，从"泰山号"上乘小艇驶到"大力士号"旁，下了水，潜到驳船上。这时从船底放下了高强钢索。他们把钢索和放在驳船上的巨手牢牢地连接在一起。

当潜水员完成任务浮出水面后，驳船也从"大力士号"船底下移到了船外。

一场热带海洋常见的暴风雨来临了。"泰山号"和"郑和号"在暴风雨中漂泊不定，而"大力士号"却像一座海上钻井平台那样岿然不动。

徐振宇站在驾驶舱的瞭望窗前，双手紧紧抓住一处扶手，苦笑着说："我们这条船如果也像'大力士号'那样稳定就好了。"柯化也是好不容易才站稳，说："舰长向我介绍过，他那艘船有台电子计算机，可以根据船体的移动速度、距离、方位，随时控制四周的喷水反推装置和船下的小螺旋桨，保证船体迅速回到原有位置。"

暴风雨过后，舰长从"大力士号"上打来电话，请求放下巨手进行海底探测作业。柯化看了一下表，说："让大家休息吧，明天再继续进行。"

第二天，早上天气十分晴朗，"大力士号"上的人们又忙碌起来了。这天除了张銮留在"郑和号"上值班外，其他科学工作者都来到了"大力士号"的驾驶舱里。

"大力士号"安装了四台柴油机、六台喷水反推装置和一套专门用于打捞的液压提升系统。在舯部有三部巨大的塔式起重机，起重机上的钢索穿过船底，连接在巨手上，可以在深海里起吊6000吨的重物。远远望去，这些钢铁桁架好像是钻井平台上的井架。这些设备都可以在驾驶舱里操作。

舰长姓吴，是一个体格健壮的人，虽已年近花甲，却还没有一丝白发。海上强烈的日光，把他的皮肤晒成了古铜色。他说起话来声若洪钟。吴舰长征得柯化同意后，亲自按动一个按钮，三部塔式起重机同时开动，一组高强钢索吊着巨手以每秒0.1米的速度缓缓下降。

两个半小时之后，巨手降到飞船残骸上方5米处，起重机自动停止了。

安装在巨手横梁上的探照灯打开了，驾驶舱里的人们在一个大荧光屏上突然看到了一个光明的海底世界。天苑四人的飞船残骸静静地沉睡在那儿，只露出了半个模糊不清的身子。

从巨手横梁上垂下来四根高压水炮，四股力量巨大的高压水流一齐射向飞船。千百年来沉积在飞船上的泥沙微尘顿时四处飞扬，海水被搅得像污泥塘一样浑浊，荧光屏上黑乎乎的一片，什么也看不到了。

不知道是因为高压水流冲力特别大，还是这些千古沉积物特别松软轻微，悬浮在海水里的无数微粒久久不肯散去。

到了下午3点多钟，海底才渐渐恢复了清澈。电视荧光屏上显示的确确实实是一艘宇宙飞船，这一点现在谁也不会再怀疑了。几千年来沉积在它上面的泥沙杂物被高压水流冲得无影无踪，飞船敞露在海底，闪耀着铜球一样的金属光泽。当然，也有一些海洋生物的残骸牢牢地粘在飞船外壳上，不肯离开。飞船上有一处地方明显地凹陷了，里面有一个大黑洞。在飞船的上半部，还有一圈圆形的舷窗。

梁维舟在荧光屏前看得很认真。他拿出一个电子计算器敏捷地按了一阵之后说：“飞船的重量估计在500吨到1000吨之间。”

“你怎么知道的？”方雨田问，他似乎有点不大相信。

“我曾对铜球和信息火箭的比重进行过测算，现在根据飞船的直径和可能的结构，就可以估算重量，”梁维舟两只眼睛忽然闪了一下，“就像你根据几根骨头就可以推测出他的全身结构一样。”

方雨田坦然地笑了：“这你算说对了。我真没想到飞船还如此完整，看来里面肯定有几个密封舱没进水，说不定我还能发现一两具完整的遗骨呢！”

梁维舟比方雨田更高兴，得意地说：“里面有没有完整的遗骨我不知道，反正研究天苑四人的飞船是不成问题了！说实在的，我也没想到飞船残骸还能这样完整。”

打捞工程师姓曲，是一个精明强干的中年人。他从电视上看到，飞船并没卡在海底岩石里，周围只有些泥沙。曲工程师请梁维舟把重量估算写一份给他，然后对柯化说：“我看可以试捞了，如果天气好的话。”

14　深海里的战斗

北方大陆袭来的冷空气团控制了南海海域。在广东沿海多雾的时节，西沙却格外晴朗，这就是当地渔民所说的“雾不到西沙”。西沙气象站参考了卫星云图，在12月4日向天苑四工程指挥部发布天气预报说，在未来的

72小时之内，西沙一带将是连续晴朗无风的好天气。

天苑四工程的参加者顿时忙碌起来。柯化在"大力士号"驾驶舱里亲自指挥打捞行动。科学工作者们坐在大荧光屏前，激动地等待着即将到来的时刻。

"大力士号"用动力定位装置重新校正了自己的位置，水下电视系统开始工作，大荧光屏上又出现了飞船的金色球形外壳，一群大嘴巴的深海鱼在飞船旁边悠然游过。

高强钢索下的巨手缓缓下降，它那硕大的钢爪不偏不斜地正好罩在飞船上。吴舰长扳动一个红色操纵杆，巨手上的两组钢爪渐渐合拢。那些大嘴巴鱼一溜烟地跑了。

突然，装在巨手横梁上的六盏探照灯同时熄灭，大荧光屏上一片漆黑。

吴舰长立即检查电源控制盘，按了几个按钮，大荧光屏上仍然漆黑一片，偶然有几条会发光的鱼带着淡红色的光柱在屏幕上像幻影似的掠过。

曲工程师走到操纵台前，用仪器检查了一遍，然后忧郁地说："探照灯的电缆断线了。"

"在哪儿断的？"吴舰长问。

"离水面210米左右。"

柯化征求大家意见。

"既然巨手已经抓住了飞船，那就慢慢往上吊吧。"岳静粲然一笑，若无其事地说。

"这不行！"打捞工程师老曲严肃地说，"我们原先说飞船没有和海底粘连，那只是一种估计。实际起吊过程中，可能出现许多预想不到的情况。如果现在盲目起吊，很可能会进一步损坏飞船。"

一听说有可能进一步损坏飞船，徐振宇和梁维舟也都坚决反对。

方雨田又出了一个主意："既然不能打捞飞船，那就把巨手放开，然后开空车把钢索收上来检修好了再打捞。"

梁维舟十分警惕地听着，生怕别人又出什么有损于飞船一根毫毛的主意。方雨田话音还没落地，梁维舟就站起来反对道："你想想，这钢索有九百多米长，只要上面摇晃一米，下面的巨手一悠荡就能把飞船砸扁。尽管这艘船能自动定位，那也只是保证移动量不超出十米！"

"舰上有没有备用的探照灯？"任思宏问。

"探照灯倒有，但除了把钢索收上来之外，我们没有办法把这些探照灯吊到海底去。"吴舰长说。

张銮受到启发，长着络腮胡子的脸上显得很乐观。他说："我可以把'郑和号'上的激光水下电视设备卸下来，在这儿重新装上。它在水面上就能把海底照得一清二楚。"

"你需要多长时间？"曲工程师问。

"有两天时间就足够了。"

"两天？我们现在这种上不上、下不下的状态，必须在涨潮以前解决。否则海潮一到，船的移动量就可能达到十米，那时钢索会把飞船拽坏的！"曲工程师有些神色不安。

"今天什么时候涨潮？"柯化关切地问。

吴舰长打开航海日志道："昨天涨潮时间是15时。今天涨潮时间应推迟48分钟，就是15时48分。"

柯化看了一下表，现在已经是10时20分了！

"如果没有更好的办法，那只有乘深潜器下海处理了。"吴舰长说。

柯化同意这个办法，要他立即做好准备，特别是安全救护方面的准备。

许多人都要参加深潜，最后确定由曲工程师、徐振宇和杨继先乘深潜器下海。

"郑和号"的随船医生杨帆被小艇接来，由她协助"大力士号"上的潜水医生做一些准备工作。那位潜水医生告诉她，如果潜水员不到深潜器外面作业，那么深潜器里始终保持正常气压，他们上岸后就不用做任何处置。如果潜水员在水下必须离开深潜器，当潜水员作业完毕时，就需将深潜器里的气压增加到和海水压力相同，以便让他回到深潜器中。返回水面时，由于他们都吸过高压空气，体内溶解了大量氮气，必须送进减压舱逐渐减压，让体内氮气逐渐放出来。弄不好会得减压病，还有一定的危险。

听了潜水医生谈的话，杨帆的神情显得不大自然。忙了一阵之后，她到后甲板上去找振宇和弟弟。

球形深潜器停放在支架上，它上面的篷布已经揭去，几个船员正在进行最后的检查。

杨帆在深潜器旁见到徐振宇，关心地说："听说深潜还有一定的危险，你们下去后一定要注意安全。特别是你，从来没深潜过，更要小心些，别让我担心。"

"我多加小心就是了。"徐振宇看着她，那眼神似乎在说，"你尽管放心吧。"

正说着，杨继先来了。杨帆把他叫过来，关照道："你别觉得自己是潜水员，工作年头不少，技术又不错，下去就大大咧咧地，满不在乎。你们两人都得谨慎点儿！"

"这算得了什么，不会出危险的。"杨继先无所谓地笑了，"姐姐，你就放心吧！"

　　深潜器检查好了。曲工程师、徐振宇和杨继先走到支架下，从深潜器下面的一个圆形入口钻了进去。杨继先进去后，把入口处的密封盖关好，然后通过一个一人多高的狭长的甬道爬进了驾驶舱。

　　杨帆在深潜器外面，从观察窗里看到徐振宇和杨继先高高兴兴地坐在那里。她神色不安地向他们招招手。岳静在旁边看到她的脸色不太好，关心地问："杨姐，你怎么啦，身体不舒服吗？"

　　"没有啊。"她不自然地笑了。

　　柯化、吴舰长和黄敬之等人也向他们招招手。深潜器被吊到水中，一转眼就看不到了。

　　曲工程师操纵着深潜器缓缓地下降。从观察窗向外望去，下面的海水是湛蓝色，上面的海水是淡绿色，在淡绿之中还闪耀着一片白光。一群飞鱼被吓得往上直冲，瞬即消失在水面之外。

　　海水里的光线渐渐暗淡下来。有一群海豚跳跃着从他们面前游过。

　　曲工程师看了一下深度计，现在已经下潜了20米。他打开了前灯，两束白光从深潜器顶上向前射去，20米之内的视线范围被照得清清楚楚。几只大鲨鱼看到这突如其来的灯光，那发达的尾鳍用力一扫，顿时消失得无影无踪。

　　吊在"大力士号"上的一组高强钢索就在前面，从观察窗里可以清楚地看到附在上面的几根电缆。深潜器始终和它保持着一定的距离。一群金枪鱼从它下面急游而过。

　　海水变成了墨绿色，没有灯光的地方已经看不到什么了。这时深度计上显示50米。一只大水母像一朵倒置的牡丹花，呼扇着浮了上去。徐振宇顾不得去欣赏，专注地看着那条探照灯电缆。

深潜器继续下降着，曲工程师通过超声波电话和船上保持着联系。

海里的生物渐渐少了，下潜到100米的时候，杨继先看到远处有一只章鱼怪模怪样地一闪而过。徐振宇仍然没有看到电缆有何异状。

深度计显示着150米的时候，柯化在超声电话中问："小徐，你们感觉好吗？"

"自我感觉良好。"徐振宇说。

"柯局长，我看到了一条红石斑鱼！"杨继先抢过超声电话，高兴地说。

"快到210米了，要注意观察。"电话中传来了柯化浑厚有力的声音。

"是。"徐振宇应道。

除了光柱之外，海里一片漆黑。在海水的强大压力下，深潜器发出微微的响声。

"你看！"徐振宇终于发现了电缆断头，指着告诉了曲工程师。

曲工程师停下深潜器，让它靠近一些。他看了一下深度计，向上面报告说："在水深205米处发现电缆断头，准备用机械手试接。"

一只机械手缓缓伸过去，紧紧抓住一个电缆头。曲工程师仔细一看，似乎是被什么东西硬拽开的。他让另一只机械手取了一把刀，去削那个电缆断头的胶皮。这种机械手是专为打捞沉船用的，干起这活来，显得有些笨拙。由于曲工程师的"熟练"操作，总算把这个断头的芯线连接好了。可是，当他想要用水下胶布给接头包扎时，机械手费了九牛二虎之力也没有包好。

杨继先看了很着急，便要求道："曲工，让我潜到外面去包扎吧！"

曲工程师还在做最后的努力，盼着机械手最终能完成任务。

"再不出去处理，一会儿潮水上来就更困难啦！"杨继先催促着。

这一句话提醒了曲工程师，他不再犹豫了，同意杨继先到外面作业。

杨继先熟练地穿上了轻潜服，背上气瓶，戴上呼吸器和防护镜，蹬着脚蹼，套上压铅，佩上激光枪，拿了水下胶布和他父亲送给他的潜水摄影机，在甬道里经过加压，钻到外面去了。

他游到电缆断头前，取出潜水摄影机拍了照，然后戴着手套用水下胶布包扎着电缆。强大的水压使他很快疲乏，手也感觉迟钝了，包扎进行得十分困难。他一着急，干脆脱掉手套，继续包起来。

深潜器上的探照灯闪了一下，这是曲工程师在催促他赶快回去。他坚持把最后一点活干完。这时，他感到浑身发痒，关节疼痛。他马上意识到，减压病已经纠缠着他了。他刚想往回游，一只大乌贼突然闯入视野。他原来并不想管它，可是这乌贼竟然伸出它的一条长腿，使劲地摇晃着他刚刚包好的电缆，想要把它扯断。

杨继先急了，蹬着脚蹼，缓缓游到了它那扁圆身体的后面。但乌贼还是发现了他，把苍白色的身子转过来，一对古怪、难看的大眼盯着他。杨继先趁其不备，掏出激光手枪，朝着摇晃电缆的那条长腿扫切下去。长腿立即断离了，缓缓落入深渊。乌贼痛极了，喷出一股又浓腻、又腥秽的黑汁。它愤怒地把另一只长腿猛然伸过来，企图把他卷过去，杨继先本能地一闪，但那只巨大有力的长腿把他的压铅拽了下去。杨继先急忙回身去夺，不料压铅已落向海底。他举起激光枪，又向乌贼连续扫射着。乌贼挣扎了几下，渐渐沉了下去。深潜器向他伸出机械手，但他已经失去平衡，无力地向机械手抓了两下，并没够到。他越来越快地浮了上去，就像压在水下的一个乒乓球突然失去了任何控制一样。

曲工程师在深潜器中看得明白，不禁大吃一惊。他立刻向水上大声疾呼："杨继先放漂了，请准备抢救！"

徐振宇心急如焚。他确认电缆已经处理完毕之后，深潜器迅速升到水面。吊杆很快把他们吊到后甲板上。

当他们出来时，巨手在修复了的探照灯照耀下已经安全地脱开飞船；杨继先也被救起，送进了"大力士号"上的减压舱。为了护理他，那位潜水医生也陪他进了减压舱。这减压舱很像一个大炮弹筒，密闭的舱内充满了高压空气。杨帆从窗口里看到弟弟痛楚的脸，心里很难过。

徐振宇走过来，温和地对她说："是不是给你父亲发一封电报？"

两颗泪珠从杨帆的眼睛里滚出。杨帆摇了摇头，用几乎听不到的声音说："等明天病情好转了再说吧，不然二位老人要急坏了。"

徐振宇同情地点点头。他想说几句宽心话，可一看她那难过的样子，倒觉得不说还好一些。

15　久别重逢

过着离休生活的杨光耀，坐在峡口家里看电视。他满头都是白发，脸上的皱纹比前两年又多了一些。但他那两只眼睛，却还是像以前那样炯炯有神。

"转播打捞飞船的实况录像了，你快来看看。"他热切地招呼着他的老伴。

何宜静取了一副老花眼镜，安详地坐到他的身旁道："继先和帆都在那边，听说振宇也去了，说不定能看到他们呢！"

"先前那个考古队的主力队员，差不多都在船上。两三年不见了，怪想念他们的。"杨光耀凝视着电视机说。

富饶辽阔的南海。

万里无云的天空，风平浪静的海面。

美丽的西沙群岛。

兴华岛的近景。

岛上的棕榈树和麻枫桐。

麻枫桐上栖息着无数海鸟的特写镜头。

一群海鸟向北飞去，鸟翼下现出三艘舰船。

伴音送来了悠扬的广东音乐《迷人的南海》。

像海上钻井平台一样的打捞工作母船。

母船船艏的特写镜头，苍劲有力的"大力士号"四个字映入观众眼帘。

在驾驶舱内，柯化、吴舰长和科学工作者们庄重地站在操纵台前。

播音员的画外音："各位观众，一艘将要震惊世界的外星飞船残骸就要离开海底了！"

驾驶舱上的航海钟，指针显示着10时整。

吴舰长古铜色的脸上显得十分沉着，他稳稳地扳动了一根操纵杆，操纵台上的一个黄色信号灯闪烁着，蜂鸣器也发出了低沉的鸣叫声。

驾驶舱里的大荧光屏，吊在飞船上面不远的巨手缓缓下降，准确地抓住了飞船残骸。周围的海底沉积物被水流搅浑，挡住了视线。

驾驶舱里，黄色信号灯不再闪烁，亮着平稳的黄光。蜂鸣器停止了鸣叫。吴舰长密切注视着操纵台上的仪表。

播音员的画外音："各位观众，飞船已经离开海底，离开了它曾经沉睡了几千年之久的海底。"

海底景色，一组粗大的高强钢索悬吊着一个巨手，巨手的两组钢爪轻轻抓着一艘残破的球形飞船缓缓上升。

播音员的画外音："各位观众，为了保证飞船的绝对安全，据'大力士号'打捞工程师介绍，现在的提升速度是每秒0.5米。照这个速度计算，天苑四人的飞船将在起吊开始的5小时之后到达水面。"

驾驶舱上的航海钟，指针显示着10时15分。

特写镜头，航海钟的指针在快速旋转。

航海钟的指针停在了14时50分上。

海面下，巨手抓着飞船残骸缓缓上升。当巨手横梁接近船底的时候，它停住了。

潜水式驳船在水下被钢丝绳牵到巨手下面。巨手对准驳船后甲板，把飞船残骸轻轻放在一个特制的底座上。驳船稍稍移动了一下，巨手正好对准它的存放位置。三名潜水员穿着轻潜装具，游到巨手上，把高强钢索和巨手的连接装置分开。

播音员的画外音："由于我国科学工作者、专家、教授和工人、海军官兵的辛勤劳动，这艘外星人的飞船残骸就要浮出水面了！"

潜水式驳船在水下移动到了"大力士号"的后面。压缩空气把储水箱里的水排到外面，阀门自动关闭了。在阳光的照耀下，驳船载着飞船残骸渐渐浮出了水面，无数股白色的水流顺着飞船、顺着驳船的甲板和船舷，潺潺流向大海。

飞船一出水，顿时闪耀着金色光芒。细看之下，它破损得并不严重，除了那两个大小不等的窟窿外并无更多残缺。附着的海洋生物也不算过多。均布在上半球的一圈圆形舷窗上面，还残留着一层沉积物。

驳船上竖起一部五层楼高的云梯，一直架到飞船的舷窗旁。一位海军战士敏捷地爬上去，用塑料袋采集了一些沉积物的泥样。

"大力士号""泰山号"和"郑和号"上人声鼎沸，一片欢腾。

伴音送来了欢快的乐曲。

航天研究所的高级工程师梁维舟，在答电视记者问时兴奋地说："如果把这样的飞船叫作残骸，未免太委屈了。现在，我们有充分时间去仔细地、详尽地研究这艘受到过损伤的飞船。研究结果将会证明，它对我国、对人类的航天事业和科学技术发展的巨大意义，无论怎样估计也不算过分。"

梁维舟脸部的特写镜头中，一对深沉的眼睛凝视着飞船。

接下来是方雨田答电视记者问的镜头。

电视记者问："听说您一直希望在飞船里能发现一些遗骨，甚至是一副完整的遗骨。请问您现在有何看法？"

"那毕竟只是一种估计。现在究竟能不能找到，还很难说。"方雨田黑里透红的脸上有一种捉摸不定的神态。

"郑和号"上的实验室中，工作人员正在进行泥样年代测定。

播音员的画外音："科学考察船'郑和号'对飞船舷窗泥样进行了放射性碳元素年代测定。他们采用液体闪烁计数方法，测得结果是距今4050

年，误差正负值为20年。"

电视记者问黄敬之教授："据我所知，铜球制造年代和铜球星图成图年代都在5000年以前，为什么飞船坠落至今才4000年？"

黄敬之微微一笑："我还没有来得及研究，无可奉告。"

任思宏、岳静出现在电视镜头上……

"为什么一直没见到继先他们呢，"何宜静不安地说，"会不会出了什么事？"

"你想到哪儿去了！"杨光耀笑道。

一阵急促的门铃声把她吓了一跳。她忐忑不安地去开门，电信局送来了一封电报。

她关了电视机，戴着老花镜和老头子一块儿急切地看着电报。

这电报是杨帆发来的。她告诉他们，继先在潜水作业中遇到意外，得了减压病。由于抢救及时，经过两人的精心护理，现已好转。估计再过五六天就可以走出减压舱，请二老放心……

何宜静焦躁不安，想和老头子一同到西沙看望儿子。但又想到，峡口地区博物馆新馆舍刚刚落成，大量的出土文物要在新馆舍内重新布置，一时难以离开。他们最后商定，让杨光耀一人次日动身。何静宜还对老伴说，女儿的婚事也该办了，见到她和振宇时，找他们谈谈。

杨光耀当晚回电杨帆。翌日晨，他从峡口乘飞机经楚江到达广州后，又换乘直升机抵达西沙兴华岛。"大力士号"派来的一条小艇把他接到了船上。

他在减压舱外面见到杨帆和徐振宇。杨帆对他说："弟弟恢复得很快，您快来看看他。"

杨光耀走到窗孔前，看到儿子愉快的面孔，放心了。杨继先在减压舱内和他打电话说："真想早点出去看看飞船！"

杨光耀要他安心休养，还向在舱内护理他的潜水医生表示了谢意。

柯化和吴舰长来了。柯化向吴舰长介绍道："这是杨大夫的父亲，杨光耀同志。"

"杨光耀？"吴舰长惊喜地说，"你就是杨光耀？"

"你是……"杨光耀愣住了。

"怎么，你不认识我了？我是吴永刚啊！"

"是你啊！"杨光耀激动地说，"都四十多年啦，我一直惦念着你，怀念着魏班长和那些为革命胜利而牺牲的战友。"

"是啊，没有他们就不会有革命的胜利，就不可能进行社会主义现代化建设。"

杨光耀紧紧握着老战友的手说："可惜魏班长没能看到今天，他怎么也不会想到那个电波会导致这么一个丰硕的结果。"

黄敬之、任思宏、梁维舟、岳静、方雨田都过来了，他们热情地问候杨光耀。当得知吴舰长就是在解放战争年代和杨光耀一同发现神秘电波的吴永刚时，他们衷心祝贺他和老战友久别重逢。

徐振宇被这激动人心的场面深深打动了，感慨地说："我们这些后来人，一定要学习先辈的这种革命精神，加倍努力工作。"

吴永刚陪着杨光耀在这条最先进的打捞船上上上下下地参观了一遍，晚上又让他到舰长室里一块儿住。战友之情，使他们难舍难分。

这几天，杨光耀亲眼看到人们如何检测飞船是否沾染了放射性物质，如何把飞船外壳清理得干干净净。

他到达后的第四天，"泰山号"拖着飞船返航了，"大力士号"和"郑和号"紧紧跟在后面。这时，杨继先也完全恢复，离开了减压舱。他出来后的第一件事就是和他父亲一同去看飞船。

柯化决定把飞船拖到通穗新港，在那里移交华南航天研究所，由他们和有关单位共同研究。

第二天，船队到达通穗新港。由于这项研究工作还没最后完成，因而事先并未向外界宣布船队行踪。当这几条船在初冬的晨雾中到达时，港务部门安排了一个僻静的油轮码头供他们停泊。在码头上，除了当地有关领导和国家技术科学委员会、中国科学院的几位代表前来迎接之外，并无更多的群众参观。

"泰山号"要返回榆林港，杨继先到"郑和号"上来和大家告别。任思宏、徐振宇、杨帆都劝他留下多住几天，他说救捞任务随时都可能有，执意不肯。到"大力士号"上告别了父亲之后，他随"泰山号"离开了通穗新港。

杨光耀也准备回去。临行前，他把自己的姑娘和徐振宇一块找来。他语重心长地对振宇说："我们全家对你都很了解，当然她和你相处的时间更长，你们相互之间就更加了解。你们的年岁也都不小啦，依我看也该结婚了。"

杨帆两颊绯红，羞涩地低下头，两眼盯着自己的鞋尖。

"我们商量过，打算在天苑四工程结束后就结婚。"徐振宇腼腆地说。

"你们自己有安排就好，我们也就放心了。现在，天苑四工程眼看就要结束了，你们也该准备准备啦。"

之后，杨光耀又找到吴永刚，恳切地说："要分手啦，等以后有机会，请你到峡口来玩，看看我的家，看看雄伟的三峡工程，看看我们一块儿战斗过的地方。"

吴永刚紧紧握住他的手，古铜色的脸上有一种依依不舍之情。他连连说道："好，我一定去，我一定去。"

杨光耀和"郑和号"上的科学工作者——话别后，离开了通穗新港，回峡口去了。

16　江夜奇遇

初冬的珠江，依然是美丽的。通穗新港的夜景，更带有几分迷人的色彩。

江面上白天那种喧闹声渐渐消失了，除了几艘夜航船带来低沉的水流声外，"郑和号"的周围一片寂静。

杨帆站在"郑和号"的上甲板上，扶靠着栏杆眺望远处几艘大船上的灯火。一阵夜风吹来，她感到有一点寒意。在她身旁的徐振宇脱下了自己的制服，披在她的肩上。

她感谢地一笑，秀美的脸上露出了一对浅浅的酒窝。她将那件上衣裹紧，顺手把一束垂肩的乌发撩到衣领外面。

徐振宇的目光从杨帆美丽的脸上移向星空。在辽阔的天空中，壮丽的银河自西向东奔泻而去。沿着黄道的方向，双子座、金牛座、白羊座、双鱼座、宝瓶座、摩羯座和人马座依次俯视着人间大地。对他来说，那广袤、深邃的星空就是大自然展现在自己头顶上的、一本永远也阅读不完的天书。

"你在想什么？"杨帆轻声地问。

"你还记得吗，在我们念高一那一年，有一天晚上你到天文小组来，我指着天空，给你讲过猎户座、波江座，还告诉你波江座里有一颗天苑四星，离我们只有10.9光年。"

"怎么不记得呢，从那以后我也参加了天文小组。"

"你看，"他指着东南方的天空说，"猎户座在东方刚刚升起，波江座在东南方蜿蜒曲折，这不正是我们那天看过的景象吗！"

"是这样的，"她就像当初那样，顺着他指的方向认真地看了一会儿之后说，"不过已经是十五年前的事了。"

"真没想到，波江座里这么一颗并不引人注目的天苑四星，它的使者在四五千年之前就勇敢地飞到了地球。他们虽然英勇地牺牲了，但飞船却相当完整地保存了下来。"徐振宇深有感触地说。他情不自禁地转过脸，看看停在船尾方向那条驳船上的飞船。这飞船像炼油厂里的一个球形储油罐，静静地躺在朦胧夜色之中。

"打算怎么把它打开？"杨帆若有所思地问。

"正在研究方案。"

"飞船打开之后，首先应该进行检疫和消毒工作。天苑四人的飞船里说不定有什么特殊的菌体。"杨帆不无担心地说。

"这个问题我还没有想到。"

"这里面有两种情形。有一些菌种或病毒体，在天苑四的那个环境中可能受到抑制，而一旦到了地球这个环境中却会飞快地蔓延开来。另一种情形是，对天苑四人来说，一些菌种在体内并无害处，可是一旦进入我们地球人的身体，则有致命的危险，对地球人类是大敌。"

"你考虑得真周到，明天研究时你先提一个星际检疫、消毒的方案。"

岳静从前面走过来，笑嘻嘻地朝着杨帆说："杨姐，什么时候请我们吃喜糖呀？"

"看把你馋的，还没有准日子呢！"杨帆笑道。

"你别瞒我了，刚才我还听他夸奖你考虑得真周到哩！"岳静咯咯笑着，说起话来像连珠炮似的。

"看你这个岔打到哪儿去了，我刚才谈的是工作上的事。"徐振宇也笑了起来。

"哎哟，你们两个人都上阵了，我说不过你们啦，就算我听岔了吧。我不妨碍你们了。"说着，岳静就要往船舱里走。

"你这么着急，干什么去？"杨帆问。

"柯局长上咱们船上来了，正在会议室里和黄教授闲谈哩，我想去听听。"岳静道。

"要是有什么有趣的事，等会也给我讲讲。"杨帆停了一下，又补上一句，"可别再听岔了啊。"

"我可不管传达。你们想听，自己去吧！"说罢，岳静扬长而去。

甲板上又静了下来，周围还是静悄悄的。繁星在昏暗的江面上空显得格外明亮。徐振宇看着天空中最壮丽、最显耀的猎户座，兴致勃勃地问："你想不想听听希腊神话中的猎户座故事？"

"好啊，你给讲讲吧！"

徐振宇望着东升的猎户座，娓娓动听地讲着：

"这猎户座的形象就是英武的猎人奥赖温，他是个体格魁梧、膂力过人的小伙子。有一天，奥赖温在山林中追赶野兽，恰巧与月亮神阿尔忒弥斯相遇。她是位狩猎女神，射箭的能手。阿尔忒弥斯看到奥赖温打猎技术高超，动作敏捷，姿态威武潇洒，一见钟情地爱上了他。猎人奥赖温也被她的美丽和强健所吸引，深深地爱上了月亮女神。从此，两人一同打猎、一同休息，感情越来越深。阿尔忒弥斯不顾自己的女神身份，决心嫁给猎人。

"她的哥哥太阳神阿波罗知道这件事后，认为妹妹下嫁猎人，有失女神身份，伤害日月威名，决计阻止她。一天，日月二神在天上巡视，阿波罗欺她眼力不如自己，骗她张弓搭箭误杀了情人奥赖温。阿尔忒弥斯得知真相后痛哭不已。后来天神宙斯答应了她的请求，将猎人提升到天界，让他在群星之中最显耀的地方，经常陪伴着月亮女神。"

徐振宇讲到这儿，借着灰暗的灯光，对自己身旁的"女神"瞅了一眼，忽然发现杨帆脸上有一种惊疑紧张的神情，似乎在专注地倾听着什么。她一动不动地站在那里，好像是一尊大理石雕像。刚才还在她脸上的甜蜜的、妩媚的笑容消失得无影无踪。他奇怪地问："你怎么啦？"

杨帆仍然不改神态地立在那里，只是轻轻一摆手，不让他再说话。过了好一会儿，她才从凝固之中复苏。

"我……我好像……"她惊疑未消地说，"好像听到了一种声音。"

徐振宇见她这样说话，更惊诧了："怎么，刚才你害怕了？"

"我也说不上是怎么一回事，这声音很奇怪，听了之后有一种很特别的感觉。"杨帆心有余悸地说。

"你什么时候听到的？"

"就在你讲到天神宙斯让猎人上天界陪伴月亮女神的时候。"

"那是故事的尾巴。"徐振宇纳闷了，"我怎么一点也没听到呢，会不会是你的错觉？"

"不是错觉。"杨帆说话时的神色还有一丝不安，"这声音并不大，但给我的感觉却太强烈了。"

"什么声音？"

"我很难用言语表达出来，反正是一种从来没有听过的声音。"她的心情平静了一些。

徐振宇看看甲板，甲板前后空无一人。他又看看江面，江面附近只有那条载着飞船的驳船静静地浮在水上。他再看看码头，码头四周一片漆黑，没有一点灯光。

突然，杨帆紧紧抓住他的手。"你听！"她的声音微微有点发颤。

徐振宇凝神地听着。起初，他并没有听到什么。片刻后，他听到了，心里不觉一惊。那声音微弱而清晰，在这寂静的夜幕之中，的确使人有毛骨悚然之感。

声音渐渐变大了一些。他觉得是从驳船那边传过来的，便转过身去，注视着飞船。飞船依然静悄悄地躺在灰蒙蒙的夜色之中，并无任何异状。他也弄不清是怎么回事，便对杨帆说："你在这儿听着，我去叫他们来。"

杨帆惶惶不安地说："还是我去叫他们吧。"

她走进船舱，在会议室里慌慌张张地把刚才的经历告诉大家。不等她说完，柯化、黄敬之、任思宏、梁维舟、岳静和张銮全都出来了。他们在上甲板上，看到徐振宇愣愣地站在那里，好像出神地想着什么。

大家凝神地听着，但什么也没听见。

"杨帆走了之后，这声音就消失了。"徐振宇说。他的脸上有一种复杂的表情，是惊诧，是怀疑，是惋惜，是若有所失。

他们在上甲板上呆了二十多分钟，仍然什么也没有听到。

大家七嘴八舌地议论开了。

"小徐，你听清楚了没有？"黄敬之严肃地问。他好像是在讲台上考问一个学生。

"起初杨帆听到时，我也不大相信。后来这一次是我们两人一块儿听到的，不会有错。"徐振宇答道。

"如果真是从飞船那边传出来的声音，会不会是飞船里的自动机械启动了？"梁维舟说。凡事他都要首先考虑飞船，这也是三句话不离本行的缘故吧。

"你这话倒提醒了我，"徐振宇若有所悟，"这和你在信息火箭出土后，用铁销子敲击铜球的声音很相似，只不过比那次更强烈。"

"那为什么我们一来就听不到了呢？"岳静不以为然地笑了起来，这笑声中含有一种揶揄之意，"是不是你俩在这里精神过于集中，产生的一种幻觉？"

过了一会儿，仍然没有什么动静，大家又回到船舱里去。

徐振宇站在那里没有走，对杨帆说："你先回去吧，我在这儿再观察一会儿。"

"我也在这儿陪你。"她坚决地说。

他们干脆走到艉部，那里离飞船最近。

十多分钟后，那种怪异的声音又出现了，并且一开始就比先前那次响得多。杨帆立即跑步到船舱的会议室去。

柯化、黄敬之他们正在谈论着什么。杨帆一进门就大声说："又出现了，你们快去！"

柯化、黄敬之站起来就要走，岳静坐在那里说："你们去听吧，外面挺凉的，我不去了。"

梁维舟和杨帆都来劝她，让她也一块儿去，不要再错过机会。他们哪里知道，就在他们苦苦相劝的时候，已经错过了一次最难得的机会。

外面又有一个很响的怪声，这声音很大，以致杨帆在会议室门口都听到了。她的脸色陡变，立即向外面跑去。岳静也和大家一同来到舰部，但声音却又消失了。

杨帆立刻发现，身材魁梧的徐振宇不知被什么事情惊呆了，怔怔地伫立在那里。幸亏是夜晚，要是在白天，她一定会被他那难看的脸色吓一跳。她走到他的身旁，顾不得旁边还有许多人在，用纤细白皙的双手握着他的一双大手，轻轻摇着，悄悄地呼唤道："振宇，振宇！"

柯化也走上前去，关切地问："小徐，出了什么事？"

徐振宇犹如大梦初醒，看了看他们，又把手从杨帆手中慢慢抽了出来，轻轻揉了一下眼睛。他的嘴唇动了一下，似乎想要说什么，但又没有说出来。站在夜幕之中的人们，这才渐渐看清了他的脸。在这张英俊的面孔上，被一种不可思议的神色占满了。

过了好一会儿，他才缓缓地说："我看到从飞船里爬出来一个人，一个天苑四人……"

"不可能，绝对不可能！"方雨田斩钉截铁地说。他使劲地摇着头，两个大耳垂似乎都晃了起来，"天苑四人在海底泡了四千年，难道还能活着出来？"

"当时，我简直不敢相信自己的眼睛！"徐振宇直率地说，"但我确实看到了。"

"你详细点说。"柯化说。

徐振宇极力控制着自己的情绪。为了不让自己过于激动，他尽量慢慢地说："就在杨帆去叫你们时，随着一阵响声，飞船那边突然一亮，射出一片紫光。我抬头一看，飞船顶上撑开了一个圆盖，这紫光就是从圆盖周围的缝隙中照出来的。随后，圆盖打开，我还以为真是自动装置的作用。不料，从圆盖下面的洞口里爬出来一个人，那个人在飞船顶上站着向四周观望，当看到我这个方向时，突然'啊'了一声，又爬进洞口，迅即把圆盖关上。我甚至听到，或许是感到，那个'啊'声是个女人的声音！就在关圆盖的同时，又传出了一个很响的怪声。接着你们就到了。"

"简直难以置信。"梁维舟打了一个寒噤，情不自禁地搓着双手。

"会不会又是天苑四人留下的波视图像？"张鋆提醒说。

"不会。那次看铜球波视图像时，我们都像亲自参加进去了似的。"徐振宇认真地说，"可这一次丝毫没有那种感觉，我感到自己是现实环境中的一个旁观者。"

"如果再有一个旁证就好了。"岳静惋惜地说。

黄敬之虽然觉得这事发生得太突然，一时难以置信，但他毕竟对徐振宇十分了解，深信用肉眼发现过新星的徐振宇，不会看错。黄敬之对柯化说："如果这是小徐的错觉，那倒无所谓。如果不是错觉呢，那必须制定一个应对方案。"

柯化沉思着。

"还是再观察一下，然后再说吧。"任思宏说。

"这样办吧，请任思宏和张銮留下继续观察，有情况立即报告。其余的人马上到会议室研究方案。"柯化目光沉毅，话语浑厚有力。他随即又抓起放在艉部的一部电话，拨了一个号："是李船长吗？我是柯化。请你马上把艉部的探照灯全部打开，一齐对准飞船！"

六盏探照灯齐开，照得周围如同白昼一般。

17　期待

在"郑和号"科学考察船的会议室里，一次会议正在紧张地进行。由于与会者对飞船内是否真有天苑四人的看法并不一致，所以在会议一开始，柯化就给大家规定了一个讨论的前提，这就是假定真有天苑四人的话，应该采取什么应对方案。

梁维舟忧心忡忡，颇为担心地说："如果天苑四人活着，这将使天苑四工程的后果变得十分严峻。本来，我们把沉没的飞船打捞出来，是对航天技术的一大贡献。可是现在，既然出现了一个活着的天苑四人（这只不过是他们的侦察兵），那飞船里面一定还有两个，甚至有许多个活着的天苑四人。谁知道他们对我们是什么态度？你们想一想吧，天苑四人和地球人之间可能有的隔阂要比地球上两个民族之间、两个国家之间、两个人种之间可能有的隔阂，不知大多少倍。他们又有那么先进的技术，万一对我们采取敌对行动，那后果简直不堪设想！"

岳静听了这一席话，不禁毛骨悚然。她不安地问："他们真会对我们采取敌对行动吗？"

徐振宇站起来，声音有些激动："我认为他们不会袭击我们。俗话说，将心比心嘛！打一个比方，将来我们驾驶着宇宙飞船飞向鲸鱼座的τ星，在那里发现了文明社会，这时我们高兴还高兴不过来呢，怎么可能动用什么先进武器去袭击他们呢？"

张銮的助手说："我赞成徐振宇的看法，天苑四人还得感谢我们呢。要不是我们把飞船打捞上来，他们现在还待在漆黑的海底下呢。"

梁维舟还坚持自己的意见："你听过《天方夜谭》里有一个把魔鬼从瓶子里放出来的故事吧！那个魔鬼可没有感谢渔夫把它从海底下捞起来，而是抱怨他捞得太晚了。"

"你是不是想把天苑四人的飞船重新沉入海底？"方雨田不高兴了。

梁维舟不介意地说："我倒没有那个意思。俗话说，害人之心不可有，防人之心不可无。我只是想建议指挥部采取必要措施，一旦遭到袭击就予以反击。"

方雨田激动地站了起来，怒气冲冲地说："我反对！在任何情况下也不能使用武力。在地球上古往今来的整个生命发展史里，甚至在地球存在的整个期间，外星人驾驶飞船到地球来，可能就这么一次。我们地球人类要尽可能保证他们的安全。"

方雨田又问徐振宇："你到底看没看错，这可事关重大啊。"

"你们要是不信，我也没有办法。"徐振宇喃喃地说。

梁维舟笑道："老方，你也不用追根问底。无论他看没看到，你都是旱涝保收了。"

方雨田给弄得莫名其妙，问："这是什么意思？"

"你看，要是没有活着的天苑四人，你可以用他们的遗骨进行宇宙人类学的分析研究，可以用骨头复原出他们的外形。反过来，要是天苑西人活着出来，你还是可以用目测方法进行分析研究，即使他们不让你接触，你也可以从外形分析他们的骨骼。"

"照这么说，你比我更有把握了，"方雨田黑里透红的脸膛上挂着一丝笑意，"无论有没有天苑四人，反正飞船到手了。"

"你这可说错了！原来我可高兴啦，以为这一下子可以随心所欲地研究这艘宇宙飞船了，因为它是我们打捞出来的。可现在，天苑四人还活着，我们就必须得到天苑四人的同意才能去研究飞船，因为这飞船是天苑四人的呀！"

"那是一艘废船，他们不会拒绝你的！"方雨田笑道。

梁维舟不置可否地笑了笑，和张銮的助手到外面去替换任思宏及张銮。不一会儿，任思宏和张銮进来了。

方雨田不放心的仍然是真实性问题，他把话题一转，说道："天苑四人大难不死倒有可能，但在海底生活几千年，实在无法想象。"

黄敬之细心地擦着他的深度近视眼镜，好像马上要用它来洞察这个奥秘似的。他说："我原先觉得，古星图所反映的年代与飞船坠落的年代相差了一千年左右，这里面一定有什么蹊跷。如果相差的年头是用在路途上的，那么他们吃了什么长生不老药，能够活一千年？现在我认为天苑四人能够活到今天，这充分证明他们确实有办法能在一生中度过四五千年的岁月。"

"我认为他们有可能采用深低温冷眠技术，把自己冷冻起来，度过漫长的岁月。"杨帆说，"我们地球上的人很早以前就想到了这种方法。但要实际运用，首先就得解决怎样复苏的问题。人们进行了许多实验。早在1842年，著名的南极探险家罗斯，在零下42摄氏度的严寒中，把30个蝶的幼虫冻僵了，再拿回温暖的船舱，结果这些幼虫竟然全都活过来了。1938年，美国科学家赖特做了一个实验。他把从水里夹上来的金鱼稍稍晾干后，将温度迅速降到零下200多摄氏度，金鱼立即冻硬了。过了十多秒钟，再将金鱼放到温水里，那条冻硬了的金鱼暖和过来之后，竟然也复活了！①"

"要是和天苑四人的水平相比，看样子还差得远呢！"岳静感叹道。

"我们地球人虽然还没有解决人的冷眠技术，但也并非没往这方面想过。早在18世纪初，英国有一位叫作约翰·亨特尔的著名外科医生就想把自己冷冻起来试一试。

"他真的这么做了吗？"岳静急切地问。

"为了慎重起见，他先拿了两条鲤鱼来试验，可是在冷却、冰冻之后，解冻时并未复活。亨特尔大为失望，不敢亲身试验了。"

"后来有什么进展没有？"岳静很感兴趣。

"到了20世纪，由于技术水平的提高，真的有人敢于一试了。1967年，患了癌症的美国物理学家贝德福，请医生为他做了冷冻手术，然后放入深穴冰墓中。他希望将来人类能够攻克癌症的时候，再把他解冻，治好他的癌症②。"杨帆说，"由此看来，天苑四人冷冻四五千年，中间复苏几

---

① 叶永烈：《死了还能复活吗》，见《揭开科学之谜》，少年儿童出版社出版。

② 王曙：《人能"冬眠"千万年吗？》，见《科学与未来》1981年第9期，地质出版社出版。

次，倒是很有可能的。"

任思宏一直在静听她的谈话，这会儿补充说："我认为还有一神可能，那就是采用冬眠的办法来度过千百年的岁月。科学家富兰克林在巴黎郊区的一个采石场上，亲眼看到采石工人从石灰岩的岩块中，凿出四只活的蛤蟆来。而这些石灰岩是在100万年以前形成的①。这说明这些动物在冬眠中，能用极其缓慢的代谢维持生命，以致看到了百万年后的世界。"

"人能冬眠吗？"方雨田问，话音中带着明显的怀疑声调。

"在三国时，有个魏国的人挖开了周王的陵墓，发掘出来一个殉葬的女子。出土时，她处于不死不活的冬眠状态。经过精心调养，几天以后有了呼吸，几个月以后已能说话。后来她又活了十多年。细算起来，从殉葬到复苏，她在地下已经冬眠了一千多年。可见，人体能够经受长期冬眠状态而不死。"

"只要飞船上的冬眠或冷眠设备没有损坏，而且又有一个完好的密封舱，天苑四人再次出现就是可能的。"张銮持乐观态度，"从铜球波视图像来看，他们三个人对地球是喜爱的，总不至于在海底沉睡四千年后又来袭击我们。刚才小徐发现他时，如果他想袭击小徐的话，一定不难。然而他并没有这样做，这就是天苑四人善意的表现。"

柯化坐在那里仔细地听着。他综合了大家的意见，经过分析，形成了一个初步结论。他用沉毅的目光看着大家，浑厚有力地说：

"从总的情况来看，危险性不大。从现在起，我们分头进行准备。张銮和他的助手，以及岳静，负责观察飞船的动态，并设法主动和他们取得

---

① 燧石：《人的"冬眠"与〈山海经〉》，见《光明日报》1980年9月22日。

联系。以后还要着重研究飞船上的仪器设备。梁维舟负责准备对飞船的研究。杨帆负责准备星际检疫和消毒工作，以及可能出现的医疗问题。任思宏负责邀请语言翻译专家，解决与天苑四人语言沟通问题。徐振宇和黄敬之负责整个准备工作的配合与协调，兼管对外界的联系。安全问题由我自己来抓，一方面要保护现场，以防万一。另一方面，飞船继续放在驳船上，一有情况可以及时拖走。"

在场的人没有别的意见，分头准备去了。

18 大失所望

俗话说，没有不透风的墙。尽管天苑四人的飞船停泊在通穗新港的一个僻静的码头上，但由于它的体积过于庞大，电视上又报道过打捞出水的场面，因而珠江上的过往船只一眼便能认出它来。消息就这样渐渐地传开了。

大概是通穗新港离市区较远的缘故吧，头两天来参观的人并不多，他们大多是当地的码头工人和附近工厂农村里爱好航天活动的群众，以及过往于此的旅客。第三天形势发生了变化，市区里的航天爱好者和被好奇心驱使着的人们大批涌入通穗新港。甚至在穗的外国人，也得到消息纷至沓来。一些有关单位的代表和个别外国记者，甚至找到"郑和号"上，要求天苑四工程指挥部提供背景情况。

在这种情况下，柯化召集船上的科学工作者开会。张鋈首先提出，三天以来，天苑四人并没再出来，他们打算采用适当方法，促成天苑四人出来会见。岳静补充说，最适当的方法就是对飞船播发铜球出土密码的微波讯号。天苑四人收到这个讯号后，一定能理解这是地球人邀请他们出来相会的意思。梁维舟认为目前码头上参观者日益增多，为了保证双方的安全，宜将飞船拖到南海里的一个小岛上。黄敬之则主张赶快和天苑四人取得联系，以便在他们配合之下，尽早把飞船移到岸上一个安全的地方。徐振宇觉得南海上国际过往船舶很多，政治情况复杂，反不如就地解决来得安全可靠。

最后，柯化概括了大家的意见，提出了一个16字措施："采用密码，立即联系；就地解决，安全第一。"

当晚，专程去北京迎接专家的任思宏，陪同北京国际语言研究所研究员宇文安邦，匆匆赶回通穗新港。宇文安邦是国内著名的语言学者，看起来约有50多岁。他的前额突出，红光满面，颇有学者风度。据任思宏介绍，他精通13种语言，能背下好几种字典，特别擅长未知文字的破译工作。他一上船，就要求用多种手段收录飞船里发出的一切音响。徐振宇安排张銮去办了。

第四天上午，来参观的人更多了，码头附近，人山人海，热闹非凡，就好像要在这里举行什么大型庆祝活动似的。远道而来的人也不少，十几家旅馆一早就挂出了满员的牌子。离码头一里多地的一所小学，居然也贴出"夜间教室投宿已满，至亲好友，概不照顾"的布告。个体商贩的摊床和国营商店的流动服务车接踵而来。卖七花凉茶的，卖猪红汤的，卖牛腩粉的，卖甘蔗水的，卖瓜子花生的，卖小孩玩具的，修鞋的，快补自行车胎的，真是应有尽有。附近一个生产队灵机一动，用当地出产的竹子，仿照飞船的式样编织了一种"飞船篮"，在外面还涂了一层清漆，阳光一照，金灿灿的。他们运来了一万只这样的"飞船篮"，还没等运到码头，就被人们当作纪念品抢购一空。

小西陵和他的奶奶也来了。小家伙看到了飞船，嘟嘟囔囔地对奶奶说："奶奶，我要飞船！奶奶，我要飞船！"

"小傻瓜，那个飞船你拿不动！"他奶奶笑着指着他的鼻尖说。

"嗯，我能拿动，我要嘛！"小西陵还是不肯罢休。

正好遇到一个玩具摊，奶奶买了一个金黄色大气球，递给他说："给你这个小飞船，拿住，可别让它飞了。"

小西陵和他奶奶又淹没在人群之中。

在"郑和号"报务室里，岳静坐在微波发射机前看着壁上的时钟。报务员忙着准备收录天苑四人可能做出的回答。

宇文安邦坐在她后面，一手拿一本笔记本，一手拿一支铅笔，若无其事地等待着。

上午9时整。

岳静打开微波发射机，熟练地按动着电键。

"嘟，嘟——；嘟，嘟——；嘟，嘟——"

一组又一组的微波讯号从"郑和号"桅杆上的微波天线射向天空，传向飞船，又从飞船壳外传到了内部。这些讯号载着地球人的深情厚谊，向他们——天苑四人发出了诚挚的召唤。

船上的科学工作者和船员们，站在甲板上，一个个目不转睛地凝视着放在潜水式驳船上的飞船。

岸上的人们并不知道报务室里正在进行的行动，但他们从站在甲板上的那些人的神态之中感觉到了一种异样的气氛。

天苑四人的宇宙飞船突然灯火齐明，透过那一圈圆形的舷窗，发出忽明忽暗的光芒。最亮的时候，太阳也失去了光辉。在码头附近的人们，被这突如其来的现象惊呆了，情不自禁地往后退了几步。也有胆子大的乘机挤到了前面。十多名动作敏捷的中外记者，提着各种各样的摄影机、录音机，紧跟那些往前挤的人，气喘吁吁地从人群缝隙中钻上前去。

科学工作者们站在"郑和号"后甲板上，密切注视着事态的发展。杨帆在这嘈杂的人声中，隐隐约约又听到了那天夜里听到过的怪声。只是因为有了一次经历，现在又是在大白天，周围又有这许多人，她才不那么紧张。她贴在徐振宇身边说了几句，徐振宇点点头，可能是他也听到了这种怪声。

倏地，飞船顶部的一个密封盖骤然大开，三个穿着鲜艳奇异的天苑四人相继爬了出来。他们站在飞船顶上，向四周巡视，似乎在寻找什么目标。

岸上的人群沸腾了！起初，人们惊讶地向后退去，随后又像潮水一样拥向岸边，拥向码头。

这一拥，把天苑四人也吓了一跳。只见他们把斗篷往后一扬，伸开两臂，露出一对薄薄的大翅膀，轻轻扑了两下，盘旋着飞到了飞船的上空。

柯化拿着对讲机，急促地说了一些什么。

"郑和号"上的高音喇叭响了，要求人们不要向前拥，立即退到江边大道的后面。

数百名民警迅速挤到岸边，竭尽全力维持着秩序。

过了一会儿，岸上的秩序稳定下来。天苑四人这才缓缓降落在飞船顶上。徐振宇这回看清了，他们的穿着打扮，以至神态，都和铜球波视图像一模一样：古铜色的皮肤，棕红色的头发，突出的眉崤，目光深邃的眼睛，宽厚的嘴唇。那两个长着红胡子的，其中一个上了年纪，另一个则是没胡须的。

只有两件事他当初在波视图像里没有看得出来：一是他们穿的连裤衣竟然是一架灵巧的单人扑翼机；二是他们的身高要比我们矮得多，看上去只有一米四五。

徐振宇和张銎说了几句。张銎立即把一个送话器拿到语言学家宇文安邦面前。根据事先安排，将由他设法和天苑四人对话。

谁也没有想到，不等宇文安邦开口，天苑四人凝视了一阵桅杆上的微波天线之后，悠然自得地滑翔到"郑和号"的后甲板上，重新披好斗篷，稳稳站在科学工作者面前。那个女的微微一笑，双手伸开，掌心向内，交叉着捂在胸前，用纯正的汉语说："您好！我叫皮洛西，您呢？"

才华出众的宇文安邦一时惊愕得说不出话来。

送话器通过高音喇叭把这声音传送到岸上，岸上又是一片喧哗。

"他们难道是古代的中国人？"方雨田低声对徐振宇说。

"这汉语虽然纯正，但好像是从一根金属管里发出的声音，记得她在铜球波视图像中说话并不是这个声音。"徐振宇说。

过了一会儿，宇文安邦才学着她的样子，双手伸开，掌心向内，交叉着捂在胸前，说了一句："你们好！我叫宇文安邦，欢迎你们到地球上来。"

接着，皮洛西又把索格肯和尼柯罗介绍给了他。

码头上的记者情绪激昂，挥动着记者证，用各种语言大声疾呼："我们要采访！"

徐振宇同柯化商量了一下，然后用送话器通知码头上的记者，每个国家可以派一名常驻中国的正式记者上船采访，中国记者则凭专门采访飞船的介绍信登船。徐振宇向他们宣布，每人只准提一个问题，全部提完后由天苑四人统一解答。提问次序除了东道国记者最后提外，外籍记者一律按抽签决定。还规定任何人都应与天苑四人保持一定距离，不得直接接触。

杨帆正忙于准备进行星际检疫与消毒，天苑四人暂时被隔在后甲板上的一排临时栏杆后面。被允许登船的记者，提着照相机、录音机、录像机，咚咚咚地奔到了后甲板，站在栅栏前。好几位记者掏出了手帕，慌慌张张地擦着额头上、两颊上的汗珠。他们用各种语言交谈着、议论着。

皮洛西问宇文安邦："你们的星球上，怎么会有这么多种语言？"

宇文安邦笑笑，反问道："你们呢？"

"我们全球只有一种语言。"皮洛西说，她从连裤衣中掏出一个香烟盒般的玩意儿，拿在手上一晃，"并且，这个袖珍语言翻译机现在也只能自动翻译汉语这一种语言。"

"我们地球上大约有3000种语言，其中使用人口在5000万以上的就有13种。"宇文安邦说。

站在旁边的徐振宇，这会儿才弄明白，原来纯正的汉语是从皮洛西那部袖珍语言翻译机里发出来的，它的声音像从金属管里产生的一样。而皮洛西说的是天苑四语，因为声音不如翻译机的大，被盖住了。

徐振宇要各国记者按照他们抽签结果准备提问，并告诉他们，可以使用本国语言，由宇文安邦译成汉语说给天苑四人听。

这时，他忽然听到岳静招呼小西陵的喊声。往岸上一看，只见小西陵拿着一个黄色氢气球，被奶奶抱着挤到了前边。小西陵听到妈妈的叫声，苹果脸上笑得像一朵花，两手使劲地向妈妈招，那个金黄色的氢气球却悠悠荡荡地飞向了天空。也许是连锁反应吧，岸上还有许多拿着氢气球的小孩，看到有人带头放气球，以为时机已到，也把一个个氢气球放到天空，红的、黄的、蓝的、白的、粉的、绿的，好看极了。

一个具有绅士风度的英国记者首先问道：

"Is your language based on a language which has a wide influence on the whole planet?"

宇文安邦不假思索地译道："你们的语言是否以一种全星球影响最广的语言为基础？"

一位精明强干的日本记者问：

"では、星には子どもが親を養え願わない社会問題はありますか。"

宇文安邦随口译道："贵星球是否有子女不愿赡养老人的社会问题？"

一位身材高大的法国记者问：

"Puis-je savoir comment la diminution de la population s'est évitée sur votre planète?"

"请问，贵星球是如何避免人口减少的？"宇文安邦译道。

这回轮到了美国记者：

"Can your patent be transferred?"

"你们的专利可否转让？"宇文安邦说。

一位操俄语的记者问：

"Как вы достигли всемирной унификации?"

"你们是怎样实现全球统一的？"宇文安邦不动声色地译道。

下面轮到了坦桑尼亚的记者，在他后面的南斯拉夫记者显得有点儿着急。

忽然咕咚一声，索格肯倒了下去。

船上一片慌乱，杨帆快步走到索格肯跟前，一时不知怎样处理才好。

尼柯罗一个趔趄，也倒了下去。

船上、码头上都乱作一团。

皮洛西晃悠了两下，杨帆顾不上检疫不检疫，一个箭步跑过去把她扶住。皮洛西的脸色由古铜变成了粉红，她喃喃地、断断续续地说："我们……是来避……难的，请允……许我们在……地球上……居留……"

没等说完，她也倒在杨帆怀里。

天上的氢气球越升越高，一个个在高空里炸裂开来。黑压压的人群中，小西陵天真地望着它们，扯着奶奶的袖子，不停地嚷着："奶奶，我要！我还要球！"

19　历史的篇章

白丽祯受《考古学术研究》的委派，到"郑和号"上采访，已经有好几天了。最让她感到遗憾的是，那天还没轮到她提出问题，天苑四人就纷纷倒下，失去了一个难得的机会。

记者的责任感促使她把采访日程排得满满的。她想从杨帆那里打听天苑四人的病情和医疗措施，便找到医务舱来。不料，门口有位水手挡住了她："同志，您不能进去！"

"我找杨大夫采访。"白丽祯微微一笑，顺手掏出了一张特派记者证。

"柯总指挥通知的，除医务人员外，任何人不得入内。"

"为什么？"

"里面正在为天苑四人进行星际检疫和消毒。"

"他们的病情好转了吗？"

"没有，听说检疫消毒后才能治疗。"

"打算怎样治疗？"

"这我就不知道了。"

她看问不出什么来了，便改变计划，去找黄敬之。这两年她体形更加丰腴，但走起路来仍然非常灵便。没费一会儿工夫就登上上甲板，来到了黄敬之的房间。

一阵寒暄之后，白丽祯问："听说您在古籍中找到了关于天苑四人飞船的记载？"

"关于飞船的记载找是找到了，"黄敬之清癯的脸膛上带着不满足的神情，"不过，是不是天苑四人的那艘，现在还不能肯定。"

"我可以看一下吗？"

"现在还没法拿给你看，"黄敬之面有难色，"以后再看吧。"

方雨田敲敲门，拿着一本线装书进来了。他非常抱歉地说："真对不起，这本书刚刚找到。"

"怎么找到的？"黄敬之笑道。

"柯局长决定亲自带队，让杨帆和我与广州的一个医疗组，一同护送天苑四人去楚江。我急忙去收拾行装，结果在一堆骨骼复原图中找到了它。总算没有丢，谢天谢地！"他把那本线装书还给黄敬之，和白丽祯说了声回头见，便急忙回去收拾东西了。

白丽祯如获至宝似的端详着那本雕版印刷的线装书。这书的纸色已经泛黄。她小心翼翼地掀开了封面，只见扉页上印着《拾遗记》三个大字，以及"晋·王嘉著"等字样。黄敬之为她翻到了其中的一页，蚕豆大的宋体字非常清晰地映入她的眼帘。

　　"尧登位三十年，有巨槎浮于西海，槎上有光，夜明昼灭。海人望其光，乍大乍小，若星月之出入矣。槎常浮绕四海，十二年一周天，周而复始。名曰贯月槎，亦谓挂星槎。羽人栖息其上。群仙含露以漱，日月之光则如瞑矣。虞、夏之季，不复记其出没。游海之人，犹传其神伟也。"

　　"真没想到，四千年前的事，史料上都有这样详细而生动的记载。"白丽祯兴奋而骄傲地说。

　　"从年代上推算，《拾遗记》上的记载是尧登位三十年，这和飞船泥样放射性碳元素测定的年代倒是十分吻合的。"黄敬之说，"但在内容上，还有一些不尽一致的地方，也许是在口耳相传时传走了样。这些，还有待今后进一步研究和考证。"

　　徐振宇和杨帆一同进来了。

　　杨帆一见白丽祯，立即坐到她身旁，非常亲热地说："白姐，听说你刚才找我，让你吃了闭门羹，真抱歉。现在我们初步判断，天苑四人的病是环境因素引起的，已经决定空运楚江，到我们的污染病防治所治疗。"

　　杨帆又对黄敬之说："我是来向您告别的，到楚江再见！"

　　"楚江见，我说不定还要到你那儿去治病呢。"黄敬之说。

　　白丽祯也要和杨帆一同回楚江，徐振宇笑道："白姐，你好不容易来一趟，也不多和思宏团聚几天？"

"我才不是为他来的呢！"

"哎哟，当大姐的还不敢承认。他到西陵峡，你采访到西陵峡，他到通穗新港，你采访到通穗新港。这是不是事实？"徐振宇笑道。

"小徐，这两年你也学会耍贫嘴了！"白丽祯并不相让，"你的杨帆就要走了，你还不去送送她，和她说点知心话？"

这句话果然灵验，徐振宇变成了哑炮。

黄敬之站起来对他说："走吧，咱们一块儿去送送她们。"

岸上参观的人群已经散去，码头上基本恢复了正常。那儿有三辆救护车，柯化、宇文安邦和天苑四人已经在车上。留下来的人都到码头上来送行。临开车前，白丽祯对徐振宇说："你们处理善后工作的情况，请打电话告诉我。"

杨帆深情地看着徐振宇，并没有和他握手，只是温柔地说了声楚江见，猛地转过身去，匆匆上了车。

一周以后，白丽祯在《考古学术研究》编辑部接到徐振宇挂来的电视电话。徐振宇告诉她，飞船已经移到岸上，交给航天研究所妥善地保护起来。吴舰长的"大力士号"拖着潜水式驳船返回南海舰队了。在当地卫生防疫部门的主持下，对飞船进行了星际检疫与消毒。为了防止把地球上的病菌带到飞船里去，防疫人员进飞船时都穿了特制的隔离服。随后，梁维舟、张銮和岳静穿着隔离服，详细考察了飞船内部结构。听说他们正在起草一份详细的考察报告，梁维舟建议，进一步的研究工作最好在天苑四人的协助下进行。

徐振宇最后还告诉她，任思宏和他们很快就要回楚江了。

20　抢救

柯化到达楚江后，局里来电话，说有一些紧急公务要他回京处理。临行前他在楚江抽了几名一流的医师，把他们和广州派来的医疗人员组织到一起，成立了一个"联合医疗组"，指派医学硕士杨帆担任组长，全面负责天苑四人的抢救工作。方雨田也以观察员身份参加小组。

尽管他们都是医术高明的医师，但在昏迷不醒的天苑四人面前也感到十分为难。要知道，天苑四人的生理结构和我们不尽相同，有的甚至相去甚远，要想抢救治疗，就得先去了解和熟悉他们的生理结构，而这就需要时间。但天苑四人在这几天之中，渐渐消瘦。如果不是他们在昏睡中代谢程度极低的话，也许早就坚持不住了。

医师们详尽地观察研究了病情，发现天苑四人有些症状和地球人受环境污染所致的病类似，因而推断他们的病，可能是因环境改变，对地球上的空气不适应所致。这也就是他们被送到全国条件最好的污染病防治所的原因。

到楚江后发生了一个偶然情况：皮洛西在没有采取任何措施的情况下，病情有了些微好转。这个情况使这些名医大惑不解。其中有一位医生提出，这可能是因为防治所里的空气比较新鲜的缘故。杨帆并没有从环境检测报告中看到这样的结论，但觉得可以试一下。

临床试验开始了。皮洛西被送进净化室，杨帆和方雨田以及另外两名医师也跟了进去，他们全都经过严格的灭菌、除尘等步骤。净化室与外界之间用双层密闭门隔开，有事联系时可以使用电话，室内外之间通过一扇密不透风的观察窗观望。经过净化消毒的、不含有任何不纯气体和杂质粉尘的纯净空气，被源源不断地送进净化室。净化室内的温度、湿度自动保持在最合适的数值上。这里面的饮用水是从外地运来的未经污染的泉水。

出乎名医预料的是，皮洛西在这种几乎是绝对纯净的人造环境中，病情非但没有继续好转，反而恶化了。她紧闭双眼，口中不时流出白沫和黏液，呼吸也急促了。

杨帆焦急地看着她，心里很难过。她作为医疗组的负责人，却拿不出治疗方案。为此，她深深感到内疚。方雨田惋惜地说："这么好的条件，她却享受不了。"

听了这话，杨帆想，也许天苑四人的情形恰恰和地球人相反，他们可能更适应于在污染了的环境中生活。一个新的念头在杨帆脑海中出现：如果把天苑四人放在一个污染了的环境中，那又会怎样呢？她把这个念头和大家谈了。

"这不符合起码的卫生常识！"

"这违反了人道主义原则！"

"这是反科学的！"

整个医疗组几乎都在反对她。

杨帆并不在乎，仍然坚持了自己的意见。

二氧化硫、二氧化氮和一些粉尘按一定比例输送到净化室。杨帆感到嗓子很难受，剧烈地咳着。她迅速从橱里取出四副防毒面具，分发给大家。她看到方雨田戴上面具后的样子，心里想自己一定也那么滑稽，不觉笑了起来。

奇迹出现了！皮洛西紧闭的双眼微微睁开，口中不再吐白沫和黏液。她嘴唇轻轻动了动，自动翻译机里说道："水，我要水。"

方雨田急忙倒了一杯纯净的水，杨帆立即制止了他。她接过杯子，把水倒掉，重新倒了一杯普通的凉开水，用汤匙一点一点地喂到皮洛西的嘴里。

杨帆让另外两位医生立即把索格肯和尼柯罗也接来医治。几小时后，他俩的病情也大有好转。

杨帆和她的联合医疗组进行了反复试验，发现增加二氧化硫的比重对天苑四人最为有利，并测定了最佳比例。

根据杨帆提出的设计方案，一家医疗器械厂很快制造了三副类似轻潜装具的单气瓶呼吸装置，气瓶中装着经过调配的污染气体。

天苑四人戴上了这种呼吸装置之后，身体完全恢复了。他们走出了净化室，杨帆和医疗组的医师这才松了一口气。

但是，这究竟是一种什么机理？是天苑四人先天就有的，还是后天适应的？这些问题杨帆并没有弄清楚。也许，这将是下一步要研究的课题。如果能把这一项研究成果补充到她的博士论文中，那该多好啊。

徐振宇从广州回来后，立即赶来看望。方雨田也在场，他们便闲谈起来。徐振宇告诉他们，飞船研究工作还不能开始，要等天苑四人回广州配合进行。梁维舟和岳静都各回各的单位，张銎和助手也一同回到楚江。

杨帆则把这一阶段治疗中出现的情况讲给徐振宇听。

"竟有这样的事！"徐振宇十分惊奇，"你们和天苑四人谈过没有？"

"没有。"杨帆说。

"现在可以和他们谈谈吗？"

"可以，我们一同去吧。"

方雨田也很感兴趣，跟着他俩去了。

在防治所的小花园里，他们向天苑四人说明来意之后，方雨田问道："你们星球的自然环境是什么情形？"

"你们为什么要到地球上来避难？"徐振宇问。

"怎么，你们还没看到铜球里的波视图像？这些情况那里面都有。只要同时发送短波信号和微波信号，你们就会看到。"

徐振宇、方雨田和杨帆一同到省科技博物馆找张銎。张銎和助手立即准备了短波发射机和微波发射机，按要求向铜球同时播发着信号。

铜球渐渐消失了，展现在他们眼前的波视图像是，埃波斯纳人的生活以及他们的自然环境……

21　并非遥远的事

光芒四射的天苑四从埃波斯纳的地平线上冉冉升起，它透过烟雾弥漫的大气层，变得黄澄澄的。

皮洛西像往常一样，吃了一顿营养丰富却单调无味的早餐。她准备去工作，但最怕闻街上浓烈的二氧化硫气味。她把那件心爱的乳黄色半截斗篷披在肩上，从舒适的高架住宅里走出来，紧皱着眉头，憋着一口气，匆匆忙忙钻进了一辆磁垫车里，使劲把车门一关。磁垫车在高架公路上自动启动后，依照她事先选定的路线，载着她向全球动物中心驶去。

皮洛西从车窗里向外一瞥，高架公路下面泛滥的河水还没有退下去。夹杂着大量泥沙的、混浊的河水奔腾着，卷起一堆堆白色的泡沫。她的脸上有一种漠然的神情，因为这洪水无论是与她，还是与她的城市都毫无关系。还在她孩提时代，埃波斯纳所有的平原与洼地就实现了高架化的巨大工程。任凭洪水在地面泛滥，他们照样可以在高架化了的建筑设施上悠然自得地生活。

全球动物中心设在城市的边缘。磁垫车停稳后，她敏捷地下了车。过了动物中心就是一望无际的大沙漠。一阵狂风吹得飞沙走石，天昏地暗。她很讨厌风沙，却并不怕。因为动物中心和任何其他建筑物一样，都具有良好的密闭性，不管刮多大的风，也不会让沙子钻进去。她三步并作两步，跨进了动物中心的气密门。

许多同事已经先到了。她和他们打了招呼，便到了自己的工作区。她是全球动物中心的饲养员，照看着一群有翼类动物。"饲养员"这个词还是从古代沿用下来的，其实现在这些动物并不需要她真的去饲养。

她走到一处精制的栅栏前。这栅栏里面，有一头躯体粗壮的动物，它的前肢是已经退化了的翅膀，后肢是两条腿，身后还有一条尾巴，头上长着两只弯曲的犄角。在栅栏上面，挂着一块金黄色的金属牌：

翼牛

高级有翼类动物，原产依里巴洲。在地质年代里，善飞行。

现双翼已退化。古代人类出于无知，曾将其作为食用动物。现供

299

观赏之用。

她走进栅栏，向那头翼牛喊了一声"西姆"。翼牛摇着尾巴走到她跟前，伸出舌头想舔她的手。她把手举到翼牛的眼前晃了两下，它立刻一动不动地站在那里。

皮洛西在它的脊背上摸了一下，它肚子上的一块盖板自动打开，露出了复杂的电子线路和机械传动机构。她从身上掏出一只袖珍仪器，按照每日"饲养"项目，一一进行了检查。当她确认这头机器牛一切正常之后，便把盖板合上，让它自由行动。她又去检查别的机器动物。

这个动物中心和全球其他任何一处动物园一样，所有的动物都是机器动物。它们和古代的天然动物一模一样，足可以让人们在这个天然动物绝迹的世界上得到安慰与满足。

开放的时间到了，游人大批涌进来。一个小学生看了栅栏上的铜牌之后问他的妈妈："它的肉好吃吗？"

"听说吃了会呕吐的！"

皮洛西听了暗暗觉得好笑，独自一人去了实验室。她不喜欢这些机器动物，而向往古代的天然动物。在实验室里，有一台陈旧的电视机，专供放映天然动物的录像。按照规定，埃波斯纳上的居民，除了饲养员和机器动物设计师之外，其他人是不允许观看这些历史上遗留下来的录像的。

皮洛西挑选了一盒录像磁带播放，电视机上出现了一幅幅生动的画面：在一片天然植物林里，一群天然翼牛正在自由自在地吃草……天然翼牛被人们屠宰，一盘盘美味的天然菜肴放到桌上。古代一家人午餐时吃得津津有味。

她差点儿淌出口水。"要是我也能吃到天然的动物和植物，那该有多好啊！"她情不自禁地想。

中午，她从装有空调装置的动物中心里出来后，立即感到像在蒸笼里一样闷热难熬。她憎恶地仰望着天空，似乎想看一看聚集在那里的二氧化碳是否又多了一些。人们肆无忌惮地消耗能源导致向天空排放的二氧化碳越来越多，像温室顶上的玻璃一样，只让天苑四光芒带着巨大的热量进入大气层，却不让热量散发到大气层外面。这种"温室效应"完全破坏了埃波斯纳上的气候。

"这个鬼地方，真不能再待下去了！"她暗自思忖。

她跑到自己的磁垫车前，立即钻了进去。车内的空调设备使她非常舒适，以致暂时打消了刚才那个念头。

磁垫车在一个高架路口上停了下来。有几百辆学生驾驶的磁垫车缓缓横过路口，车上插着大大小小的标语牌：

"要天然食品，不要人造肉！"

"我们是生物，不是机器人！"

"还我大自然！"

……

示威的车队过去了，皮洛西的车穿过路口。高架公路两旁出现了绿色的行道树，树叶在微风中沙沙作响。和机器动物一样，这些树全都是人工制造的机器树。她从现代史教科书上得知，由于生态系统遭到破坏，渐渐地埃波斯纳上的植物也绝种了。现在依靠了仿生学家的渊博学识和高超技术，才制造出了许许多多的机器树。

她回到家里的第一件事就是检查家庭电子厨师的工作质量。食橱里只有做好的两种人造菜，却没有饭。她很生气地打开控制箱，一只黄灯闪亮着，原来是电子厨师的自动控制线路出了毛病。她决定亲自动手做一顿午饭之后，再去修理它。

她向窗外看去，那儿有几棵淀粉合成的机器树。这些树的叶子是用分子电路仿照天然叶绿素机制制造的，它能像已经灭绝了的天然粮食作物那样，吸收天苑四的光芒，把二氧化碳和水合成淀粉。人造树叶合成的淀粉，通过树枝和树干中的导管，自动输送到厨房里的一个贮存柜里。她把贮存柜的盖子打开，舀了几碗洁白的人造淀粉，做起饭来。至于做什么花样，那对她来说是无所谓的，反正都是一些索然无味的营养品。

午饭后，她父亲索格肯的一位朋友来访。他叫斯达特，是一位环境学者。和索格肯一见面，他就谈论起中午学生示威的事。

"这些学生，刚刚学了点现代史，听到了一点天然动植物的皮毛，就上街闹事，真是不知天高地厚。"斯达特摆出一副老资格的面孔。

"这也不能怪他们，平心而论，当代人造食品确实太单调了些。"索格肯不无同情地说。

"这是当时主流派的一个错误！他们主张'环境污染算个屁，一切为了工业发展'，结果使全球出现生态危机，最终导致动植物绝迹。"皮洛西在一旁说。

听到对主流派的批评，斯达特马上变了脸色。他怒气冲冲地说："主流派没有任何错误可言。我们绝不能让自然环境来适应人的无休止需要，而应该让人去适应污染了的自然环境。"

"你这话是什么意思？"索格肯感到不理解。

"我是说，应该应用遗传工程的最新成就，把人类改造成能够适应污染环境的新人。"斯达特说得很武断。

"我的天哪，"皮洛西惊呼道，"这也太残忍了！"

斯达特不以为然，一笑了之。他坐了一会儿，见尼柯罗来了，便起身告辞。

尼柯罗是来找索格肯商量第二天到中间站检查"探险家号"飞船的事。

"听说这艘飞船后天就要发射。"尼柯罗说。

"是啊，"索格肯道，"它是我们第一艘挣脱天苑四引力的飞船！"

"它能脱离天苑四的引力？"皮洛西眼睛里一亮，好像在绝望之中看到了一线希望。"父亲，明天你们能不能把我带到飞船上？"

"你要干什么？"索格肯惊奇了。

"我要和你们一同飞向宇宙深处，去寻找古老传说中的绿色星球。"皮洛西兴奋地说。

"你要我们劫持'探险家号'，逃离埃波斯纳？"尼柯罗惊异地问。

"可以这么说。"皮洛西毫不掩饰。

"这事可得好好想一想，"索格肯说，"一旦逃出去就不能回来了，而且路上充满了危险。"

"我母亲就是受污染之害而死的。父亲，我实在忍受不了这里的生活，求求你，带我上船远航！"皮洛西流着泪说。她又转过脸来对着尼柯罗："亲爱的，还有你，也陪我一块儿走吧！"

索格肯既心疼女儿，又舍不得这颗养育着自己的行星，心情十分矛盾。倒是尼柯罗来得痛快，他说："好，我陪你去！"

索格肯犹豫良久，最后下了决心。他望着皮洛西说："你可别后悔！"

22　共同的心愿

　　在医疗组的精心治疗与护理下，天苑四人渐渐适应了地球上的自然环境。用天然动植物烹制的各式中国名菜，色、味、香、形、器俱佳，他们吃了，体质很快获得恢复与增强。他们现在不用戴呼吸装置也可以自由地活动了。

　　天苑四人提出的第一个要求就是参观各种生态系统。在国家技术科学委员会科技发展局的支持下，由任思宏、方雨田陪同他们到国内几个典型区域去参观、考察。他们乘坐一架直升机，先后到了广东鼎湖山亚热带常绿季雨林保护区，云南小勐养热带、亚热带雨林、大象等自然保护区，四川卧龙大熊猫及自然生态系统保护区，福建武夷山自然生态系统保护区，浙江乌岩岭森林植被保护区，吉林长白山自然生态系统保护区。最后，他们来到西北黄土高原。这里原来水土流失现象十分严重，经过当地人民群众30余年的努力，特别是20世纪80年代中期党中央规定土地承包期一般应在15年以上①，极大限度地调动了广大农民承包荒山植树造林的积极性，现在面貌大为改观。

　　皮洛西在如茵的草地上奔跑着，脸上露出惬意的笑容。此刻她的心情，就如那些长年累月在沙漠上度日的人突然找到绿洲，看到茂密的树林

---

① 《稳定和完善土地承包制度》（社论），见《人民日报》1984年2月21日。

时一样，对未来的生活重新充满了希望。她兴奋地掀开斗篷，开动单人扑翼机展翅飞翔，向前边一片望不到尽头的树林飞去。尼柯罗和索格肯触景生情，也相继开动机展翅飞起来。任思宏和方雨田只好登上直升机，紧紧跟在他们后面。

在树林边上，天苑四人缓缓降落了。皮洛西对尼柯罗说："地球人的成就说明了污染是可以防止的，我们埃波斯纳上主流派的理论是非常错误的！"

"我们要是早一点采取自然生态系统保护区的办法，也不至于弄到动植物完全灭绝的程度。"

他俩的谈话勾起了索格肯怀念故星的思绪。几千年以来，故星上的污染不知被制止住没有？生态系统不知得到恢复没有？这些日子，地球上生机勃勃的景象唤起了他改造埃波斯纳的热情与勇气。他要把地球上的所见所闻告诉他的同胞，让全星球的人都建立起新的信心。他情不自禁地说："我不能永远在这儿待下去了！我要用地球人改造黄土高原的事例教育大家，动员全星球的力量，重建绿色的埃波斯纳！"

索格肯用探询的目光注视着他们，那眼神好像是在说："孩子们，跟我一块儿返回埃波斯纳吧！"

"我们跟你回去！"皮洛西和尼柯罗异口同声地说。

任思宏和方雨田乘着直升机赶来了。索格肯向他俩提出了新的想法。于是，他们陪着天苑四人到了北京。柯化在他的办公室里接见了他们。

"我们十分感谢你们的热情款待。"索格肯真诚地说，"通过这次参观考察，我们打消了永远居留地球的想法。请帮助我们把'探险家号'飞船修好吧！"

"只要是我们能做得到的，一定尽力帮助。"柯化用浑厚有力的声音说，"我建议你们先回广州，和梁维舟他们一同确定一下修理项目，再制定一个修理方案。"

天苑四人对柯化的答复很满意，高高兴兴地离开了办公室。

徐振宇和杨帆接到柯化从北京打来的电话之后，立即从楚江乘飞机赶到广州。他们奉命把梁维舟和岳静召集到一起，共同为修理飞船做些准备工作。梁维舟夫妇热情地接他们到家里吃了午饭，之后和他们一同去设在外县某地的飞船停放地。飞船外面架起了钢梯，沿着飞船盘旋而上，一直通到密封盖。

还没走到螺旋形钢梯下面，徐振宇便从一队参观者之中认出了金翔。他大声招呼道："金翔！"

金翔回头一看，也认出了他，立即跑过来和他热烈地握着手。

"你还在三峡工程局开飞机吗？"徐振宇问。

"去年我就离开了那里。"

"你现在干什么？"

"我被选送到西北航天中心，正在那里接受宇航员训练。"金翔指着和他一起来的人说，"这次来参观的都是未来的宇航员。"

徐振宇用羡慕的眼光看着他们。他向金翔介绍了他此行的目的之后说："说不定还得上你们航天中心去请教呢！"

那队参观者要走了，金翔急急忙忙说："欢迎你们来，再见了！"说罢，便跑回队里去。

金翔走后不久，任思宏、方雨田陪着天苑四人来了。他们商定，先由天苑四人领着他们全面了解一下飞船内部损坏情况，以后再逐一详细研究修理方案。

天苑四人不习惯爬梯子，还是扑翼而上，这一下可苦了地球人。梁维舟只好领着大家沿着旋梯往上爬，爬了好半天，才气喘吁吁地登上了飞船顶端。他们跟着天苑四人从洞口钻进飞船内部。

三个多小时之后，梁维舟一行又从飞船里钻出来。天苑四人这几天打算在飞船里住，就没跟出来。梁维舟、岳静和徐振宇他们一道回到了县招待所。

根据天苑四人的介绍和参观的印象，梁维舟信心十足。他一边走一边说："从飞船总的制造情况来看，我们地球人当今的技术水平与它的差距还很大。但从损坏的情况看，需要修理的只是外壳和控制部分。就此而言，我们在十年之内，还是能够把它修复的。"

"关于控制部分，即使体积大些也不要紧，飞船里有的是空地方。"岳静补充道。

徐振宇边听边想，显出一种心神不定的样子。甚至杨帆问他，他都没有作声。金翔带来的消息，修复飞船的希望，天苑四人重返家园的决心：这一切都使他受到激励，一个强烈的愿望在他脑中油然而生。但是，怎么和她说呢？她会同意吗？想到这些，他的两道浓眉不由得紧锁到一起。其实，他虽然没说什么，但他的一举一动，杨帆早已看在眼里。

晚饭后，徐振宇决心找杨帆谈谈。他俩沿着河边大道默默地并肩而行，走了很长一段路，徐振宇才开了口："帆，你也知道，我从小就爱好天文学，向往宇宙航行，恨不得能亲自飞到宇宙人那里。现在，天苑四人出现，把地外文明送到了地球上来。这为我们研究天苑四人的先进技术带来了极大的方便。你说是吗？"

"是这样。"杨帆微微一笑，"不过，你想说的一定不是这些。"

徐振宇坦率而激动地说："是的，我认为人类不能老是在地球上、在太阳系里研究宇宙、研究地外文明。我们要利用天苑四人返回的机会，去实地了解那里的情况，巩固和他们的联系。我想去实现这个理想，你能同意我去吗？"

"我支持你去呀！"杨帆笑道。

"我希望你多想一想，不要回答得这么快。"

"那你为什么不多想想呢？"

"我早已考虑好，有了充分思想准备。这一去实际上就是生离死别，再回来时，地球上一定变得面目全非了。"

"我早已看出了你的心思，所以也有了充分的思想准备。你要去，我和你一道去！"杨帆毅然地说。

"你真能和我一道去吗？这太好了！"徐振宇惊喜地说，"你为我做出了巨大的牺牲，叫我怎么……"

杨帆打断了他的话，激昂地说："你不要以为我是为了你，才走上这充满危险的道路。我知道，你是为发展我国的天文事业而去；难道我为了研究环境对人体的影响，就不需要去了吗？我并不是为你做出牺牲，而是为了你我为之奋斗的共同事业而贡献出自己的一切。"

徐振宇听了这一席话，心里热乎乎的。他停下脚步，激动地握住她的双手说："帆，我自以为对你很了解，今天才知道，我以前对你并不那么了解。"

这一天，他们一直谈到很晚很晚才回到县招待所里。

第二天，他们又到飞船里去工作。当尼柯罗向他们详细介绍冬眠方法时，方雨田问道："这么说，你们在旅途中就是利用这种方法度过了

1000年？"

"旅途中用的就是这种方法，"尼柯罗不动声色地说，"不过，不是度过1000年，而是2000年！"

"什么！2000年？"方雨田惊讶了。

"你们的一'年'有多长？"徐振宇问。

"我说的就是2000个地球年！"

大家你看我、我看你，都猜不透这是怎么一回事。

"当初飞船坠落海面时，你们为什么不用自己的扑翼机直接飞到大陆上呢？"徐振宇问。

尼柯罗通过袖珍语言翻译机，把他们当初坠海后的情形从头至尾说了一遍……

23 当机立断

从驾驶舱舱壁所显示的波视图像上，我清楚地看到地球表面上的景象越来越大了。我敢断定，"探险家号"飞船已经脱离了地球卫星轨道，正以极高的速度向这颗行星掉下去。有什么办法呢，我只好尽力操纵着飞船的制动系统……

亚欧非大陆的东南部地区，珠江口附近的海岸线，海南岛，海南岛南部的一群珊瑚岛，相继出现在我的眼前。紧接着是一片汪洋，狂风卷起巨大的海浪，铺天盖地地压了过来……

也许是我的弹性座椅角度放得特别合适的缘故，我第一个从昏迷中苏醒过来。溅落大海后的最初感觉就是沉重，全身都感到十分沉重。我想看一看他们，但脑袋好像灌了铅似的不听使唤，转一下都感到格外吃力，更不用说从弹性座椅上站起来了。过了一会儿，皮洛西和索格肯也都苏醒过来。

皮洛西忘了溅落前的悔恨，高兴得像变了一个人似的。她对我说："喂，亲爱的！你没事吧？"

我笑道："要不是手动制动系统还能工作，或许我们早就完蛋了！"

"检查检查我们的飞船吧！"索格肯提醒我们。

我跟在索格肯后面，从旋梯爬到下层。索格肯刚一打开控制室的气密门，一阵哗哗的流水声便从门里传过来。这时，控制室里的水越涨越高，索格肯一把把我拽到了后面，迅速把气密门牢牢地关上。

当我们吃力地走到隔壁一间的门口时，门上的蓝色信号灯急促地闪烁着。索格肯无可奈何地说："晚啦，房间里的水已经超过门槛，不能再开气密门了！"

皮洛西从走廊那边走过来，脸上的笑容已经消失。一见索格肯和我，就高声说："那边有三个房间漏水，我们正在下沉！"

"门密封好没有？"索格肯追问。

"都关好了，水不会漏到走廊来。"皮洛西在后面大声说。

"马上到驾驶舱里去！"索格肯毫不犹豫地说。

海水不断涌进飞船，使它渐渐沉没下去。在驾驶舱内，气氛显得十分紧张。索格肯急促地说："按照现在的进水速度，不等太阳西落，我们的飞船就要沉到海底。你们说，怎么办？"

索格肯靠在弹性座椅上，我和皮洛西坐着，大家都在冷静地思考。皮洛西心神不定，后来终于忍耐不住了："我看了气体分析仪的数据，这里的空气成分和我们星球上的十分接近，而且比我们星球要纯净得多。我们应该马上打开舱顶气密门，用单人扑翼机飞到海岛上去！"

索格肯另有他的想法，镇定自若地说："我们出去看看吧。"

我打开舱顶气密门，大家从里面爬了出去。飞船四周茫茫一片，除了大海之外，什么也看不见。皮洛西急于要了解海岛和陆地的方位，扑了几下就盘旋着升上去。她看到在离飞船不远的地方有一个小小的珊瑚岛，但海岸线却连影子也没看到。

在我们全都回到驾驶舱之后，一个警报器发出一阵刺耳的尖叫声。

皮洛西在驾驶舱里不安地踱着步子，她激动地说："你们听，水位警报器响了，飞船已经有一半没入水面以下！到底怎么办，你们快决定呀！"

我拉着她的手安慰道："你别这样激动，镇静些。我们会想出办法来的。"

我早已看出索格肯的心思，催促他道："您有什么想法就说出来吧！"

索格肯不急不忙地说："我们可以飞到小岛上去，也可以飞到大陆上去，但是飞船中许许多多的生活用品、科学仪器、机械器具都搬不过去。能带上去的，只是单人扑翼机力所能及的一些袖珍物品。淀粉合成机和叶绿素制造机搬不上去，我们就得自己种一辈子粮食和蔬菜。当然，也可以这样了此一生，但终究意义不大。或者去和大陆人打交道，不过从遥感照片上看，他们还处在原始时代，我们同他们交流科学、文化、技术知识，似乎为时过早。我想，不如听任飞船沉到海底，在那儿再睡几千年。等到这颗行星上的人类进入人造卫星时代，他们一定会发现我们，把我们唤醒！到那时，我们可以把埃波斯纳上的教训告诉他们，让他们引以为戒。这样做，岂不更有意义一些？"

我认为也只好如此了，没有反对。皮洛西犹豫好久，也同意了。

警报器又发出一阵刺耳的尖叫，飞船已经有四分之三沉入水面以下。索格肯当机立断，满怀信心地宣布："就这样决定了，让我们在海底再睡一觉吧！"

"既然决定了，那就趁飞船还没有完全沉入水中，赶快把信息火箭发射出去，好让这个星球的人早一点发现我们。"我提醒他。

索格肯同意了，他和我立刻到信息火箭发射舱去。那里有三枚信息火箭，都是为了和外星人联络而准备的。原来打算当飞船在太空里一旦发现一颗有生命的行星，就可以发射它。以后这颗行星上出现了智慧生物，迟早要发现它，这就可以和我们星球取得联系。真没想到，当时用它来呼救了。

索格肯把一些必要的信息输入到信息火箭的铜球里，然后对我说："选择三个目标，发射吧！"

我选定了亚欧非大陆的东南部、西南部以及美洲北部这三个目标。下达指令后，按下发射按钮，飞船在海里轻微地晃动了几下，三枚火箭接二连三发射出去。

这时，飞船完全没入水中，迅速沉入海洋深渊。

皮洛西很不自在地说："天哪，说不定我们再也出不来了呢！"

"不会的。"索格肯充满信心，激昂地说，"要相信我们的自动控制技术和冬眠技术；要相信这个星球的人必然会一步一步发展到无线电时代，人造卫星时代；要相信我们的信息火箭一定会被发现，飞船一定会被打捞起来。"

"哎呀，如果这个星球的人过早地把铜球挖了出来，那我们不就没指望了？"皮洛西想到这一点，又紧张起来。

"不会的，我的孩子。"索格肯语气十分平静，"还是在我设计信息火箭时，就已考虑到这一点。我在信息火箭里设置了自动升降装置，让它和地面自动保持着预定的深度。如果这个星球的人仅仅是由于兴修宫殿、营造陵墓、开挖河渠、挖掘水井、开采矿藏，碰巧落在信息火箭上方或侧上方，那么它就会自动下降，绝不会被他们挖到。如果由于泥沙弃土加高了地面，它也会自动上升到预定深度。只有这个星球的人掌握了短波技术，才有可能发现它的信号，只有掌握了微波技术，才能把它呼唤出来。"

经父亲这么一说，皮洛西的情绪安定多了。

飞船沉降到海底，海底松软的沉积物被一股水流搅拌了一下，向飞船四周缓缓扩散着。

索格肯在驾驶舱里打开了超声发生器（这原本是为了在埃波斯纳的海洋里降落时，方便回收人员寻找的一种装置），让飞船和信息火箭一样，每隔一个埃波斯纳的昼夜时间，发射一次讯号。这样，在地球人寻找我们时，会更方便一些。

他办完这件事后，我们一同走到冬眠舱。我们在来地球的路上就是用冬眠的方法延长寿命的。我们每年醒过来一天，补充一点食物，校正一下航线，然后继续冬眠。

这一次在海底用不着每年醒一次了。我们接通了水压继电器，准备一觉睡到飞船被捞出海面时再醒过来。

我在一张床上躺了下来，把脚伸直，让激光针刺器对准一个穴位。我最后看看索格肯，看看皮洛西，然后闭上眼睛，使劲按了一下床边上的一个按钮，渐渐进入梦乡。

……

几千年过去了，水压继电器把我们唤醒。我醒来后的第一个感觉就是，这一觉睡得太香了。此刻，我的大脑特别清楚，几千年前的事就好像是昨天刚刚发生的。这是多么可靠的冬眠装置，多亏了穴位冬眠法的发明家。我想，正是这个装置，才使我们在还没有光速飞船时，就能驾驶着低速飞船完成漫长的恒星际航行。

索格肯和皮洛西也都醒来了。皮洛西开玩笑说："昨晚睡得怎么样，没做梦吧？"

五天以后，我们从驾驶舱壁上的图像里看到了大陆。

皮洛西忙着收录各种广播电视节目，用电子计算机对这些节目中的语言进行分析，找出了一种当地普遍使用的语言，破译之后，输入袖珍语言翻译机，以备和地球人打交道时使用。

"皮洛西，你别老待在飞船里呀，"索格肯说，"是不是到外面察看察看？"

"好，我这就出去。"皮洛西高兴地答应。

她爬到顶舱，推了一下密封盖。密封盖纹丝不动。她叫我去帮忙，我找来一把电磁锤，爬上去敲打着密封盖。看样子，也许是密封盖黏结到壳体上了。我用电磁锤使劲敲打那个盖子，盖子上发出了阵阵低沉的响声。不一会儿，盖子终于打开了，皮洛西爬了出去。

她站在飞船顶上，向四周眺望。周围一片漆黑，只有近旁的一条船上有几盏灯亮着。当她发现这条船上有一个人正在注视着她的时候，不禁"啊"了一声，急忙下到舱里，把盖子又严严地关上。

以后发生的一切，你们都知道了。

24 千古星图传深情

　　国家技术科学委员会要在西陵峡召开天苑四工程祝捷大会，所有曾为此做出过贡献的人都接到了请柬，徐振宇和杨帆自然也不例外。他们打算先到峡口去看望老人，便提前起程了。

　　杨帆父母的住处离码头不远。他俩下了船后，顺着沿江大道往前走着。杨帆把秀美的鸭蛋脸转向徐振宇，不放心地问："你和伯母谈过去天苑四的事吗？"

　　"临来峡口前，我和她说了。"

　　"伯母同意你去了吗？"

　　"一开始，她沉默了，脸上有一种惘然若失的表情。后来，她还是同意了。她对我说：'你认为应该去做的，你就去做吧。'"

　　"要是我妈也像伯母那样，那就好了。"

　　"怎么，你还没有把握吗？"

　　杨帆摇摇头，两只杏仁眼里飘浮着一片愁云。

　　一到家门口，杨继先就高兴地迎了出来："姐姐，你们也接到请柬啦？这回咱们全家都要去参加祝捷大会了！"

　　何宜静见到女儿和徐振宇，高兴得合不拢嘴。她又是倒茶，又是做饭，又是问长问短，忙得不亦乐乎。

午饭后，徐振宇和杨光耀一家人围坐在客厅里，又谈论起天苑四人来。

"听说他们还想回去？"何宜静安详地问。

"是的，我们正在安排修理他们的飞船。"徐振宇一边说，一边给杨帆使了个眼色。

杨帆明白，这是催她赶快借着这个话题去动员她妈妈。她说："这艘飞船如果修理好了，里面再增加十来个人都不成问题。"

"我们可以从各国的宇航员中挑选一些人，跟着去埃波斯纳参观访问。"何宜静说。

"妈，我们俩也想跟着'探险家号'去埃波斯纳，您能同意吗？"

"你们也要去？"何宜静惊愕了，"怎么事先也不捎个信，和我们商量商量？"

"我们这不是来和你们商量了嘛！"杨帆亲昵地拉着妈妈的手，笑着说道。

"你们这一去，我们就再也见不着了！"何宜静说着说着，眼泪不由自主地掉了下来。

"就是要去，也得一两年之后才走哩。"杨帆委婉地说。

"你们的婚事打算什么时候办？"何宜静追问。

"我们商量过，如果你们能同意，我们打算先去接受宇航员训练，然后再办婚事。"徐振宇替杨帆解释着。

"去吧，年轻人应该去闯一闯，见见世面。"杨光耀很支持他们。他又对老伴说，"让他们去吧，我们总不能永远把他们留在身边。"

"你倒想得开！"何宜静一边擦眼泪，一边说道。

正说着，吴永刚来了。他一进门就问："你们这是怎么了？"

杨光耀说明了一番，吴永刚对何宜静爽朗地笑了："这是好事，怎么反倒流泪？让这些青年人远走高飞，去开辟新的生活道路吧！"他掉头向杨光耀说，"对了，我们不是说好一同去七号汉墓原址吗！"

杨光耀和吴永刚乘车到达西陵峡后，匆匆走到那座输电铁塔下面。吴永刚在高压输电线下漫步，脑海里竭力搜寻着那些遥远的记忆。他举目巡视着狮子峰、卧牛峰和北面不远的小土岗，又看看雄伟的三峡大坝，感慨万千地对杨光耀说："没错，四十多年前我们就在这里战斗过。要是魏班长和那些战友能看到他们为之牺牲的革命事业在今天所取得的巨大成就，那该有多好啊！"

"是啊。"杨光耀心潮澎湃。

迎面遇到了谭太爷爷。杨光耀向他问候请安之后，谈起了天苑四人想回去的事。

"要不是年岁大了，俺也想跟着上天去看看哩。"谭太爷爷捋着胡子说。

任思宏夫妇带着任晓英也赶来了。他们和杨光耀等人一见面，就十分亲热地谈论起来。

"天苑四人来了！"任晓英喊道。

索格肯、尼柯罗和皮洛西从一辆专车上走下来。

"他们为什么这么矮？"任晓英低声问她爸爸。

"你没看到埃波斯纳的地平线比我们的要深远得多？地平线比我们远，说明那个行星半径比地球大，所以它的质量和引力都比地球大。为了适应较大的引力，最好的办法就是长得矮一点。"

索格肯一行三人学着地球人的样子，向大家频频招手致意。

"爸爸，他们是四个指头！"任晓英吃惊地说。

"怎么，你还不知道？听说他们原先也是五个指头，后来在漫长的进化过程中，小指退化消失了。"

"爸爸，你不是说过，我们算出他们在路上走了1000年，不知为什么他们却说走了2000年？"任晓英十分认真地说。

"晓英，这和四个指头有什么关系？"任思宏被女儿问得莫名其妙。

"对了，那就对了！"任晓英高兴地说，"爸爸，我们有十个指头，采用了十进制；他们有八个指头，很可能采用了八进制。十进制的'一千'是10的三次方；八进制的'一千'是8的三次方，也就是十进制的512。所以八进制的'两千'，就是十进制的1024。八进制的2000年就是十进制的1024年。"

尼柯罗过来了。

"是不是袖珍语言翻译机疏忽了？"徐振宇问。

尼柯罗笑了，他说："这是我们人的疏忽，而不是机器的疏忽。"

一辆小轿车来接天苑四人到会场去。

满头白发的杨光耀走过来，拍拍任晓英的肩膀："不愧是数学竞赛的优胜者！"他转过脸来，兴奋地向大家说，"我们亲眼看着又一代新人成长起来，再也没有比这更能使我高兴的事了。"

推土机手张杰开着推土机路过大坝下的输电铁塔，见到杨继先便停车跳了下来。

杨继先快步跑过去问："你要去哪儿？"

"上车站去，把推土机运走。"

"你们要离开这里吗？"

"三峡工程已经全面竣工，我们将转移到新的水利枢纽工地上去。"

一辆吉普车在他们身旁停下来，三峡工程局赵副总指挥从车里走出来。他那饱经风霜的脸上充满了胜利的喜悦。杨光耀、任思宏、徐振宇都迎上来，和他亲切交谈。任思宏说："您也去参加天苑四工程祝捷大会吗？"

"不，我们要转移，时间很紧迫，不能去参加了。"赵副总指挥惋惜地说。

"谢谢你们对我们考古工作的支持。"任思宏恳切地说，"这一别不知什么时候才能再见面呢。

赵副总指挥用他那刚毅的目光望着大家，语重心长地说："你们在挖掘民族的精神，我们在建设国家的未来，祖国的大地把我们紧紧联系在一起。让我们在新的建设中相遇吧！"

他和大家一一握手告别，登上吉普车走了。张杰也告别了杨继先和在场的人，开着推土机离开了。

杨继先趁着这会儿人少，急忙找到徐振宇，拉着他的手说："你这次参加宇航员培训，学成后就要去天苑四，这一走还会回来吗？"

徐振宇笑道："你急什么，我又不是马上走，还得一两年呢。"

杨继先还是不放心："到时候你们培训封闭管理，我想见你也见不到，所以现在就要和你约好。"

徐振宇道："你放心，我一定会回来的！"

"你从天苑四回来时，一定要提前给我发一个信息啊！"

徐振宇有些犹豫："我发信息倒不难，只是……我最快也得一二百年以后才……"

"这难不倒我，我有办法。"

"什么办法？"

"这你就别管了，你好好想想你的联络办法吧！"

徐振宇用手指了指天空，凑近杨继先低声说："……"

杨继先会意地笑了。

大会派来一辆大客车，把任思宏等接到三峡大坝管理局的大礼堂。

在礼堂门口，徐振宇遇到了项绪堃。

"听说你想去天苑四？"项绪堃笑容可掬地问。

"我是有这个打算。"徐振宇坦然地答道。

"现在你已经是研究地外文明的权威，又是国际地外文明研究会的副理事长，理应留在地球上继续研究你的课题，何苦要去天苑四呢！"

"那不成了叶公好龙了吗？"

黄敬之从后面走过来，对徐振宇说："你说得对，我预祝你成为第一个登上地外文明星球的天文学家！"

郭逸平陪着一位身材高大的美国学者，走到黄敬之面前。郭逸平对黄敬之说："美国天文学家海弗利克想见见您。"

海弗利克一个箭步走过去，紧紧握住黄教授的手用流利的中文说："你好，黄教授。"

黄敬之喜出望外，惊喜地说："一别四十余年，今天能在我的祖国见到你，很是高兴。"

"这个奇迹被中国这样的文明古国首先发现，我一点也不感到奇怪。"海弗利克，接着说道，"告诉你一个好消息，我采用你们的出土密码，已经把射向美洲的铜球呼唤出来了。"

"是吗！那太好了。不知射向非洲的那个铜球能不能找到线索？"黄敬之关心地说。

"天苑四人曾指着非洲撒哈拉大沙漠说，铜球就射向那里。他们还说，当初那里是一片葱绿。"站在一旁的方雨田说，"这和人类的历史记载是一致的。非洲的地中海沿岸在四五千年前确实是一片青葱，当时那里农业很发达。后来由于人类的过度采伐和垦殖，绿洲变成了茫茫大沙漠。"

他们一同步入大礼堂。在前厅里，梁维舟、岳静、张銮和一群外国专家学者在宇文安邦陪同下，围着天苑四人在谈论着。

日本学者表示愿为天苑四人飞船研制配套的电子控制设备，法国国家空间研究中心的专家要为天苑四人提供配套仪器，苏联的一位教授要为天苑四人解决修补飞船壳体的工艺问题。海弗利克听到这番谈论也不甘示弱，立即走到索格肯面前表示，他们康奈尔大学全国天文与电离层中心将用经过改进的射电望远镜为天苑四人服务。

索格肯无限欣喜地说："谢谢大家，如果诸位能和东道国有关当局取得联系，统一协调各方面的行动那就更好了。"

开会的预备铃响了，与会者纷纷步入会场。

会场布置得庄严、隆重。天苑四人、外国的专家、学者，以及为天苑四工程做过贡献的人应邀在主席台上就座。在他们背后，十几盆常青的松柏簇拥着一个铺着深红色金丝绒的、细高的托台，上面放着金光灿灿的铜球。在主席台上方，悬挂着"天苑四工程祝捷大会"的横幅。一千多个座席的会场，已经坐得满满的。

祝捷大会开始了。

任思宏首先在会上发言。他详尽地介绍了西陵峡七号汉墓的发掘、铜球出土以及天苑四工程的经过，高度评价了许多学者、专家、教授、医生、工人、农民和战士为此做出的种种贡献。

天苑四工程总指挥柯化接着在会上做报告。他在报告中深入地分析了天苑四工程的巨大意义，热情表彰了为天苑四工程做出重大贡献的集体和个人，并诚恳地表示支持国际技术合作，为使天苑四人早日返回埃波斯纳做出贡献。

索格肯激动地站了起来。他用深邃的目光，注视着主席台上的那些为援救他们做出和将要做出贡献的人，心里充满了感激和敬佩之情。他盛情赞扬了这一地区的人民世世代代以来，为发现他们天苑四人所做的不懈努力。他说："如果没有这一地区远古时代人们对'探险家号'的观察，如果没有古代人们世代口耳相传，如果没有王嘉那样的学者所做的文字记载，如果没有吕迁那样的古代天文学家熟练严谨地观察、绘制铜球星图，如果没有在座的各位在战争年代和和平年代里所做的大量探索工作，那么我们就不可能在今天和你们相会。"

皮洛西拿出一沓4000年前的地球遥感照片，交给了索格肯。他双手捧着这些珍贵的历史照片，庄重地献给了柯化。柯化很激动地接了过来，他取出了一个用绫缎裱糊的长方形的盒子，献给了索格肯。索格肯当众打开盒子，取出装在盒里的画轴，展现给全场观看。这是一幅几乎可以乱真的复制品——汉代吕迁绘制的古星图。全场掌声雷动，气氛异常热烈。方雨田在有节奏的掌声中，把地球上现存的各种植物的种子和众多品种的动物冷冻受精卵赠送给索格肯，请他们以后带回去，重新繁荣埃波斯纳的生物圈。

索格肯把地球上的生态环境赞扬了一番，并希望地球人要汲取他们的教训。他真诚地说："我们的教训是在5000年前，在10.9光年以外发生的事情。但是，在宇宙里，这么长的时间，这么远的距离，都并非遥远的事。这些事情在地球上也不是没有可能发生的。请你们千万要记住这个教训，这也是我们当初决定沉没海底的唯一目的。"

方雨田要求即席发言。他首先对这三位天苑四人的崇高精神表示敬佩和感谢，随后激昂地说："人是伟大的。我们既然能从茹毛饮血的原始时代，一步步地发展到今天的原子时代、卫星时代，那么，只要认识到天苑四人的教训，我们也是有能力防止各种污染、防止生态系统被破坏的。我们地球绝不应该，也绝不允许成为第二个埃波斯纳！"

他的讲话博得了全场热烈的掌声。

一位联合国官员在会上宣布，他已邀请天苑四人到各大洲参观考察，天苑四人愉快地接受了这一邀请，会后即启程去非洲。听到这一消息，会场上又是一片掌声。

大会结束了，杨帆在会场门口等着徐振宇。当他出来时，杨帆随手整理了一下垂肩的乌发，笑着对他说："现在就走吧？"

"去哪儿？"

"你怎么这样健忘，我们不是说好，开完祝捷会就找柯局长报名吗？"

徐振宇笑了："对，我们这就去找他。"

他俩带着参加宇航员训练班的申请书，肩并肩地向前走去。

后记

出版之后

1985年5月《古星图之谜》出版时，印量达55000册。

当年12月，《文学报》发表一篇名为《人民文学出版社重视长篇小说创作和出版，新人佳作大量涌现形势喜人》的报道，其中提到"……程嘉梓的《古星图之谜》……，都是年轻作家在长篇小说创作领域里第一次成功尝试"。报道又指出"《古星图之谜》是该社编辑从每年数百部来稿中挑选出来，经过反复帮助和作者的多次修改才得以出版的"。

哈尔滨铁路局文学期刊《奔驰》（1986第1期）还特意开辟专栏介绍《古星图之谜》，发表了介绍和评论该作品的文章，指出这是哈尔滨铁路局职工创作的第一部长篇小说，透露小说在出版前，省作协接到人民文学出版社将要出版《古星图之谜》的消息，就决定吸收程嘉梓为省作协会员。

1986年5月，首届中国科幻小说银河奖授奖大会暨中国科普作协科学文艺委员会年会在成都隆重举行，我应邀参加了这次会议。《古星图之谜》的责编周达宝代表人民文学出版社也出席了这次会议，她还带来一批《古星图之谜》赠送给部分中外与会者。

在会议间隙我有幸见到了童恩正和叶永烈，由于他们会务繁忙，只是简单说了两句，未能向这两位对我有深刻影响的著名科幻作家讨教。

1986年，黑龙江省设立文艺创作大奖，《古星图之谜》很幸运地获得首届黑龙江省文艺创作大奖创作二等奖。

1987年，《古星图之谜》获铁道部"第三届铁路文学奖"。

1991年，《古星图之谜》被收入叶永烈主编的《中外科学幻想小说欣赏辞典》（明天出版社出版），书中收录了该作品的选段并加了赏析。赏析写道："作者借助历史学家、考古学家之口，通过对古籍和考古新发现的介绍，弘扬了中华民族五千年的优秀文化，洋溢着深厚的爱国主义感情。与此同时，我们还看到了三峡水利工程建设，广大科研工作者在医学、电子工程、生物学等各个领域的攻关进取；看到了人们对保持绿色世界重要性的认识，企求地球人与外星人的和睦相处，相互提携，以及创建一个高度的物质文明与精神文明的新世界。"

1991年，在成都参加国际科幻大会时，刘兴诗找到我说，他要编一部大观，准备把《古星图之谜》以缩写的形式收录进去。他说与其由别人来缩写不如由作者自己来缩写。我欣然接受，按时完成了任务。

1994年，刘兴诗主编的《中外科幻小说大观》由少年儿童出版社出版，《古星图之谜》收录其中，作为该书所选的4部国内长篇科幻小说中的一部，特意在文前配了彩色插图。

科幻迷的心声

《古星图之谜》自出版以来受到各年龄层科幻迷的欢迎和喜爱，这里面既有年轻人，也有成年人。

贵阳有一位离休干部叫章铸，他看到《古星图之谜》后爱不释手，一心想把它改编成电视连续剧，于是设法找到责编周达宝，后又联系到我，让我来改写剧本。我写了一集，认识到写小说和写剧本是两个行当，难以胜任。他们又请到贵州科普科幻作家彭欣岷，由他编写出十集电视连续剧剧本，再由章铸筹措资金争取拍摄。当时这些活动都是自发的，产生的费用需要自掏腰包。但是为了让更多的人在银屏上看到《古星图之谜》，大家的热情依然不减。章铸四处奔波，苦口婆心动员科技、文化、环保等有关部门资助，最后依然无果而终，颇为有些遗憾。

到了2010年前后，我偶然在网上看到了一些网友发的帖子，回忆当年阅读《古星图之谜》的感想，让我深受感动。

有一位网友说，他第一次读这本书是在小学时候，当时只觉得情节非常神奇，并不知道这就是一本标准的硬科幻小说。他后来虽然读了不少科幻小说，但仍然会回想起那颗神奇的铜球。他又说，前两年居然无意买到此书，感到很幸运，再次细读，发现即使是在今天，这本书的内容也绝不落后。

另一位网友说，他无意中看到的"老古董"（指《古星图之谜》），读完以后实在很惊讶，19世纪80年代的人居然会有那么超前的思想和想象力，实在不比现在的美国大片差。他还说，书中的历史无论是真是假，都让他很感兴趣。

还有一位网友说，他第一次看是小学时在图书馆，封面只剩下一半了，看不懂。长大后忽然在网上旧书店看到了这本书，于是买下，细细再看，这才看出了味道。他感慨道，时隔20年，真像科幻一样。

一位热心的网友说，他想这么多同学喜欢这本书，就干脆在百度贴吧里建了一个"《古星图之谜》吧"，有空的时候他就把书中的内容一字一字打出来。时间一长，他已经打出了好多章节。他还在网上呼吁其他有这本书的同学也跟他一起接着打，人多力量大，一定会完成完整的电子版的。

有一位受到此书影响的网友说，这本《古星图之谜》和《飞向人马座》对他影响很大，他1993年考大学的时候就报了北师大天文系，没走成，后来去了西工大的飞行器制造工程专业。

多年以后

多年以后，科幻文学作家郑军在《访中国长篇科幻早期探索者程嘉梓》一文中说："20世纪80年代中期，在中国科幻出版低潮时期，黑龙江作家程嘉梓的《古星图之谜》得以出版。这是那个时代篇幅最长，结构最完整，艺术水平最高的长篇科幻小说，在中国科幻史上留下了重重的一笔。"

到了2018年，《古星图之谜》又以影视创意的形式，荣获第九届全球华语科幻星云奖"最佳科幻电影创意入围奖"。真希望能够借此契机早日把小说转化为影视作品，让更多的人看到。

从首次出版和读者见面到现在已经过去了35年之后，今天又传来令人鼓舞的消息，《古星图之谜》入选了《中国科幻文学群星榜》，即将再次和新老读者见面，这是对这部作品的最大肯定。

程嘉梓

2020年7月于南京汤山

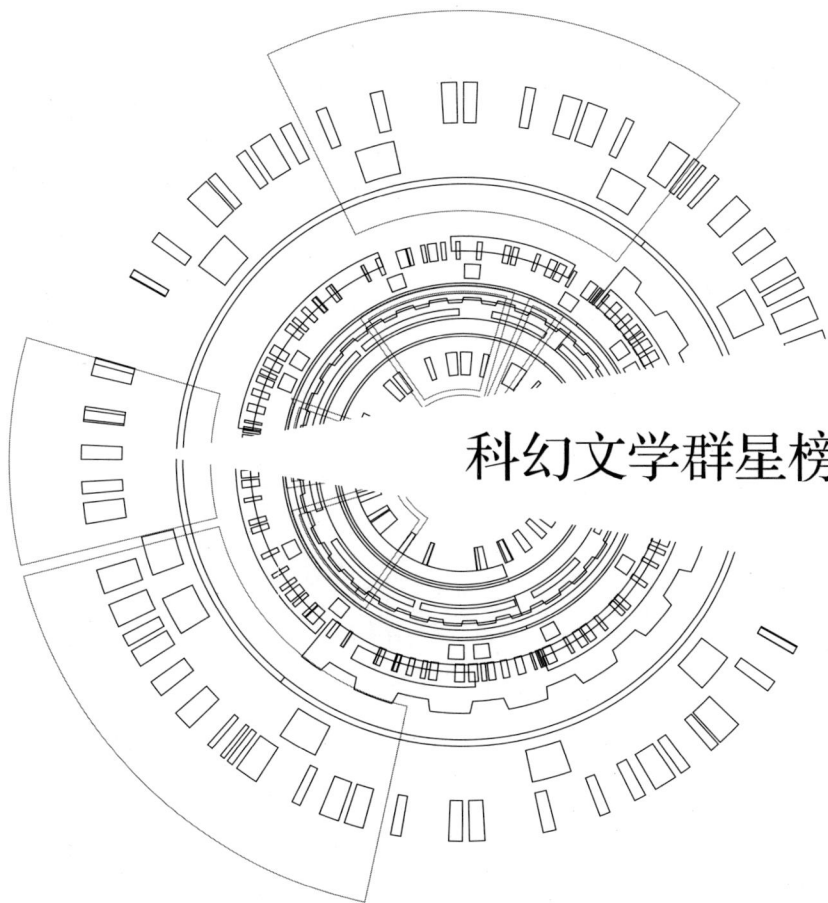

科幻文学群星榜

序号	作者	书名
1	郑文光	侏罗纪
2	萧建亨	梦
3	刘兴诗	美洲来的哥伦布
4	童恩正	在时间的铅幕后面
5	张静	K星寻父探险记
6	程嘉梓	古星图之谜
7	金涛	月光岛
8	王晋康	生死平衡
9	刘慈欣	纤维
10	潘家铮	子虚峡大坝兴亡记
11	韩松	青春的跌宕
12	星河	白令桥横
13	凌晨	猫
14	何夕	异域
15	杨鹏	校园三剑客
16	杨平	神经冒险
17	刘维佳	使命：拯救人类
18	潘海天	饿塔
19	拉拉	永不消逝的电波
20	赵海虹	月涌大江流
21	江波	自由战士
22	宝树	人人都爱查尔斯
23	罗隆翔	朕是猫
24	陈楸帆	动物观察者
25	张冉	灰城
26	梁清散	欢迎光临烤肉星
27	七月	撬动世界的人于此长眠
28	杨晚晴	天上的风
29	飞氘	讲故事的机器人
30	程婧波	第七种可能
31	万象峰年	点亮时间的人
32	长铗	674号公路
33	迟卉	蛹唱
34	顾适	为了生命的诗与远方
35	陈茜	量产超人
36	刘洋	单孔衍射
37	双翅目	智能的面具
38	石黑曜	仿生屋
39	阿缺	收割童年
40	王诺诺	故乡明
41	孙望路	重燃
42	滕野	回归原点